不到最后·没有真相

欧洲十大犯罪推理小说作家作品系列

（冰岛）阿诺德·英德里达松

《沉默的墓地》*Silence of the Grave*

《罪夜》*Reykjavik Nights*

《瓮城谜案》*Jar City*

《诡异海岸》*Strange Shores*

《暴怒》*Outrage*

即将出版：

Voices

The Draining Lake

Hypothermia

Black Skies

Arctic Chill

罪 夜

[冰岛]阿诺德·英德里达松 著
杨元刚 赵巧云 译

REYKJAVIK
NIGHTS

新 华 出 版 社

雷克雅未克开始向东扩张，在华撒雷提德和斯托拉盖蒂修建了很多新的住宅区，于是，这块区域便成了当地孩童们的乐园。他们会乘坐自制的木筏在最大的池塘中划行，也会骑着自行车在山丘与土堆之间穿梭。待冬天来临之时，温度骤降，池塘表面会结上厚厚的一层冰，这里便又成了孩子们的溜冰场。

这三个男孩用附近一处建筑工地上的废弃木料做了一艘新木筏，这艘木筏由两块坚固的横木、几块塑料隔板和一块耐用的木甲板组成，而其中的木甲板是由混凝土模具上的木板做成的。池塘并不太深，他们将长棍插入浑浊的泥水中，深入池塘底部，推动着木筏向前划行。他们脚上穿着胶鞋，尽量避免弄湿自己，但毕竟还是孩子，掉入水中实在是太平常不过了。通常，当掉到水里被淹成了落汤鸡之后，他们就会在寒风中瑟瑟发抖地走回家，心里想着会不会因此而挨骂。

三个男孩乘着小木筏，小心翼翼地朝克灵吕米里划去，想方设法地保持木筏的平稳，以防木筏进水或者自己从木筏上掉下去。划木筏可是个技术活——就像走钢丝一样，需要协作、技巧以及冷静的头脑。离岸之前，他们花了好大一会儿工夫才使木筏平衡了下来。他们知道，如果他们都站在木筏的一边，木筏很可能会倾翻。

最终，这次处女航超乎想象。他们在池塘的最深处来回划了几次，新木筏的行进速度很快，他们对此非常满意。北边的米克拉布劳特时不时地传来车辆的阵阵轰隆声，南边是一大片供热管道，不停地向奥斯克朱里德山顶的蓄水池提供着热水——这里是他们的另一处娱乐场所。在这里，他们时而会看到鸡蛋大小的小硬球，他们对这些小硬球一直充满了好奇。后来，其中一个男孩的父亲告诉他们，那是高尔夫球。这位父亲说，肯定有人在这片管道旁的荒地上练过高尔夫球。他还说，雷克雅未克的高尔夫球场曾经就位于奥斯克朱里德的东边，离克灵吕米里荒地不远。在那些日子里，这片区域曾被誉为“高尔夫俱乐部”。不过他觉得，这些高尔夫球不可能是那个时候留在这里的。

正当他们为此次“航行”的顺利而略感欣喜之时，木筏撞到了障碍物，一角沉到了水中，他们被迫停了下来。三个男孩迅速移向木筏的另一边，以便让木筏重新恢复平衡。慢慢地，沉下去的一角又重新开始上浮，但木筏并没有完全恢复平衡。他们猜想，木筏那一角的底部一定是被什么重的东西钩住了。在之前的一次“航行”中，他们曾经在这浑浊的水坑中发现了各种各样的废物和垃圾，比如废旧自行车等。不过有的时候，他们还会在这些垃圾中找到一些塑料板，正好可以用来造木筏。但是现在，拖住木筏的这个障碍物似乎有点儿难对付，估计是其中一根横木上露出的钉子钩住了水中的障碍物。

他们小心翼翼地将木筏往后划，几乎用尽了全身力气才使木筏慢慢动了起来。水下的障碍物被木筏拖行了一段时间之后，最终脱离了木筏，他们一下子感觉轻松了许多，沉在水中的那一部分船角一下子冲出了水面，险些把他们全部掀进了水中。感谢幸运之神的庇护，他们又一次成功地稳住了小木筏，也没有让湖水浸湿自己的衣服。然后，他们的注意力转向了那个被木筏拖出水面的物体。

“那是什么东西？”其中一个男孩问道。他用手中的长棍小心翼翼地戳着那个漂浮物。

“那不是个包吗？”另一个男孩问道。

“不对，那是一件防水夹克。”第三个男孩回答道。

第一个男孩更加用力地戳着，然后防水夹克动了动，渐渐地沉了下去，消失在他们眼前。随后，三个男孩想尽办法让防水夹克再次浮出了水面。慢慢地，它翻了过来。在这件防水夹克下面，居然耷拉着一颗男人的头！人脸面色惨白，毫无血色。这是孩子们有生以来见过的最恐怖的画面。其中一个男孩吓得一声尖叫，颤抖着往后退了几步，结果一个趔趄跌到了池塘中。与此同时，木筏彻底失去了平衡，另外两个男孩也从木筏上跌到了水中，没有任何的反应时间。他们一边尖叫，一边挣扎着向岸边移动。

终于，他们回到了岸边，浑身湿漉漉地站在那里不停地颤抖着。他们死死地盯着那件绿色的防水夹克和那张浮出水面的人脸看了一会儿，然后飞快地逃离了现场。

2

警用电台传来消息称，布斯塔迪尔区的一所房子里发生了骚乱，骚乱人群一路向东聚集到了米克拉布劳特街区，然后穿过哈雷蒂，占领了格林萨斯维格南部。骚乱发生时正是凌晨三点，路上车辆稀少。警察驾车径直驶向郊外，途中赶超了两辆出租车，还差点儿撞上了另外一辆小汽车。那辆小汽车从福斯沃于尔缓缓驶来，然后在布斯塔达维格的十字路口处进入了主车道。当时，小汽车的驾驶员显然没有意识到警车的行驶速度有多快，误以为自己可以安全地并入车道。

“这家伙疯了吗？”埃伦迪尔尖叫道。他猛打了一下方向盘，然后继续往前开。

“要让他靠边停车吗？”坐在后座的马泰恩问道。

“算了，别管他了。”加达尔回应道。

埃伦迪尔瞥了一眼后视镜，发现那辆小汽车正沿着布斯塔达维格慢慢地向西行驶。

加达尔和马泰恩都留着披头士的发型，厚重的刘海搭在眼前，两侧还留着大大的鬓角。他们是司法专业的学生，现在在警局做暑期兼职，埃伦迪尔很喜欢和他们一起工作。现在，三人正开着一辆黑白相间的雪佛兰旧警车，车速虽然慢，却很安全可靠，车身后面配有一个押送犯人的防护笼。他们没有打开警笛或警灯，这可能就是他们差点儿跟那辆小汽车撞上的原因，但他们确实犯不着为了一起家庭矛盾案件，大清早就打开警笛警灯扰民。有时候，为了找点儿乐子，加达尔会打开所有的警报系统，像个疯子似的在路上狂奔。

他们把车停在房子外，带上白色的警帽下了车，走进了夏夜之中。尽管天有些阴，下着毛毛雨，但还算温暖。小镇上有很多酒鬼，但并没有发生什么严重的刑事案件。来这儿之前，他们还曾拦下了一位摩托车司机，他们怀疑司机酒驾，带他去做了血液酒精浓度检测。随后，有人在热闹的夜店外寻衅滋事，于是有人报警，警局指挥中心让他们过去处理一下。紧接着，在西部街区尽头的一处旧房子里，住着五个年龄相仿的男人，都是外地来的船员，一起租下了这里的几间房子。当晚，他们与邻居发生了争吵，进而演变成了斗殴，其中一人掏出了一把刀，刺伤了另外一人的胳膊，最后被其他人制服了。埃伦迪尔和他的同伴到达现场之后，平息了这场斗殴。但当时，那人还处于暴怒之中，唾沫横飞，埃伦迪尔他们不得不给他戴上手铐，将他带到了位于海维费斯格塔的拘留室，让他先在那里冷静冷静。其他人也随着警察的到来冷静了下来，并向警察提供了口供，描述了事情的起因。

他们按响了一间平房的门铃。这里看似并无骚乱迹象，但警用电台传来的消息称，一位居民打电话报警说这个地方发生了剧烈的争吵和打斗。他们敲了敲门，又按了下门铃，然后开始商量下一步的行动。埃伦迪尔想破门而入，但被两位司法专业的学生劝住了。附近连个人影儿都没有。

正当他们争论时，门突然开了，一个四十岁出头的男人走了出来。他穿着一件衬衫，双手插在口袋中，裤子拉链还没拉上，背带垂在腰带那里。

“怎么回事？”他问道，然后轮流打量着三位警官。显然，他对警察的来访感到很吃惊。他们并没有从这个男人的嘴里闻到酒气，而且，他们的突然来访似乎没能让这个男人从睡梦中清醒过来。

“我们收到报警，说这里发生了争吵打闹。”加达尔说道。

“争吵打闹？”男人重复道，眯着眼睛看着他们，“这里没有人吵啊。什么……是谁投诉了？你们的意思是，有人报警了？”

“我们能进屋待一会儿吗？”埃伦迪尔问道。

“进屋？”男人重复道，“进屋来？警官，肯定是有人在和你们开玩笑呢。你们可不要被这些虚假电话欺骗了。”

“你妻子起来了吗？”埃伦迪尔继续问道。

“我妻子？她外出了，和她的朋友们一起去了避暑的别墅，我不明白……这其中一定是有什么误会。”

“可能是地址弄错了。”加达尔瞥了一眼埃伦迪尔和马泰恩，提议道，“我们最好跟警局核实一下。”

“抱歉，打扰了。”马泰恩说。

“没关系，警官们。家里就我一个人，有点儿乱，就不请你们进屋了。晚安！”

加达尔和马泰恩径直返回警车，埃伦迪尔也跟了过去。他们钻进警车后，马泰恩用无线电台联系了警局，但却被告知地址没有问题。

“但是这里什么也没发生啊。”加达尔说。

“等一会儿。”埃伦迪尔钻出警车说道，“我觉得事情有点儿奇怪。”

“你想干什么？”马泰恩问。

埃伦迪尔又折回去敲了敲门。过了一会儿，那个男人又把门打开了。

“还有事吗？”

“能否借用一下你家的洗手间？”埃伦迪尔问道。

“洗手间？”

“快点儿好吗？”埃伦迪尔催促道，“我等不及了。”

“不好意思，这个……恐怕不行……”

“我能看看你的双手吗？”

“什么？看看我的手？”

“是的，看看你的手。”埃伦迪尔用力推了推门，男人被迫退进了屋里。

埃伦迪尔紧跟在男人身后闯进了屋，他飞快地瞟了一眼厨房，打开了厨房对面卫生间的门，朝里看了看，然后冲进了楼道。他挨个房间检查，还大声呼喊着。男人先是对埃伦迪尔的奇怪行为提出了抗议，之后便呆呆地站在走廊。埃伦迪尔从男人身旁大步经过，冲进了卧室。卧室里，一个女人躺在地板上，一动不动。房间里一片混乱，椅子和灯都被打翻在地，旁边还有一只烟灰缸，窗帘也被扯了下来。埃伦迪尔跑到女人身旁，弯下身子看了看。她已经丧失了意识，一只眼睛凹进了脸颊，嘴唇被撕裂了，鲜血顺着头上的伤口渗了下来。她似乎是跌倒之后便失去了知觉。她的连衣裙被扯到了臀部，皱皱巴巴的。女人的大腿上还有一些旧伤，埃伦迪尔推测，这已经不是她第一次遭遇暴力了。

“快叫辆救护车来！”埃伦迪尔对着傻愣在门口的加达尔和马泰恩大声喊道。然后，他又问那个呆站在走廊一动不动的男人，“她躺在这儿多久了？”

“她死了吗？”

“很有可能。”受害人的头部受了重伤，埃伦迪尔不敢碰她，只有等医护人员来了才知道在移动她之前应该先做些什么。埃伦迪尔扯下一块被撕裂的窗帘，将窗帘铺开盖在她身上，然后让马泰恩把这个男人铐了起来，押上了警车。男人不需要再将手插在口袋里了，他的指关节还在流血。

“你们有孩子吗？”埃伦迪尔问道。

“有两个儿子，他们在乡下。”

“难怪呢。”

“我不是故意伤害她的。”当他被铐上手铐带出去的时候，他说道，“我不知道……我并不想让她变成那样。她……我本不想……她……我是准备打电话报警的。她摔倒在烟灰缸上，然后就没有反应了，我想可能是……”

他无话可说了。这时，躺在地上的女人发出了微弱的呻吟声。

“能听到我说话吗？”埃伦迪尔俯身在她耳边低声问道，但伤者没有任何反应。

打电话报警的是这对夫妻的邻居，一个三十岁出头的男人，现在正在外面和加达尔交谈。随后，马泰恩也加入了他们的谈话。这位邻居说，他和妻子时常听到隔壁的争吵声，今晚吵得尤其激烈。

“这种情况持续很久了吗？”

“这个我还真说不准。我们在这儿住了才一年多，并且……就像我之前所说的那样，有时你会听到大喊大叫或者乱扔东西的声音，这让我们感觉很不自在，因为我们不知道该做些什么。尽管我们是邻居，但我们对他们并不是很了解。”

汽车警笛声越来越响，他们看到一辆救护车驶入这条路，朝这栋房子开了过来，后面还跟着一辆巡逻警车。其他邻居也被这阵骚乱声吵醒了，他们有的趴在窗户上，有的倚在门边，看着那个女人被担架抬走，看着那个男人被关进警车的囚笼，目送着缓缓开走的警车。很快，这里又恢复了平静，居民们回屋继续睡觉了，只是心里对这场午夜骚乱还是充满了好奇。

除此之外，夜班期间并无其他太大的警情。下班的时候，埃伦迪尔看到这个“虐待妻子的暴力丈夫”正在警察局外等出租车。录完口供之后，他就被释放了，因为这不属于社会治安事件。他妻子的状况也不是太严重，不出意外，几天之后她就可以出院回家了。也许，她没有别的选择。对于遭遇家暴的妇女，目前并没有相关的法律条款为她们提供支持和保护。

离开办公室之前，埃伦迪尔浏览了一下案情报告。他注意到这样一条信息：一位中年男子撞向了沃加尔区的路灯柱，车子受损报废。该男子当时喝得酩酊大醉，独自一人开着车。根据报告上对车辆的描述，埃伦迪尔猜测，这辆车正是在布斯塔达维格差点儿撞上他们警车的那辆。

埃伦迪尔站在原地，抬头看着海维费斯格塔最新的警局中心，然后漫步到斯库拉格塔区的海边，向北凝望着平缓绵延的埃夏山，然后又眺望着东边的莽莽群山，太阳照耀着群山的山巅。这是一个周日的清晨。此刻，笼罩城市的一抹宁静赶走了昨晚的骚乱。

走着走着，埃伦迪尔又想到了去年三个男孩在克灵吕米里的一个矿坑里发现的那个溺水身亡的流浪汉，当时，他的尸体就漂浮在矿坑池塘里。出于某种原因，这个案件一直萦绕在他心头，也许是因为他之前见过死者。接到报警的时候，埃伦迪尔正好在附近巡逻，所以他是第一个到达现场的人。他看到了水面上那件绿色的防水夹克，还有已经从木筏上下来了的三个男孩。

埃伦迪尔知道，自从那位流浪汉在矿坑里被淹死之后，在过去的一年中，雷克雅未克刑事调查局并没有发现任何可疑线索。他也知道，警察并不会优先调查一个流浪汉的死因——他们还有很多其他的案件要处理。而且，这个案件看起来似乎一目了然。他们猜测，这个流浪汉应该是不小心栽进池塘溺水而亡的，似乎没有人在意这件事。埃伦迪尔觉得，这也可能是因为这位流浪汉对谁都不重要，没有任何人会在意他，他的死仅仅意味着雷克雅未克的大街上少了一位流浪汉而已。他的死因也许很简单，但也有可能不简单。在流浪汉死前不久，埃伦迪尔曾接到过他的报警，他说有人在他住的地下室纵火。然而，没有人相信他的话，包括埃伦迪尔在内。现在，埃伦迪尔很困扰，他觉得自己当初不应该像其他人一样对其置之不理，漠不关心。

3

不久之后的一天晚上，下了夜班的埃伦迪尔走向克灵吕米里荒地。这已经不是第一次了，他总是不由自主地朝那个方向走去。工作之余，他并没有什么其他的事情可做，所以，他很享受在晴朗的夏夜漫步街头，围着市中心的特约宁湖散步；或是一路向西走到头，来到塞尔蒂亚纳内斯半岛；或是向南沿着斯科加峡湾海岸走向诺特霍尔斯维克的小海湾。偶尔，他也会开着他的小破车驶出市中心，将车停在郊区，然后徒步去爬山。如果天气预报说天气不错，他还会带上野营帐篷和食物。尽管他并不觉得自己是一个真正意义上的户外运动者，但他还是加入了冰岛旅游俱乐部。他每年都会收到俱乐部寄来的出版册子，但他从未参加过俱乐部组织的任何旅行。他曾经和一群人徒步去兰德玛纳劳卡泡温泉，但是，这次旅行经历让他发现，自己并不适合和这样一群永远精力充沛的人一起旅行。这种户外旅行换来的只是“勉强”的快乐，很快就会让他觉得压抑。

他没有遇到过太多女人，当然，这本来也不是他特别关心的事。

他曾经多次试图前往雷克雅未克的夜店，却一直碍于那里的喧闹和骚乱而推迟。后来有一天晚上，在格罗姆贝尔俱乐部被烧毁之前，他遇到了一个名叫霍尔多拉的女孩。这个女孩很健谈，有主见，对埃伦迪尔也有好感。之后的一天晚上，埃伦迪尔和警局的弟兄们去格罗姆贝尔执行任务，他又碰到了霍尔多拉，霍尔多拉邀请他和她一起回家。在以后的日子里，霍尔多拉又给他打过几次电话，他们又见过几次面。现在，他们也算是确定了恋爱关系。

当埃伦迪尔穿过自家居住的赫利达尔社区，路过设有成人教育课程的汉姆拉利德大学时，他的脑海里突然闪过一个念头：自己是不是应该重新回到学校学习。他完成了义务教育就辍学了，没有继续读高中。当时，埃伦迪尔全家迁到了雷克雅未克，他被安排在新学校的最低年级。学校里没有人对他进行过能力测试，因为老师认为，他的家庭背景不好，性格又叛逆，而且不服从老师的管教，理应被安排在一个差生班。他不喜欢搬家，也不喜欢城市生活，他所学到的应付之道就是保持沉默。最后，他对学校的正规教育失去了兴趣，他反抗老师，挑战一切权威，十六岁那年就辍学了。之前，他每年暑期都会去做兼职，在学校熬过了最后一个冬天后，他搬出了一直和母亲共同生活的房子，自己在外面租了一套房子独住。他的母亲阿斯罗格收入微薄，自从他在养鱼场找到了一份工作之后，生活倒是有了一点儿改善。

埃伦迪尔抬头瞥了一眼汉姆拉利德大学的教学楼，对这里提供的成人教育机会有些心动了。他才二十八岁，重拾学业并不算太晚。不过，如果他想上大学，就必须通过学校的期末考试，这似乎让他有些头疼。他对历史很感兴趣，特别是冰岛的历史，有时候，他甚至想放弃警察工作，潜心研究冰岛的历史。

他开始沿着繁忙的格林兰拉布劳特街道慢跑。在过去的一年中，他发现自己时不时地就会来到这片矿区，连他自己都不知道为什么。在凹处聚集的水很浅，呈褐色，死气沉沉的，也配不上“池塘”这一称谓了。今天，这里有两艘木筏外出，还有些孩子骑着自行车沿山坡窜上窜下，为这里增添了一抹生气。两辆小型机动车碾坏了最远处的煤渣跑道，引擎的轰鸣声与回火声打破夜晚的宁静，传入了埃伦迪尔的耳朵。

当时，就是在这片水域的最深处，埃伦迪尔和同事们发现了流浪汉的尸体。他们推算，尸体已经在水中浸泡了两天。法医的鉴定结果显示，死者属于溺水窒息死亡。因此，警察的调查重点一直集中在判断流浪汉的死是否属于谋杀。死者血液内所含的酒精浓度足以致死，现场也没有挣扎过的迹象，更没有目击者提供线索。尽管相对于死者的溺亡时间而言，展开调查的时间有所延迟，并且在此期间，由于孩子们的玩耍，现场已经被破坏了，但是现场确实没有任何可疑的痕迹，例如车辙或脚印。由于缺乏新证据，调查停了下来，案件也被搁置了。

在巡逻执勤的头几个月里，埃伦迪尔曾经多次碰到过死者，他叫汉尼巴尔，是一名流浪汉。警察局经常收容他，主要原因是酗酒和街头闹事。埃伦迪尔第一次遇到汉尼巴尔是在深冬。当时，天气寒冷刺骨，汉尼巴尔弓着腰坐在沃斯特佛勒广场的一张长椅上，手里拿着一个空的黑死酒酒瓶，五指冻得僵硬。埃伦迪尔觉得，如果把汉尼巴尔留在这冰天雪地里，他肯定会被冻死。埃伦迪尔说，这样的话，他会很内疚。于是，犹豫了一会儿之后，警员们决定把他带回警局，让他在拘留室待一晚。他们将汉尼巴尔抬上了警车，汉尼巴尔醒了过来，过了好一会儿，他才明白过来到底发生了什么——尽管这样的场景对双方而言再熟悉不过了，于是便开始不停地向这些小伙子们表示感谢，谢谢他们这么照顾自己。之后，他开始找自己的酒瓶，但是被告知酒已经被他喝完了。他们还会让自己沾一滴酒吗？他直接把这个问题抛给了新手埃伦迪尔。尽管他与埃伦迪尔素不相识，但他觉得埃伦迪尔最有可能心软同情自己。刚开始，埃伦迪尔对流浪汉的请求不理不睬，可当汉尼巴尔一再哀求时，埃伦迪尔就直接让他闭嘴，于是，流浪汉先前的感激之情迅速消散殆尽。

“你们这些冷血的浑蛋，都一个毬样儿。”

埃伦迪尔第二次遇到汉尼巴尔是在阿纳霍尔北边瑞典水产加工厂周边的波状铁栅栏旁。冻得瑟瑟发抖的流浪汉们经常会在此处寻找藏身之处，躲避呼啸的北风和刺骨的寒冷，逃离生活的困苦。当时，汉尼巴尔倚着波状铁栅栏，两腿伸得笔直，身上一如既往地穿着他那件破烂的绿色防水外套，脸色冻得发紫，人却睡得死死的。埃伦迪尔从市中心回来，走在回家的路上，正好看到了他。起先，埃伦迪尔并没有惊扰他，但走到近处看了看他之后，埃伦迪尔开始担心。霜冻越来越厉害，呼啸的北风卷起路面上的层层白雪，落在流浪汉的脚上。此时的埃伦迪尔穿着羽绒服，戴着帽子，围着围巾，裹得很严实，即便如此，他依然觉得抵挡不住刺骨的严寒。他试着叫了叫流浪汉的名字，流浪汉没有任何反应。他又更大声地叫了叫，但流浪汉俨然一尊雕像，一动不动。埃伦迪尔走上前，踢了一下他的脚。

“汉尼巴尔，你还好吗？”

对方依然没有任何回应。

于是，埃伦迪尔蹲了下来，一直摇到他眼睛睁开一条缝才停了下来。但汉尼巴尔并没有认出他，也不知道自己身处何地。

“别管我，你这个浑蛋。”他咕哝着，想要打他。

“起来。”埃伦迪尔说道，“你不能躺这儿，这儿太冷了。”

他想把流浪汉扶起来，但这并不是件容易的事，因为流浪汉确实有点儿胖，而且一点儿也不配合。埃伦迪尔费了九牛二虎之力才把他扶起来，好在经过这番折腾之后，汉尼巴尔的头脑清醒了一些，可以指路了。他让埃伦迪尔带着他穿过市中心，来到了威斯特加塔区一栋房子后面的小楼，然后指向通往地下室的一条狭窄的楼梯。汉尼巴尔几乎站不起来，埃伦迪尔只能一直扶着他下楼梯。房门只用简单的木闩锁了起来，就像牛舍一样。埃伦迪尔拉开木闩，然后汉尼巴尔推开门并摸到了开关，打开了挂在天花板上的无罩灯泡。

“这是我躲开残酷世界的避难所。”他说着，被门槛绊倒摔在了地上。

埃伦迪尔又把他扶了起来，然后看了看他口中的“避难所”，与其说是一间房间，倒不如说是一间凌乱的储藏室。屋里垃圾成堆，估计连小偷都不会光顾，这一点，从毫无作用的木闩就可以看出来。生锈的浴缸里塞满了长度不一的水管、花纹已经磨平的轮胎、塑料容器，还有一堆缠绕打结的废弃渔网，地上铺着一张破床垫——那是埃伦迪尔此生见过的最脏的床垫，床垫上凌乱地铺着一张破旧的毯子，周围散落着各式各样的空瓶子——或装过酒，或装过药，或装过豆蔻发酵粉，还有从药店可以买到的小型塑料酒精容器，屋子里散发着一股腐化橡胶与尿液混杂的刺鼻恶臭。

埃伦迪尔把流浪汉扶上床之后便准备逃离这肮脏的处所——他简直一分钟都待不下去了。这时，汉尼巴尔用胳膊肘支撑着身体坐了起来。

“你他妈的到底是谁？”

“你自己当心。”埃伦迪尔回复道，然后退出了这间“储藏室”。

“你是谁？”汉尼巴尔又一次问道，“我们认识吗？”

站在门口的埃伦迪尔犹豫了一下。他不愿卷入这样的对话中，但他也不希望自己显得过于失礼。

“我叫埃伦迪尔，是一名警察。我们之前见过面。”

“埃伦迪尔。”汉尼巴尔重复道，“我现在大脑一片空白，老兄。可以给我点儿东西吗？”

“比如说？”

“你可以给我点儿零钱吗？不需要太多，几枚硬币就行。我相信你会给的。像你这样有钱的家伙，应该挺愿意帮助像我这样的人。”

“用来继续买酒喝吗？”埃伦迪尔问道。

汉尼巴尔嘴角掠过一抹笑意。

“埃伦迪尔，我不想骗你。”他谦恭地说道，“你可能很难相信，但我生性不爱骗人。我只需要一点儿酒。这是我在这个凄凉的世界上唯一的所求了。我知道，这对你来说算不上什么大事。老兄，如果说这不是一件芝麻大小的事，我可不会纠缠你。”

“我不会给你钱买酒的。”

“我就喝一点儿，可以吗？”

“不行。”

“那好吧。”汉尼巴尔重新躺到床垫上说道，“既然如此，你可以滚蛋了。”

机动车慢慢消失在去往华撒雷提德的方向，轰鸣声也消退在夜色中。孩子们划着竹筏回到岸边，将竹筏拖到了干地上。埃伦迪尔沿着供热管道向南看去。通过调查，埃伦迪尔弄明白了为什么汉尼巴尔会出现在克灵吕米里，因为他在这里找到了一个新家——如果那里可以被称为“家”的话。出事的那个夏天，他被人指控在地下室纵火，尽管他一直宣称自己是无辜的，但还是被赶出了地下室。无家可归之后，汉尼巴尔曾经在供热管道周围的管道井里停留过一段时间。井壁上有一块混凝土板掉了，留下了一块足够大的豁口，他便顺着豁口爬进去，贴着供热管道取暖。

就那样，他和几只野猫一起睡在供热管道的管道井里。这几只无家可归的野猫贴着他，就像落难的鸟儿曾经聚集到舍身行道的法兰西斯身边一样。在矿坑池塘里发现汉尼巴尔的尸体之前，那儿是他的最后一个家。

4

埃伦迪尔站在池塘的边缘，汉尼巴尔就死在这片池塘中。一个男孩骑着自行车飞奔而过，在周围转了一圈又骑了回来。尽管他们上次见面已经是一年前了，埃伦迪尔还是很快就认出了他——他就是发现汉尼巴尔尸体的三个男孩中的一个。

“你是警察，对吗？”男孩在他面前停下来问道。

“是的，我们又见面了。”

“你在这儿干什么？”男孩又问道。在埃伦迪尔的记忆中，他是一个勇敢自信的孩子，淡黄色的头发，脸上长着雀斑，有点儿调皮的样子。现在，他长大了，短短一年的时间里，他从一个稚嫩的孩童长成了翩翩少年。

“我就是随便逛逛。”

这个男孩是“三剑客”的老大。当时，他们三人都跑到这个大男孩的家中，告诉他妈妈他们在矿坑池塘中看见了什么。尽管故事听起来不那么靠谱，但是男孩的妈妈觉得他们说的是实话，于是立马报了警，完全忘了责备他们把自己弄得浑身湿透。其他两个男孩回家换了身衣服，然后骑上自行车又回到了矿区。当时，两辆警车和一辆救护车已经赶了过来，他们把汉尼巴尔的尸体从池塘中打捞上来，放在地面上，用一条毯子盖着。

警察局接到报警时，埃伦迪尔正在米克拉布劳特大街上巡逻。他迅速赶到现场，冲进池塘里把尸体拖到了岸边，之后他才发现死者竟是汉尼巴尔。这着实令他大吃一惊。三个男孩高声叫着说是他们发现了尸体，警察一直在驱散他们以及其他围观的群众。之后，警察将男孩们带上了一辆巡逻警车，进一步盘问了他们整件事情的经过。

“我爸爸说他是淹死的。”男孩靠在自行车把上，望着发现汉尼巴尔尸体的池塘说道。

“是的。”埃伦迪尔认同他的说法，“我也觉得他是失足坠落水中，自救失败导致溺水。”

“他就是一个老酒鬼。”

“你和你的朋友们发现他那样浮在水中一定非常震惊吧？”

“是的。阿迪吓得总是做噩梦。”男孩说，“后来还有医生去给他做过心理辅导。我和佩利倒没什么事儿。”

“你还在这儿玩竹筏吗？”

“早就不玩了，那是小孩子玩的。”

“哦，好吧。去年夏天，你注意过住在管道旁边的那个男人吗？你还记得吗？”

“不记得了。”

“其他人注意到了吗？”

“没有。我们以前有时候会在那儿玩，但从没见过他。可能他只是晚上才在那儿吧。”

“可能吧。你们当时在管道那儿干什么？”

“找高尔夫球。”

“高尔夫球？”

“嗯。那些房子里有个家伙经常练球。”男孩指向华撒雷提德区的几排平房，“我爸爸说，以前有人在管道旁边——奥斯克居里附近——上高尔夫课。所以，我们有时候能找到旧的高尔夫球。”

“我知道了。那你们找到旧高尔夫球后都用来干什么呢？”

“不干什么。”男孩准备骑车离开，“只是把它们扔在水里。我们拿着也没什么用。”

“那你们……”

“我要回家了。”男孩打断了埃伦迪尔的话，没等他说完便骑上车走了。

埃伦迪尔沿着矿区旁边的马路往山上走，一直走到供热管道跟前。这条管道长达十五公里，从城市北边莫斯菲尔谷的地热区开始，绕过郊区，最后接入奥斯克居里附近的大型蓄水池。混凝土管道井中有两根十四英寸粗的钢管，里面沸腾着天然的地热水。尽管钢管外面裹着隔热材料，但管道传出的热量足以供汉尼巴尔在生命的最后一段时光取暖过冬。

管道井上面的豁口还没有修复。埃伦迪尔注视着草地上破碎的混凝土块，思考着是什么导致了混凝土管道井壁的破碎脱落。是地震？还是霜冻？

混凝土管道井上的豁口很大，足以让一个成年人轻轻松松地爬过去。埃伦迪尔发现，管道井洞口附近的草被踏平了。他把头探进井里看了看，发现管道下面散落着两个空的黑死酒酒瓶和一堆酒精容器，不远处还有一顶破旧的帽子和一只露指手套。看来，还有其他人和汉尼巴尔一样喜欢这个地方。埃伦迪尔的视线往里挪了挪，随着视线的深入，他内心的忧伤越来越强。突然，他看到洞穴通道深处有一堆黑乎乎的东西，心里不由地惊了一下。

“有人吗？”他大声喊道。

没人应答。但那堆黑乎乎的东西突然动了起来，并开始朝着他的方向挪动。

5

埃伦迪尔着实被吓到了。片刻的惊慌之后，他从管道井豁口处退了出来，然后跌跌撞撞地远离了豁口。过了一会儿，一只脑袋从豁口处冒了出来，紧接着身体也从洞里爬了出来——原来刚才那堆黑乎乎的东西是个人！他蹲在埃伦迪尔面前的草地上，身上穿着一件破烂的深色上衣，手上带着半截手套，头戴一顶羊毛帽，脚上穿着一双很大的胶鞋。埃伦迪尔在雷克雅未克见过他，当时，他混在一群酒鬼中，但是埃伦迪尔不知道他叫什么名字。

那个男人对埃伦迪尔说了声“晚上好”，他似乎已经对他人的造访见怪不怪了。跟埃伦迪尔的惊慌失措相比，他显得从容多了，他打招呼时的状态，完全不会让人联想到他刚刚从混凝土管道井里爬出来这件事。埃伦迪尔向他介绍了自己，那个男人说他叫威廉。单看外表，很难猜出他多大岁数了，可能四十露头。他的门牙掉了，厚厚的胡子遮住了他的脸，这副样子可能让他看起来比实际年龄老了十岁。

“我认识你吗？”流浪汉问道。他透过牛角框眼镜打量着埃伦迪尔，厚厚的镜片使他的眼睛看上去很大，很不自然，甚至有点儿滑稽。

“不认识。”埃伦迪尔的注意力落在了他的眼镜上，“我想，我并不认识你。”

“你刚才是在找我吗？”威廉咳嗽了一下，问道，“你想和我聊聊吗？”

“不是。”埃伦迪尔回答道，“我只是碰巧路过。说实话，我没想过会碰到任何人。”

“这里没有太多人路过。”威廉说，“这里环境不错，也很安静。你有烟吗？”

“不好意思，没有。你……你在这边待多久了？”

“两三天吧。”威廉回答道，并没有解释他为什么会住在这儿，“不过……今天是星期几啊？”

“星期二。”

“哦。”威廉又开始咳嗽，“星期二啊。这样的话，可能不止两三天了。继续在这待下去也不错，尽管还是有些冷得慌。毕竟，我还在比这环境更差的地方待过。”

“你觉得你的身体能受得了吗？”

“关你什么事？”威廉问道，身体由于寒冷又颤抖了一下。

“实际上，我来这里也并非完全偶然。”埃伦迪尔说道，“我以前认识一个和你一样在这儿借宿的人，他叫汉尼巴尔。”

“汉尼巴尔？哦，我认识他。”

“他在这附近的一个池塘里淹死了。”埃伦迪尔指了指克灵吕米里，“你听说过吗？”

“好像听说过，怎么啦？”

“没什么。”埃伦迪尔说，“我想这也许只是一次不幸的意外吧。”

“对，不幸的意外。”

“你在哪儿认识的他？”埃伦迪尔坐在了混凝土管道上。

“就在这附近，瞎逛的时候遇到过他。很不错的一个家伙。”

“你们不是对头吧？”

“对头？当然不是，我可没有仇人。”

“那你知不知道他有没有仇人？如果有的话，你知道有可能是谁吗？”

威廉透过厚厚的镜片盯着埃伦迪尔。

“你为什么想知道这个？”他又剧烈地咳嗽起来，肩膀也跟着颤抖起来。

“没什么特别的原因。”

“得了吧。”

“我说的是实话，真的没有。”

“你觉得他不是自己淹死的？”

“你觉得呢？”

“我怎么会知道啊。”威廉站起身扭了扭腰，然后走到埃伦迪尔旁边，和他一起坐在管道上。“你能给我点儿零钱吗？”

“要零钱干什么？”

“买点烟，仅此而已。”

埃伦迪尔掏出两枚五十克朗的零钱说：“我身上就这些了。”

“谢谢。”威廉迅速抓住了零钱，“刚好够买一包了。你知道吗？最近一瓶伏特加酒都卖到两千克朗了！我想这个国家的管理者已经疯了，完全失去理智了。”

“那里的池塘都不是很深。”埃伦迪尔重新回到了主题上。

威廉用手捂着嘴咳嗽着，说道：“水够深了。”

“你很确定他是淹死了？”

“很难讲。”

“没准儿他是喝多了。”埃伦迪尔继续说道，“法医的检测结果显示，他血液中的酒精浓度很高。”

“哦，汉尼巴尔的酒量还不错。”

“你还记得他死前总是和谁混在一起吗？”

“反正不是和我一起。”威廉回答道，“我对他不怎么了解。但我在费尔医院见过他几次。事实上，我最后一次见他就是在那里。当时，他想找张床休息一会儿，但医生说他喝醉了。”

威廉没有说出更多有用的信息。他说他可能还得在管道井里多住几晚，至少一个晚上，之后就走一步看一步吧。埃伦迪尔试图劝阻他，问他这里是否是他唯一的去处。结果，威廉让埃伦迪尔滚远点儿，别多管闲事。于是，埃伦迪尔离开了管道井附近的草坪，身后还时不时地传来威廉的咳嗽声。他沿着管道一直向西前进，借着极夜的光亮一直走到奥斯克居里，然后从管道上跳了下来，径直回到了自己位于赫利达尔的家。

毫无疑问，汉尼巴尔不止一次打破了避难所限制饮酒的禁令。也许这就是他最后选择待在管道井里的原因。一个流浪汉，远离人类社会，远离一切干涉。

6

最后交班之前，埃伦迪尔、马泰恩和加达尔被派去押送一名逃犯回利特拉－赫劳恩监狱。这名逃犯走私毒品，被判了两年半的刑。两天前，他一时兴起想进城，然后没费多大劲儿就逃走了。尽管他才二十五岁，但警察都认识他，因为他有过贩卖毒品、走私酒精、盗窃以及造假的前科。他二十岁的时候，由于一连串的入室盗窃行为，曾经在监狱里待过几个月。后来，他又因为随身携带大量大麻，在凯夫拉维克机场被捕。被捕之前，他在阿姆斯特丹逗留了四天。海关的监控名单上有他，他们本来早就该抓到他了，只是他留着胡须和长发不容易认出来。据警方透露，他甚至懒得隐藏毒品，就只是用一条牛仔裤将大麻包裹着，放在一个崭新的运动包里。

在最近的一次逃亡中，他在海维费斯格塔警察局投案自首了。现在，埃伦迪尔和同伴们把他带上了警车。他一路喋喋不休，看起来他在自首之前一定得到过什么好东西。

“你为什么要逃跑啊？”驶出市区之后，马泰恩问道。

“那天是我妈妈的生日，五十岁生日。”

“场面很盛大吗？”加达尔问道。

“是的，老兄，很热闹，还有很多酒。”

“她见到你高兴吗？”马泰恩问道。

警察曾经监视过他妈妈的房子，但是没能抓到他。

“她乐疯了！”

“你偷偷从监狱溜走，没给他们带来什么麻烦吗？”

“你是说在赫劳恩吗？没有啊。我算是自己走出来的吧？”

“你知道吗，你这样会被加刑的。”

“那也没什么，反正里面也没那么差。老兄，我妈妈要过一个很重要的生日，我怎么能错过呢！”

“是，当然不能错过。”马泰恩回应道。

警车费力地爬过赫利舍迪，这名逃犯在回监狱的途中不停地絮絮叨叨，讲他在监狱里的生活和其他的囚犯，讲当地的足球队和现在糟糕的赛季，讲他喜爱的英国足球队和该球队目前糟糕的表现，讲他在东躲西藏的过程中在电视上看过的垃圾电影，讲他在阿姆斯特丹去过的咖啡店和牛排餐厅……这家伙简直无所不谈。

当埃伦迪尔、马泰恩和加达尔把这个唠叨的逃犯扔到利特拉－赫劳恩监狱的时候，他们早已烦透了他。在慢慢返回市区的途中，有人报警说一名年轻女子走失了。三天前，她离开了位于雷克雅未克的家，至今音信全无。她十九岁了，失踪时下身穿牛仔裤，上身穿一件粉红色衬衫，外面套着一件迷彩夹克，脚上穿着一双运动鞋。

“还记得去年阿克雷里那个震惊了半个冰岛的家伙吗？”马泰

恩说，“一天晚上，他没有告知任何人就从雷克雅未克出走了，他父母一连四天没有他的音信，于是就报警了。那可是一个名门望族。最后，那家伙在报刊亭看到了刊登在报纸上的自己的照片。”

“还有去托尔斯卡菲酒吧聚会的那个女人，记得吗？”加达尔接着说道，“再也没出现过。也是发生在不久之前的事。”

“那个女人是和朋友一起出去的，对吗？”马泰恩说，“然后就再也没回过家。”

“对，她本来想走着回家。”

“她到底发生了什么事？”

“她投海自杀了，是吧？”

“嘿，埃伦迪尔。”马泰恩说，“这个女人失踪的时间和你的流浪汉淹死的时间差不多吧？”

“我的流浪汉？”虽然埃伦迪尔确实告诉过他们，自己过去见过汉尼巴尔几次，也向他们抱怨过调查人员的漠不关心，但他从来没有听人这么说过。

他们的值班结束了，他们现在只需将警车开回警察局，然后就可以下班回家了。可就在这时，他们收到了一则报警通知：沃加尔地区发生了一起入室盗窃。

“妈的。”加达尔大叫道，“我们一定要去吗？”

他们离沃加尔地区最近，所以埃伦迪尔开车前往事发地点。到达现场时，他们看到一个人从屋里冲了出来。那个人看到警车之后停顿了几秒，然后躲到了隔壁的花园里。埃伦迪尔急忙踩了刹车，加达尔和马泰恩追了出去。没过多会儿，他们就追上了嫌犯，将他按倒在地，然后扭送上了警车。

他们在嫌犯身上找到了一块手表和一些珠宝。疑犯刚发现警察追上来的时候，丢下了一个很大的物件。趁着加达尔和马泰恩追贼的工夫，埃伦迪尔检查了扔在路上的赃物，发现是一套家用火锅厨具。

7

碰巧的是，埃伦迪尔其实也了解那个女人从托尔斯卡菲酒吧失踪那件事，因为他对失踪案极其感兴趣。他几乎看遍了所有关于失踪的新闻报道，包括装备简陋的猎人没能在指定时间内回家、旅行者一连几天没有音信，还有一些年轻人——比如那个穿粉红色衬衫的女孩——离家出走。大多数人最后都被找到了——有的还活着，有的已经死了；但也有一些人，在搜救队和营救小队持续搜救了几天之后，依然没被找到，之后也再无任何音信。他们的失踪给世人留下了一系列悬而未决的疑团。

加入警队没多久，埃伦迪尔便开始查阅雷克雅未克以及周边地区发生过的失踪案件档案。几年来，他一直在研究那些旅行者的事迹，他们在高山、荒野和山间小路或迷路或幸存。他热衷于对这些档案材料的研究，而这仅仅是出于兴趣。

这些失踪案件很少被认定为刑事案件。不过，那个时候，埃伦迪尔的兴趣只是源于个人喜好而非职业需求。他会花上几个小时浏览过去那些案件报告，熟悉各种失踪情形和一些未破案件——尽管后者对他而言并没有多大吸引力。但还是有例外的时候，比如说汉尼巴尔的死亡——尽管目前还不清楚他的死是否有可疑之处，在这个案子中，只是因为他对受害者还算熟悉，所以他才异常感兴趣。

还有另外一个案件也是埃伦迪尔颇为感兴趣的，他一直在研究该案件的细节，甚至还去案发现场进行了实地考察。一九五三年的一天，一个在雷克雅未克女子学院上学的十八岁女孩突然失踪了。她原本打算在位于市中心的一家咖啡馆——雷克雅加塔的学生们经常来这家咖啡馆——和她的三个朋友见面。上大学之前，四个女孩就读于不同的学校，上大学后，她们被分到了同一个班。从大一时的那个冬天开始，她们便成了非常要好的朋友。她们经常一起出去逛街，一起报名参加各种课外活动。那天，她们本打算见面商量一下班级晚上的娱乐活动，结果只有三个女孩赴约，但她们并没有因为朋友的失约而生气，只是觉得她可能是生病了，因为她那天早上就没来上课。后来，她们用咖啡馆的电话给失约的那个女孩家里打电话，想弄明白她到底怎么了。接电话的是女孩的妈妈，她过了好一会儿才弄清楚她们在说些什么。“我们想知道她现在怎么样。”她们解释说。女孩的妈妈被这个问题搞蒙了——她的女儿并没有生病，她已经去学校了。

那个女大学生几乎总是走同一条路去上学。她住在雷克雅未克市的西边，上学要穿过诺克斯军营。第二次世界大战期间，美国占领军在这里修建了半圆形的活动营房，战后，军营变成了雷克雅未克市的廉价住房区，贫困家庭可以在此居住。女孩从家里步行到学校只需要十五分钟。她沿着赫林布劳特往东一直走到福利克尤维格，她就读的大学就在那里。有时候，她也会乘公交车去上学，但是那天早上，公交车司机并没有看到她。司机说，每天早上都是那么一小群人乘车，如果他见过那个女孩，肯定能认出她。所以，那个女孩子要么是步行去咖啡馆的，要么就是坐了某个熟人的顺风车——这也不是第一次了。虽然没人听说过她坐过陌生人的顺风车，但不能排除这种可能性。当然，因为并没有人出来作证说曾经捎过她一程，所以，这种可能性也充满了不确定性。

很有可能，女孩那天根本就没打算去赴约；或者，她碰到了某个陌生人，结果遇害了；也有可能，她下定决心以一种特殊的方式结束自己的生命，让谁都找不到她。不过，认识她的人都知道，她从来没有交过男朋友，从来没有与异性约过会，也从来没有瞒着父母和谁保持过特殊关系。而且，她总是认真地对待课堂考勤，从来不旷课。这样的她，有可能自杀吗？没有任何迹象表明，她有什么个人问题以至让她濒临绝望进而选择自杀。相反，她性格外向，很受同学们的欢迎。但是，她偏偏就是消失不见了，在寒冷的冬季里消失了。北半球的漫长冬夜会对人的心理健康造成创伤，所以，也不能完全排除她自杀的可能性。事实上，这个女孩的尸体从未被找到过，也许就意味着她已经不留痕迹地沉入大海了。

埃伦迪尔沿着女孩步行上学的路线走着，希望能找到一点儿线索。在过去的那些年中，这里发生了巨大的变化，半圆形的活动营房早就不见了，新的楼房拔地而起。有一次，他还乘公交车去了城市西部的福利克尤维格，还在女孩的老家门前站了一会儿。当年，她还只是个孩子啊。他看到了女孩曾经玩耍的花园，看到了她曾经走过的房门。虽然只是在女孩旧居那里稍稍逗留了一两分钟，但此情此景足以让他热泪盈眶，满心悲伤。

那位在托尔斯卡菲酒吧失踪的妇女的命运也笼罩着相同的谜团。她的朋友们都怀疑她得了抑郁症，尽管她从未向任何人倾诉过她的忧伤和她不幸的婚姻生活。她的丈夫直接否认了他们婚姻生活不幸福这一说法，但他承认妻子确实会有情绪波动，有时候情绪会比较低落。一个星期一的清晨，他报警称妻子失踪了。报警时，他还说，妻子在星期六的晚上与房产中介所的同事们一起出去聚会了。直到第二天，他的妻子仍然没有回家，他开始给妻子的同事挨个打电话询问，但谁都不知道他妻子去哪了。对于那晚的聚会是如何结束的，只有个别人有点儿模糊的记忆。截止到报警时，他仍然没有收到妻子的任何消息。那天，他们去诺斯提德吃晚餐，庆祝公司成立五周年。当天，所有工作人员的配偶都没有受到邀请，于是，所有人都玩得无拘无束，尽情狂欢。他们在餐馆里一直待到很晚，然后有人提议去托尔斯卡菲酒吧，那是一个人气很旺的夜店，有一个很流行的乐队在那里演出。到那儿之后，公司同事就慢慢分散了，要么回家，要么去赶别的场子。没有人注意到那位女职员是什么时候离开的、和谁一起离开的。大家只知道，最后一位和她说话的人是公司里最年长的一位员工—— 一位五十多岁的接待员。这位老员工主动提出叫辆出租车顺便捎她一程，但她只是向他表达了感激之情，然后拒绝了。她说她想多待一会儿，然后步行回家，这样还可以让自己的头脑清醒一下。她住在福斯沃于尔山谷最西部的新社区里，距离不算太近，但她坚持要走着回家。

后来，当警察讯问当晚在托尔斯卡菲酒吧的其他顾客时，没有人能回忆起关于那位失踪妇女的更多细节。她的同事们都说，她和很多人聊过天。其中两位同事提供了比较具体的口供。一位是她大学时的老友，当晚和妻子一起过来的。据他们所言，她当晚并没有喝醉，只是情绪很高昂，因为他们一起回忆了大学时光。另一位是她十几岁就认识了的女性朋友。她们寒暄了一小会儿后，这位朋友看到她在和一个自己不认识的男人说话。由于俱乐部的灯光很暗，所以她对当时的情景描述得很模糊。

最后，警察的调查不了了之。那位女职员消失得无影无踪，随后的调查也没有发现太多有用的线索，根本无法解释她的失踪。警察在调查中发现，三年前，她曾有过出轨行为。当她那个晚上没有回家的时候，她的丈夫起初猜想她可能又旧事重演了，这和三年前的情形太相似了。第一次出轨之后，她声称这是她唯一一次对丈夫不忠，而且，这只是在他们婚姻触礁时的一种丧失理智的行为。他没有理由不相信她。

有人认为，她要么是又遇到了老情人，要么是和一个新认识的男人回家了，结果遭遇了不幸，于是消失得无影无踪。前一个老情人接受审问时发誓说自己那天晚上没有见过她。而她朋友看见的那个和她说过话的男人一直没有出现。

撇开这些不说，他们觉得根本没有证据证实她的失踪为他杀。他们觉得，自杀的可能性更大。

一天晚上，埃伦迪尔交班之后不想直接回家，于是又翻阅了一下案情相关文件，一个细节引起了他的注意。受审的两个人提到，那个女职员对珠宝很狂热。

*

睡梦中的埃伦迪尔突然醒了过来——他总是担心自己睡过头。和以往一样，值班之前他会打个盹儿。发现时间还早，他松了口气，然后起身开始为接下来的夜班做准备。那天晚上，他躺在床上想了很久，思考着那个失踪的女大学生和托尔斯卡菲那个失踪妇女的命运。有时候，他也怀疑是不是正是自己对这类故事的痴迷才促使自己进入了警局。

8

位于辛霍特斯特拉提街区的费尔医院是一栋木质的两层小楼，外观看起来很气派。该医院建于十九世纪，是当时雷克雅未克第一家特色医院。但在过去的四年里，它又具备了新的功能——为城市流浪者提供住所。当流浪者有需要的时候，这里会为他们提供一顿热乎乎的饭菜、一些洗漱用品，还有一张舒适的床。不过，医院纪律很严格，会在规定的时间内锁门，还会在第二天早上的固定时间要求流浪者离开。待在医院的时候，流浪者必须保持头脑清醒，不能饮酒，这条收留规矩没有任何商量的余地。

来申请入住的人，大多数都很谦逊，因为在大街上流浪了一段时间，艰难的日子会让他们觉得任何施舍都值得感激。当然，也不乏一些喜欢胡搅蛮缠的流浪者和一些喜欢攻击人的醉鬼，而后者往往会被赶走。他们中，有的人身体和精神状态还行；有的人很虚弱，所以工作人员才会把他们领进医院。

一天晚上，埃伦迪尔上夜班之前顺路去了一趟费尔医院。当时，一个流浪汉要求入住，但被工作人员拒绝了。于是，他和其中一名工作人员争吵了起来，随后被工作人员架起胳膊拖了出去。抱着一线获得同情的渺茫希望，醉汉温和地反抗说，自己真的再也不能在那个破板房里住了。

“等你酒醒了再回来。”工作人员说，“老兄，你知道规矩的。没什么可说的。”

他关上门，然后转向埃伦迪尔。

“找人吗？”

“不是。”

“你不会也想进来住吧？”工作人员的语调清楚地表明，埃伦迪尔看上去离享受费尔医院的服务隔了十万八千里。

“现在入住的人多吗？”

“并没有，才五个人。但到了晚上会有更多人。”

“其实也没多少人，是吧？”

“跟去年圣诞节没法比。”工作人员回答道，“去年这里挤满了人，大概三十个人。圣诞节总是一年中最忙的时候。”

“大约一年前，有个流浪汉突然死了，我现在在做一些调查。他叫汉尼巴尔。你记得他吗？”

“汉尼巴尔？那个淹死在克灵吕米里的酒鬼？”

埃伦迪尔点了点头。

“我清楚地记得他。”说话的这个中年男人有点儿胖，嘴边的胡须剃得很整齐，“他以前经常过来住。所以，我记得他，一个很奇怪的家伙。你认识他吗？”

“嗯。”埃伦迪尔回答道，没有做过多的解释，“他以前经常待在这儿吗？”

“他经常在街上游荡。我最后一次见他的时候，他喝醉了，所以我不得不把他轰出去。后来听说他在供热管道井里睡，境况很凄惨。”

“是的，那个地方就在克灵吕米里，离他淹死的地方不远。”

“可怜的家伙啊！”

“所以，他来这儿的几次都是醉着的？”

“是啊，要知道，我们这里不接待任何酒鬼。”

“你当时根本没和他说过话吗？”

“没有，我印象中没有。只是像往常一样和他说说这里的规矩。”

“他不喝酒的时候也经常来这儿吗？”

“偶尔会来吧。但大多数时候，他的状态都不满足我们的接收条件。可能只有两三次我们允许他待在这儿。不超过两三次。然后第二天早上他必须和其他所有人一样离开。”

“他和这里的常客有来往吗？你知道吗？”埃伦迪尔问道。

“应该会有吧，毕竟他们这个团体并不大。”

“团体？”

“雷克雅未克的酒徒们。”

“不，我倒不这么认为。”

“这没什么新鲜的。他们大多数都彼此认识。我隐约记得，汉尼巴尔抱怨过有人要放火烧他。那是真的吗？”

“是的，他原来住的地下室着火了。那里的主人说是汉尼巴尔自己不小心烧起的大火。他跟你讲的有什么不同吗？”

“我记得他似乎对自己的遭遇很愤恨。这件事我一直记得，因为那是我最后一次见他。汉尼巴尔被赶了出来，他很生气。跟你了解到的一样吗？”

“差不多。那个地下室简直跟垃圾场没什么两样，但至少可以为他遮风挡雨。他是否提到他曾因为那场火而被责备过？”

“没有，他只是在不停地抱怨。要知道，干我们这一行的，经常会听到很多悲伤的故事，听到很多借口，也会听到很多抱怨和谴责，所以最后都麻木了。”

没过多久，埃伦迪尔离开了费尔医院，那个醉汉还在外面的路边站着。他似乎已经站不稳了，所以靠在栅栏上以保持身体平衡，醉汉向埃伦迪尔打了声招呼。

“你也生气了？”

埃伦迪尔停下来打量着他。他不顾盛夏的高温裹着厚厚的冬衣，还戴着羊毛帽，手上满是污垢，脸上布满了深深的皱纹，看起来五十岁左右的样子。

“不，我没有生气。”

埃伦迪尔走过去问道：“他们不接收你吗？”

“一帮浑蛋。”醉汉骂道。

“等你酒醒了，他们就会给你提供食物和住所。他们不会让每个人都在外面游荡，哪怕他们喝醉了，对吧？”

醉汉给了他一个轻蔑的眼神。很明显，这个问题不值得回答。

“你记不记得一个叫汉尼巴尔的家伙？他以前经常来这儿。”埃伦迪尔问道。

“汉尼巴尔？”醉汉立刻重复道。

“是的。”

“认识啊。你为什么问到他？”

“我……”

“可怜他被淹死了。”

“你说什么？”

“我说什么？我是说有人去那儿把那个家伙淹死了，真可怜。”

“你为什么这么说？”

“我就是知道。”

“你亲眼看见了吗？”

“不，我没看见。但我看到过很多其他的事情。”

“那你为什么那么确定？”

“要不然他怎么会在那种池塘里淹死呢。你说啊！”

“所以你……”

“我？不，不是我干的。这件事跟我无关。”

“那你看见什么了？”

“什么？”

“你刚刚说你看见过很多事情。那是什么意思？”埃伦迪尔追问道。

“我看见过很多事情。”醉汉重复道，‘我也知道很多事情。老兄，你不会以为我是个傻瓜吧？我告诉你，我可不是傻瓜。”

“你知道汉尼巴尔的事情吗？”

“天哪，放过我吧！你为什么不去问那个蠢货贝格曼迪尔？他比我更了解汉尼巴尔。我昨天还在广场上看见他了，那个大傻蛋又在喝酒。这已经不是第一次了。”他带着奇怪的表情苛责道，好像他自己除了特殊场合以外滴酒不沾似的。

*

埃伦迪尔从原来住在汉尼巴尔地下室上面的那对夫妇那里没有得到什么有用的线索。地下室着火的那天晚上，那对夫妇就搬出来了，搬到了劳加尔达鲁尔的一个游泳池附近，在那里租了一间很破旧的房子。埃伦迪尔费了好大劲儿才找到了他们。他们还是觉得火是汉尼巴尔点的，但他们并没有说汉尼巴尔的坏话，相反，他们很同情汉尼巴尔的遭遇。

“我们并不介意他睡在那儿。”妻子解释道。妻子名叫马尔弗里德。她的脸有些微胖，气色红润，鼻子很大，嘴巴也很大，还有大龅牙，因而嘴巴有点儿合不拢。她的丈夫正站在火炉旁过滤咖啡，看上去也是一个酒徒，身上的背心脏兮兮的，两条背带耷拉在屁股两侧，还光着脚。房子里很脏，还有一股很难闻的味道，埃伦迪尔不知道味道是从哪儿传来的，他猜想可能是焚烧垃圾导致的。

“我们挺喜欢那个流浪汉。”丈夫把咖啡倒进玻璃杯，说道。

“他到底发生了什么事啊？”马尔弗里德问道。

“你们知道他有什么仇人吗？”

“不知道。”丈夫说，“但在这条街上很难说。那个倒霉鬼掉进池塘的时候不是喝醉了吗？”

“你们相信是他自己放的火吗？”埃伦迪尔问道。

“对，笨手笨脚的家伙，难道不是吗？”马尔弗里德说道。

“告诉你哦，他还怪隔壁的老兄呢。”丈夫说。

“是的，那简直就是无稽之谈。”马尔弗里德说，“他们根本没有放火的动机啊。”

“知道汉尼巴尔为什么要怪他们吗？”埃伦迪尔问，“他们之间有什么过节吗？”

“没有，隔壁的老兄跟这件事一点儿关系都没有。”马尔弗里德坚持道。

“我不喜欢他们。”丈夫说，“从来都不喜欢。不过，那是两码事。”

“你为什么不喜欢他们？”埃伦迪尔看着这个丈夫问道。

“尽管我们是邻居，但他们很少和我们讲话。依我说，他们应该在做一些见不得人的勾当，他们在非法出售私酒——自己勾兑的白酒——之类的东西。他们对我们也不屑一顾。有一次，我过去问他们能不能卖点儿酒给我，然后看到很多人进进出出。那些人大多数都是在深夜过去，形形色色的人。他们说自己没有酒，但是我知道，他们在撒谎。”

“汉尼巴尔知道吗？”

“我不知道。我们没有谈论过这件事。之后就没再看到有人来来往往了。不知道是不是因为我去过那里。反正他们肯定在干一些见不得人的勾当。”

“他们总是整晚盯着电视。”马尔弗里德说。

“哦？”

“是的，每晚都这样。从我们家窗户那里可以看到。依我看，他们都是电视迷，对电视节目简直就是痴迷。”

“后来他们搬走了。”丈夫说。

“是的，在汉尼巴尔出事后不久。”妻子补充道，“在那之后，我们再也没见过他们。”

9

格林萨斯维格和米克拉布劳特的交叉路口处发生了一起三车连环相撞的交通事故，埃伦迪尔在那里疏导交通。事故现场已经来了两辆警车和两辆救护车，还有一辆消防车。消防员把受伤的司机从一堆事故废墟中解救了出来。事情的起因是一辆旅行轿车追尾了另一辆小轿车，致使小轿车闯了红灯并进入了路口的方形黄线区域，结果一辆厢式货车又从侧面撞上了小轿车。厢式货车行驶速度相当快，被撞的小轿车朝着格林萨斯维格的方向弹出去很远，最后翻倒在地上。巨大的撞击致使货车司机被甩出了挡风玻璃，现在躺在地上，血流不止。而被撞翻的小轿车司机还被困在驾驶座上，动弹不得。此时，这起事故的罪魁祸首——那辆旅行轿车的司机——正坐在其中一辆警车上，警察怀疑他酒后驾驶。他头上被划开了一条口子，鲜血直流。他妻子的状况也好不到哪儿去，鲜血从她的前额流下来，滴到了身上的貂皮大衣上，而且她穿着高跟鞋，走起路来左摇右晃的。加达尔不让她离开事发现场，这让她很不满，为此，两人还起了争执。最后，加达尔把她劝回到了警车上。她的丈夫也在那里，弓着腰，缩着肩膀，被警方看管着。

当时是星期五，刚过午夜十二点，城市的主干道上车流量还很大。埃伦迪尔站在繁忙的十字路口中心，虽然不会马上有生命危险，但在这样的高峰时段里，还是有些不可预见的危险。那天晚上，他们的首要任务就是引导一名醉酒司机到路边停车，这个司机正在斯库拉格塔的路上以极其危险的速度不停地变道。当他们要求司机下车时，司机一点儿也不配合，而且坚称自己是清醒的，然而，他在去进行血液测试的路上就昏睡过去了。

三辆严重受损的车辆都被拖走了。救护车和警车离开之后，他们就把交通通道打开了。正当他们准备驾车离开现场时，警局来电话说，诺屯的罗道尔俱乐部有人打架，一名醉汉打了一个保安，还恐吓其他顾客，随后被两名保安制服了，现在，他们正在等警察过去处理。

他们到达俱乐部时，发现那里围了一大群人。

当警察扒开人群艰难地前行时，有人突然喊道："开化装舞会吗？"他们碰到一个门卫，门卫把他们带到了厨房。那个闹事者已经被两个彪形大汉制服，脸朝下趴在地上，其他职员正围着他们忙碌着。

"我要杀了你们！"醉汉咆哮道，"我要杀了你们！他妈的，你们这些猪。"

保安队长向警察解释了冲突的经过。原来，这名醉汉完全失去了理智，他拒绝支付账单，还拿着破玻璃杯朝保安的脸砸了过去。保安鲜血直流，马上被送往急诊室处理。保安们说，这名醉汉偶尔会来这家酒吧，还说他的一些行为非常令人讨厌，在这里早就出了名了。之前，保安们把他赶出去过好几次，因为总有些女顾客抱怨他的行为，但保安们并不知道他叫什么。

“他就是那种一进来就觉得这里是自己地盘的白痴。”门卫队长说，“把这样的傻瓜赶出去也好。从现在起，禁止他入内。”

马泰恩给醉汉戴上了手铐，然后在埃伦迪尔的帮助下把他拉了起来。

“我要起诉那帮浑蛋故意伤害罪！”醉汉趴在厨房的地上，愤怒地咆哮道，“他们殴打我，把我拖到这儿来，按在地板上。我要起诉他们！”

“基蒂是我们这里的保安，他的眼睛能不能保住还难说呢。”保安告诉警察，“他肯定是要起诉这个废物的。”

警察们把醉汉押到酒吧外面，穿过人群带上了警车，而醉汉则一路谩骂着。围观人群中有几个人想要阻拦警察，他们七嘴八舌地议论着，骂警察是蠢货，还说警察欺压平民。不过，警察们早已习惯了这样的侮辱，他们并不在意。

到达警察局后，他们喝了点儿咖啡，小憩了一会儿。到目前为止，他们今晚的执勤与往常相比没什么两样。处理交通事故和醉酒司机，平息酒吧闹事，这就是他们工作的全部。

令埃伦迪尔恼火的是，加达尔和马泰恩大半个晚上都在争论英国的斯莱德摇滚乐团。新闻报道说，今年秋天，那个乐队有望在劳加尔达尔斯候德音乐厅举办一场音乐会。加达尔很想拿到音乐会的门票。今年初夏的时候，普洛可哈伦乐团——马泰恩最喜爱的乐队之一——在印第安纳大学电影院办过三场音乐会，马泰恩去听了第一场，整个人被精彩的演出震撼得无以言表，回来之后便一直轻轻哼唱着《苍白的浅影》。但是，因为没人理会，所以他的热情逐渐减退了。现在，当加达尔开始追捧斯莱德乐队时，马泰恩便想泼冷水。

“迄今为止，斯莱德无疑是世界上最酷的乐队。”加达尔咬了一口面包卷说道。

“华丽摇滚中的垃圾。”马泰恩嘲笑道，“他们不会红太久的，几年之后，估计你都不记得他们的名字了。你为什么不去听听普洛可哈伦或者滚石乐队这样像模像样的乐队的音乐会呢？他们多认真啊！我敢保证，他们到了五十岁也一定还在唱摇滚！”

“老兄，斯莱德才是真正的摇滚乐团。”

“佩利肯乐队不也在做同样的事情吗？”埃伦迪尔问道。他对音乐演出基本没什么兴趣，只不过偶然想起了他在报纸上看过的一篇文章。

“哦，当然了，他们要酷得多了。”马泰恩说，“‘珍妮宝贝’简直就是个天才。”

他们在海港边结束了一天的工作。在海港不远处的船台那里，一名男子掉入了海中，一个路人及时跳入海中将其救了起来。现在，落水男子已经被送到医院了。见义勇为的路人坐在警车上，浑身湿透了，身上裹着几条毯子——但他似乎并不关心自己现在的状况。救人者能够思路清晰地描述事情的经过，而且，比起他自己，他更关心那个被他从海港中救起来的人。

“落水者怎么样了？”他问道。

“医生给他做完检查之后，会把他送回家的。”埃伦迪尔回答道。

“他状况不太好。”

“放心，医生会为他做检查的。”

“不，我是说他精神状况不太好，最好派人盯着他。”

“什么意思？”

“他不是失足掉进去的。”

“哦？”

“事情完全不是那样的，他是故意跳下去的。”

“你确定吗？”

“确定。他一直在和我抗争，求我放开他，求我不要管他，求我让他去死。”

10

在他们少有的几次碰面中，汉尼巴尔从未提过他的任何亲人。通过向周围人打听汉尼巴尔的情况，埃伦迪尔得知，他从不愿提及他的家庭以及过去的生活。如果有人非要刨根问底，他就会很生气地指责他们，嫌他们干预他的生活。

埃伦迪尔还打听到，汉尼巴尔有个妹妹，现在已经是三个孩子的母亲了。当她的孩子们都长大了搬出去之后，她又出来工作了，现在在雷克雅未克，是一家诊所的就医接待员。他还有个哥哥，住在北部的阿克雷里，是个建筑承包商，已婚无子。经过调查，埃伦迪尔发现，汉尼巴尔的妹妹和哥哥都是正经体面的人家，而且他哥哥在当地的禁酒运动中十分活跃，也许是想通过这种方式为汉尼巴尔的生活方式做些补偿吧。

一番思索之后，埃伦迪尔决定通过他的妹妹更多地了解汉尼巴尔。埃伦迪尔给医疗诊所打了电话，电话接通之后，他介绍自己是汉尼巴尔的熟人，并问对方能不能和自己聊一会儿。

“聊什么？”她问道。埃伦迪尔听到那边又有电话在响，显然，接待员的工作很忙。

“聊聊你的哥哥汉尼巴尔。”

“关于他的什么话题？”

“我……”

“你为什么要聊他呢？”她听起来有些激动，“你为什么要找我问汉尼巴尔的事？”

“我对他了解不多。如果你能和我见一面的话，或许我可以解释得更清楚一些。”

“抱歉，我真的没时间。”

“我会非常感激的，如果……”

“恐怕真的没有时间，我要接电话了。”

“但是……”

“很抱歉，我要挂电话了。谢谢，拜拜。”

她挂断了电话。

汉尼巴尔妹妹的反应让埃伦迪尔觉得很惊讶。细细琢磨之后，他觉得，或许她以为他和汉尼巴尔一样，也是个流浪汉，而她并不愿意和这样的人有任何瓜葛。或许，他应该说得更具体一些，告诉她自己是谁，说明自己的工作性质，这样还能给她施加点儿压力，让她过来跟自己见个面。他突然意识到，自己都不知道自己这样做的目的是什么，也不知道自己为什么这么渴望了解汉尼巴尔的身世。

为什么自己要执着于这个可怜的流浪汉的死因？事实上，他们也就见过几次面而已。难道是因为自己是第一个赶到现场并将尸体从池塘中捞起来的，于是这幅景象就一直烙在自己的脑海中吗？刚认出尸体是谁的那会儿，埃伦迪尔确实有些震惊，但事实上，他本不至于那么震惊，因为汉尼巴尔迟早会是这样的下场。他的身体状况很差，精神状态也一直不好，毕竟这么多年来，他生活艰辛，一直处于窘境之中。他们最后一次见面是在警察局的牢房里，汉尼巴尔向他吐露了自己的不幸，还说自己没有勇气去改变这一切。

难道埃伦迪尔尽其所能地去揭开汉尼巴尔死亡的真相有错吗？虽然汉尼巴尔拒绝别人的帮助与同情，但自己是不是应该为他做些什么呢？一个一条腿已经踏进棺材的流浪汉，一个像流浪狗一样被淹死了的流浪汉，没有人会关心他的死活，更没有人会继续追究他的死因。即便是那个在费尔医院门口的流浪汉，即便他认为汉尼巴尔的死绝非偶然，也依然显得很无所谓。

也许，汉尼巴尔发火正是因为埃伦迪尔戳到了他的痛处，所以他才会指责埃伦迪尔多管闲事，并且要求埃伦迪尔不要管他。

总之，不管是什么原因，汉尼巴尔的悲惨经历——他的命运以及他想要逃离人类社会的决心——已经引起了埃伦迪尔的关注。这样的心理需求从何而来？又是什么造成了汉尼巴尔的悲剧？埃伦迪尔很同情汉尼巴尔的孤独和痛苦，而且，他性格中的某些因素——对自己生存状态的坚守——莫名地吸引着埃伦迪尔。他将自己与生活对立起来，拒绝一切帮助，孤独地生活着，不让任何人靠近。

埃伦迪尔沉浸在这样的想象中，不知不觉地来到了医疗诊所。当时已经快到下班时间了，候诊室里也没有病人了。一个四十岁左右的女人正在咨询台整理资料。她金色的头发蓬松地扎着，身穿一件绿色的衬衫和一条紧身裙，脖子上戴着一条漂亮的珍珠项链。

“你是丽贝卡吗？”埃伦迪尔问道。

“是的，有事吗？”女人抬头看了一眼。

“很抱歉，打扰了。我之前给你打过电话……”

“你有预约吗？”

“没有，我是埃伦迪尔，我……”

“我们下班了。”她说，“不过，如果你愿意的话，我可以帮你预约一下。你的医生是谁？”

“我不是来这儿看病的。”埃伦迪尔说，“我之前打过电话，想了解一下你哥哥汉尼巴尔的情况。”

女人犹豫了一下。

“哦。”她回答道，然后开始继续收拾东西。

“很抱歉，我这么固执。但是，就像我在电话里提到过的，我认识你哥哥，我想问问你有没有时间和我谈谈。”

“你是跟他一起在大街上流浪的同伴吗？”她低声问道。

“天哪！不是的。”埃伦迪尔说，“我从不在街上流浪，其实，我是警察。我们隔一段时间就要收留他一次，所以我就认识他了。”

“你是警察？”

“是的。”

“如果你不介意的话，我还是不愿和你讨论他。”她说，“汉尼巴尔死了，这令人悲伤，但现在一切都结束了。我不想因为一个陌生人再回忆一遍这种痛苦的事情。”

“我完全能理解。”埃伦迪尔说，“给你打电话的时候，我也考虑过这些。但我只是想把事情真相弄清楚。如果你还有什么顾虑的话，我只想告诉你，我并没有恶意。我想多了解他一点儿，但他死得太突然了。当时，我是第一个到达现场的，也是我把他从水里拉上来的。也许这就是为什么我一直无法忘记他。”

女人关掉了大型电子打印机。她从办公室走了出来，仔细地关上了身后那扇门，然后和埃伦迪尔一起走在人行道上。

“汉尼巴尔不是坏人。”她离开的时候说。

“是的，我知道。”

诊所在雷克雅加塔，位于雷克雅未克的中心，附近的交通很拥堵，汽车鸣笛声不断。人们匆匆忙忙地赶往商店、咖啡馆，或者走在回家的路上。

“你知道有什么人会想要伤害他吗？”埃伦迪尔开口问道。

“你并不是很了解他，是吗？”

“是的，很遗憾，我……”

“只有一个人想要伤害他，那就是他自己。”

11

埃伦迪尔正打算在上班前打个盹儿，这时，手机铃声打破了周围的寂静。

他住在赫利达尔的一个小地下室公寓里。当初被警察局录用时，警局告知他，无论白天黑夜，随时都有可能被电话叫去执行任务，所以，他需要一部手机。虽然他觉得没有必要，但还是领了一部黑色手机，手机按键是金属质地的，所以很笨重。结果，除了值班警长会打来电话安排值班之外，手机很少会因为工作的事情而响起。有时候，同事会打电话邀他一起看电影或是夜晚出去聚一聚。不过，他对这些都不太感兴趣，但有时他也会说服自己参加同事们的聚会。他不喜欢喝酒，最多喝一小杯绿色的查特酒。有时候，同事们会在去夜店的路上碰到他，也曾试图拉上他一起玩玩，但都被他拒绝了。埃伦迪尔更喜欢待在家里看看书，听听广播或者唱片。他买了一套质量上乘的音响，还搜集了很多唱片，大多数都是欧美爵士乐。他也很喜欢听冰岛民歌，尤其喜欢听他喜爱的诗人的配乐作品，比如托马斯·古德蒙松、大卫·斯特方松和斯泰纳尔作词的歌曲。

说到饮食，他偏爱传统的家常便饭，比如说土豆煮鳕鱼，或者在一些特殊场合吃的烤羊肉。他的晚餐通常会在斯库拉卡菲吃，那里有一家自助餐厅，专门提供冰岛家常菜，很受工人和卡车司机们的欢迎。自餐厅开业以来，羊排裹面包屑一直是那里的人气菜肴。

经过一个公共洗衣房，可以到达埃伦迪尔公寓里的花园。他将一些传统美食——从当地小商店买来的牛腩、肝泥香肠和鲸脂——储存在一个小桶里，吃上一段时间后便会再买来一些把木桶装满。他经常和加达尔探讨饮食习惯问题，加达尔很热衷于美国快餐食品，但对埃伦迪尔来说，加达尔关于比萨和汉堡慷慨激昂的“演讲”，简直就是瞎扯。

他接起了电话，是汉尼巴尔的妹妹丽贝卡打来的，这着实让他吃惊。考虑到上次道别时丽贝卡的强硬态度，他根本没指望她会再次跟自己联系。

“我从警察局问到了你的号码。”她说，“希望你不会介意。”

“当然不介意了。”埃伦迪尔回答道，“我的号码没在电话簿上登记过。”

“所以他们告诉我了，不过似乎有点儿不太情愿。”

“不管怎样，谢谢你打电话过来。”

“我想了想你之前说的话。”

“是吗？”

“你为什么问我知不知道有谁可能想伤害我哥哥？你说那话是什么意思呢？”

“我只是想问问你知不知道他有什么仇人。”

“哦，我知道我哥哥生活得不太容易。”丽贝卡说，“但他并不爱惹麻烦，那不是他的风格。难道他的落水溺亡并不是一场意外？”

“哦，也不是，那似乎更有可能是一场意外，只是，他的生活环境确实不怎么好。如你所言，他可能并没有惹什么麻烦，但我感觉他也不害怕向人吐露心声，而且我也知道，他不愿受惠于任何人。”

“没错，他就是那样的性格，非常倔。”

“是啊。”

“过去几年，我和汉尼巴尔没有什么联系。”她说，“所以，我不知道他一个人在干些什么，也不知道他和哪些人混在一起。这方面你应该知道得比我多。”

“事实上，我了解的也不多。他不爱与人来往，只是和极少数与他境况相似的人打交道，但是我觉得，没有谁能真正走近他。这么说，他和自己的家人也不怎么联系？”

“他从我们的生活里消失了。”丽贝卡继续说道，“我不知道该如何描述，一切发生得太突然。汉尼巴尔慢慢淡出了我们的生活，一个人迷失在无人的世界里。”

她陷入了沉默。

“我们想帮他，但他不愿意。我哥哥很快就对他绝望了，觉得他是一个废物。我……汉尼巴尔不愿听到我们的消息，不愿融入我们的世界，他在竭尽全力地避开我们。”

“这样的事情确实很难处理。”埃伦迪尔回应道。

“算了，反正我问心无愧。”她说，“我想方设法地帮助他，希望他能振作起来。但他说他根本不在乎，说我什么都不懂。我最后一次成功劝他戒酒已经是八九年前的事了，当时，他戒了两三个月，可是后来，他又开始喝酒了，之后便彻底成了一个废人。”

“所以，你哥哥和他也没有联系？”

“是的。”

“他们之间有没有什么纠葛？”

“你这是什么意思？”

“没什么，我只是……”

“你想说他可能对汉尼巴尔施害吗？”

“不，当然不是了。我只是想弄清楚发生了什么。”

“我哥哥住在北部的阿克雷里，汉尼巴尔死的时候他都不在雷克雅未克。”

“我知道。我真的没有暗示什么。”

两人都沉默不语了，气氛有点儿尴尬。

“你是唯一一个问到汉尼巴尔的人。”最后，丽贝卡说，“唯一一个对他表现出些许关心的人。我本应该更友好一点儿的，但你确实让我有点儿吃惊。说实话，我有点儿难过。如果你愿意，哪天下班之后我可以和你见一面。”

“那太好了。”

他们互道了再见便挂了电话，然后埃伦迪尔的电话又响了，这次是他的女友霍尔多拉。

“我只是想跟你说说话。”霍尔多拉说道。

“哦，对不起，我本打算联系你的。”

“最近很忙吗？”

“是的。总值夜班把生活规律都弄乱了。你最近怎么样？”

“挺好的。我想告诉你……我应聘了一份新工作。”

“是吗？”

“嗯，是一家电话公司。”

“那还不错吧？”

“我觉得还可以。做国际长途线的接线员。”

“你觉得能应聘上吗？”

“我觉得我有机会。”霍尔多拉回答道，“我们见个面吧？去市中心。”

“好的。”

“一会儿我打给你。”

“好。”埃伦迪尔回答道。

挂了电话之后，埃伦迪尔从书架上拿出一本书，窝在沙发里看了起来——他想赶在上班之前再打个盹儿。十几岁的时候，他厌倦了城市生活，所以开始在旧书店里看书。有一天，他偶然发现了一套书，那套书是从某一处老房清扫中得到的。书中讲述了一些人在冰岛旅行时失踪或者迷路的故事。有些人历经磨难活了下来，在书里讲述了他们旅途中遭受过的磨难，但也有一些是二手资料，或是描述游客极具耐力的惊人壮举，或是描述他们最终屈服于大自然的悲剧。之前，埃伦迪尔不曾知道还有记录这种故事的书籍。他如饥似渴地看完了全套游记，而且自那以后，他开始搜集各种书籍或者其他形式的资料，内容都是关于人们在沉船和雪崩中或是在冰岛荒野古道上遭遇到的磨难。他会自己到书店搜寻这类书籍，也会让经销商在收到与失踪相关的资料——包括书籍、文章，甚至于私人信件、报道或者目击实录——时，第一时间通知他。他总是毫不还价地全都买下来，而且将这些从全国各地搜集来的出版物好好地整理存放起来。他的存书数量已经非常可观，但他还在继续关注新的作品。失踪题材的出版物居然发售了这么多，这着实令埃伦迪尔惊讶。那些故事都描述了二十世纪上半叶旧的生活方式。那时，首都城市建设还没有向四周扩张，郊区乡村的扩展也造成彼此隔离的农庄社区逐渐消失；但很明显，他们和冰岛人还是有共鸣的。传统的农庄社会并没有完全消散，只是找到了一个新家。

大多数故事都是关于那些在暴风雪中迷路的人们，在随后的几个月、几年，甚至几十年里，他们的尸体一直都没有被找到。埃伦迪尔的耳中一直回荡着丽贝卡的话：他从我们的生活里消失了。埃伦迪尔完全理解丽贝卡的话。当他想起汉尼巴尔时，他意识到，人们很容易迷失在雷克雅未克的灯红酒绿中，就像在冬天的暴风雪中迷失在偏远的山道一样。

埃伦迪尔感到有点儿困了，于是合上了书。在梦中，他发现雷克雅未克的夜晚出奇的晴朗，出奇的明亮，但另一方面，其中又夹杂着一种阴暗和绝望。他和同事们开着警车，在这座城市的街道上夜以继日地巡逻查访，观摩着隐藏在他人背后不为人知的生活秀。雷克雅未克的夜晚给某些人带来了刺激和诱惑，也给另外一些人带来了伤害和恐惧。他一直选择远离都市夜生活，所以，当他从白天生活切换到夜间生活时，他需要一段时间去适应。但当他真正回归到夜晚时，他却发现，自己其实并不怎么介意。深夜，当街道上最终人去车歇，只留下风声和机动车轻轻的引擎声时，他比其他任何时间都更适应这个城市。

12

当埃伦迪尔到达时，房东老头正站在地下室的台阶上，嘴里叼着一根破烟斗。楼前停放着一辆破旧的苏联吉普车，后面挂着一辆大拖车，破破烂烂的垃圾装了半车厢。这个老头六十岁左右，面色红润，眼睛很小，肚子圆滚滚的，身穿一件黑色毛衣和一条破旧的牛仔裤，头上戴着一顶脏兮兮的平顶帽。老头用牙齿紧紧地咬着烟斗，嘴唇有些淡淡的青紫。他看上去像一个体力劳动者。埃伦迪尔知道他的名字叫弗里曼，因为汉尼巴尔曾经跟他提起过这个人。把弗里曼称为房东或许显得太过正式，因为汉尼巴尔睡在地下室里，从来不用付房租。另一方面，说他是慈善家又有点儿抬举他，因为地下室简直不是人住的地方——尽管汉尼巴尔想方设法地使自己在地下室里住得舒服些。埃伦迪尔跟弗里曼打了声招呼。

“你是来看房子的吗？”弗里曼敲着手中的烟斗问道。

“不是。这房子要卖吗？”

“价格合适就卖。”弗里曼傲慢地说道，仿佛他手里拿着的是一把宫殿的钥匙。事实上，他的房子就是个小木屋，外面包上了一层皱巴巴的铁皮，铁皮上涂着蓝色的油漆。地下室的上方是主要生活区和一个小阁楼，屋子里里外外都急需翻新。

“连地下室一起吗？”

“当然。地下室的面积还不小呢。我只需要把这些该死的垃圾清理掉就可以了。天知道这些垃圾都是哪来的。”

“我不是在找房子。”埃伦迪尔打量着拖车说道，“我来这儿是想打听一个流浪汉，他过去住在你家的地下室里。”

“汉尼巴尔？”

“对，就是他。”

“汉尼巴尔跟你有什么关系？”

“我以前认识他。”埃伦迪尔解释道。

“那你该知道，他已经死了。”弗里曼说。他把烟斗插进了外套里面的衬衫口袋里。

“是的。我知道他没能善终。是你让他睡在你家的地下室吗？”

“这样他就不会妨碍别人了。”

“你们是怎么认识的？”

“多年前一起在船上工作过。”弗里曼准备进地下室清理另一堆垃圾。

“需要我帮忙吗？”埃伦迪尔问道。

弗里曼吃惊地看着他。

“你真想帮忙吗？”

“如果你需要的话。”

弗里曼犹豫了一下，不知道这个年轻的陌生人葫芦里卖的什么药。

“如果你不介意的话。”

“汉尼巴尔以前住在这里的时候，我和他来过这儿。”埃伦迪尔说，“所以，我知道你这里不太好清理。”

“我今天已经跑了三趟垃圾场了。”弗里曼抱怨道，“但还是没什么改观。要知道，这些都不是我的东西。这里一直存着一些没人要的废品，有些是以前的房主留下的——都是一些不值钱的东西，其他的我也不知道是从哪来的，估计是汉尼巴尔弄回来的吧。”

地下室看上去比上一次埃伦迪尔来的时候稍微整洁了一些。汉尼巴尔的床垫和他以前盖的破毯子已经被清理了，那些空酒瓶也不见了。尽管地下室还弥漫着难闻的臭味，但已经比以前好多了。除了地下室入口，天花板的横梁和门框上的一些地方也都被烟熏黑了。

埃伦迪尔挽起袖子，开始帮忙搬垃圾。不一会儿，拖车已经被装得满满的。

“他就住在这种鬼地方。”当埃伦迪尔再次谈起汉尼巴尔时，弗里曼说道，“这就是我想赶他走的原因之一。平时几乎想不起他来，我也不经常过来。”

“你不住这里吗？”

“是的。”

“其他租客抱怨过他吗？”

“从来没听他们抱怨过他。不过，他们自己也经常喝得大醉。有一对来自南方的夫妇，他们也把房子搞得乱七八糟，最后被我打发走了。我打算在这房子还值点儿钱的时候把它卖了，可惜一直没卖出去。没人买。”

弗里曼再次点燃了他的烟斗，看了看拖车，说他已经运了一天该死的垃圾了。明天他还要继续，希望明天可以清理完。

“谢谢你帮忙，小伙子。”

“不客气。”埃伦迪尔说，“你们俩以前工作过的渔船是停靠在雷克雅未克吗？”

“不是，是在格林达维克。”

“但汉尼巴尔是雷克雅未克人，是吗？”

“是的。”

“你了解他的家庭吗？”

“不了解。他过去偶尔提起过他的母亲，但我不知道他是否有兄弟姐妹。”弗里曼回答道。

“他有一个哥哥，一个妹妹。父母几年前去世了。”

“哦，他可从来没提起过任何兄弟姐妹。”

“你知道他为什么会沦落到那样的境地吗？”埃伦迪尔问道。

“你是说他为什么会淹死吗？”

“不，我的意思是说……”

“他平时不也是那样醉醺醺的吗？”

“也许吧。”埃伦迪尔承认道，“我的意思是，你知道他为什么会沦落街头吗？”

“人不走正道还需要什么理由吗？”弗里曼反问道，“很显然，汉尼巴尔是个酒鬼，而且他可能是……是一个古怪的人。他有时候很讨人喜欢，但他的脾气总是给他惹麻烦。我记得我们当时在船上工作，他总是喝得大醉，最后把工作也弄丢了。他不值得信任，爱打架，轮船快开了他还没到港，喜欢犟嘴。怎么会有这样的人？我真搞不懂。”

“这里发生过火灾。”埃伦迪尔指着烧焦的房梁说道。

“这就是为什么最后我让他卷铺盖走人了。”弗里曼说，“我最害怕这样的事情发生。我让他带着他的东西滚蛋，滚得越远越好。后来我就听说他被淹死了。”

“你知道汉尼巴尔有什么仇人吗？”

“上次警察问我的时候，我告诉过他们，我不知道。他肯定是喝醉了，跌到池塘里，爬不起来了。”

“希望是这样。”

“好了，我该去垃圾场了。”弗里曼敲灭了他的烟斗，说道。

“火灾到底是怎么发生的？”埃伦迪尔还是不想放弃，继续追问道，“汉尼巴尔扬言是有人故意纵火，想害死他。”

“很正常。”弗里曼说，他打开吉普车的门，“他说他睡着了，突然醒过来，看到门上着了火，他便起来把火扑灭了。他还发誓说是他凭一己之力保住了这栋房子。但事实可不是那样的。楼上的那对夫妻不在家，隔壁住的一对兄弟看到浓烟从地下室窗户冒出来，就跑过来帮忙，当时，汉尼巴尔已经不省人事了。多亏了他们，要不然后果真是不堪设想。他们叫醒了汉尼巴尔，把他救了出来。据说，汉尼巴尔的脑袋被砸了。兄弟俩还在门边发现了一截烧剩下的蜡烛，想必是汉尼巴尔把它碰翻了，滚进了垃圾里。”

“他们叫消防队了吗？”

“没有。”

“这么说，也没人调查过到底发生了什么事？”

“调查？没有。有什么好调查的？兄弟俩给我打了电话。没必要小题大做。我再也不想让汉尼巴尔住在这里了，他会把我这个地方一把火烧了，所以我把他撵出去了。”

“那他当时有什么反应呢？”

“暴跳如雷。”弗里曼说，“一口咬定不是他的责任，非说有人故意放火，想烧死他。”

“怀疑过是谁干的吗？”

“谁干什么？”

“纵火。”

“没有人纵火。”弗里曼说，“他那是瞎扯淡。一个醉汉说的胡话。他不过是在撒谎，想推卸责任。这是他的一贯作风，就这样而已。”

这是一个宁静的周三晚上，他们值班期间没有发生什么大事。当他们沿着米克拉布劳特驱车一路向西时，加达尔开始谈论吃的——每当他饿了的时候都会这样。

“为什么雷克雅未克就没有一家像样的比萨店？”他用一种愤愤不平的语气问道，仿佛这是他听过的最不可思议的事。日渐鼓起的肚腩足以证明他没少花时间思考温饱问题。最近，他和他的父母去美国待了两个星期，这让他对美国快餐变得更痴迷了。

“难道市内就没有卖比萨的地方吗？”马泰恩问道。

“卖比萨的地方？”埃伦迪尔追问道，“你说的是那些意大利馅饼吗？”

“馅饼？说实话，那可不是。”加达尔回答道，“我们很难在雷克雅未克找到个卖汉堡和薯条的地方。就那么几家店。这里的餐饮实在是太落后了。”

“以前，盖特哈尔斯有一个二十四小时营业的汽车服务站。”

马泰恩说道。

“他们的烤羊头做得相当不错。”埃伦迪尔接过话茬。

“羊头外面抹着芜菁泥。”马泰恩补充道，“没错，就是那个。那是种什么外卖？芜菁泥！不过，盖特哈尔斯离这里有几英里远呢。他们为什么不把店开在城里呢？”

“我挺喜欢盖特哈尔斯的。”埃伦迪尔笑着说。

“谁会在汽车餐厅里买羊头啊？”加达尔义愤填膺地问道，“我们需要汉堡连锁店和吃比萨的好地方，有点儿文化底蕴的地方。如果我有钱的话，我一定自己开个店。天哪，我一定会大赚一笔的。”

“靠比萨店发财吗？”埃伦迪尔说，“我不知道……”

“美式快餐好吃又方便，而且还便宜。你不用费心思煮黑线鳕鱼和土豆，也不用去像诺斯提德那样的小餐馆。那些美国佬都帮你做好了。他们可以把比萨直接送到你家里。你甚至都不用去餐厅排队，只要打个电话预订一下，服务员就会给你送货上门。”

警用电台里传来了一条报警：有人发现一名男子卧倒在诺特霍尔斯维克海湾附近的路边。他们答复指挥中心，他们目前就在该地区。加达尔打开了车顶的警用闪光灯。他们到达那里的时候，一辆巡逻车已经在那里了，救护车刚好赶到。一对中年夫妇在去诺特霍尔斯维克的路上发现该男子面朝下趴在离路边大约三米远的草丛中。他们在远处叫了几声，但那个人一点儿反应都没有。然后，他们走近看了一眼，发现他好像已经死了，就赶紧到罗浮特雷帝尔酒店报了警。

救护车到了也于事无补，因为该男子的确已经死亡，而且死了有一段时间了。后来，来了一辆殡仪车，把死者拉走了。所有的证据都表明，死者是在该地昏倒后就不省人事了，并非谋杀——现场没有打斗的痕迹，死者身上没有明显的外伤，附近的草地上没有被他人踩过的痕迹。该名男子双手握拳捂在胸前，身体蜷缩成一团。赶到现场的医生初步断定男子死于心脏病突发。

死者是一个无家可归的流浪汉，临时住在诺特霍尔斯维克一个废弃的弧形小板房里。埃伦迪尔一下子就认出了他，只是不记得他的名字了。几天前，他们在费尔医院门外聊过几句。他就是那个说汉尼巴尔是在克灵吕米里被人故意淹死的人。

当医护人员把死者抬上殡仪车时，埃伦迪尔认出了他，因为他看到了死者脸上布满的深深的皱纹、身上穿着的厚实的冬大衣、头上戴着的厚实的冬帽，还有那双脏兮兮的手。

*

地下室的门已经换上了新锁，楼上也不见有灯光。一张小广告插在窗户缝中，上面写着：此房出售。埃伦迪尔拿起锁看了下，门已经锁上了。放下锁，他开始寻找可以钻进地下室的缝隙。最终，他在房子的后面打开了一扇小窗户。地下室里黑漆漆的，幸好埃伦迪尔带了一个小手电筒，微弱的光照亮了地下室。

地下室内现在空空荡荡的，弗里曼已经将那些垃圾彻底清理干净了，地也扫干净了——屋里看起来总算像样儿了。

埃伦迪尔靠着手电筒的微光在门上查找火灾起因的线索。那里没有电源箱或保险丝盒，只有电线从门口连接到顶灯，所以，火灾不可能是由电路故障引起的。从墙壁上和天花板横梁上的烟灰来看，当隔壁的兄弟俩赶来把火扑灭的时候，地下室的火势已经很大了。

埃伦迪尔摸了一下烟灰，拍了拍像引火柴一样干燥的木梁。要想查出火灾究竟是如何发生的，然后如何烧到房梁上的，现在看来似乎为时已晚。虽然汉尼巴尔否认了所有的责任，但很可能是因为他喝醉了，记不清当时到底发生了什么。

但是，如果汉尼巴尔说的是真话，一定是有人暗中做了手脚。作案人拔掉了门闩，推开地下室的门，蹑手蹑脚地走进来，用蜡烛点燃了地上的杂物，引燃了垃圾，然后再悄悄地溜出去。

如果确实是这样的话，作案人为何要这么做呢？作案人知不知道汉尼巴尔住在里面？他是否打算谋害汉尼巴尔？还是纵火案其实与汉尼巴尔毫不相干？因为地下室是一个容易下手的目标，而且里面有木板做隔断分区，屋顶架着粗木梁。如果邻居没有立马发现火焰，房子便会在顷刻间化为灰烬。

住在隔壁的兄弟俩一直以为那残余的蜡烛肯定是从汉尼巴尔睡觉的地方滚到门口的。但埃伦迪尔上次过来的时候，并没有看到那里有蜡烛。

埃伦迪尔第二次送汉尼巴尔回地下室时，他在哈布纳斯特拉蒂巡逻，正好碰到了这个可怜的流浪汉，那里离他家不远。当时，汉尼巴尔看起来比以往更糟，走路一瘸一拐的，好像被人打伤了。于是，埃伦迪尔上前问他要紧不。

“我没事。”显然，汉尼巴尔并不想和这个警察扯上关系。

“你走路一瘸一拐的。”埃伦迪尔坚持说道，“我来扶你吧。”

流浪汉困惑地看着埃伦迪尔，他好像不习惯这样的怜悯。

“我们之前好像见过，对吗？”

“是啊。前不久，我把你从阿纳霍尔送回了家。那时，你躺在珍珠楼边的大铁罐下面，烂醉如泥。”

“哦，原来是你啊，老兄。”汉尼巴尔恍然大悟道，“我感谢过你的帮助吗？”

“嗯，你谢过了。你现在是要回家吗？”埃伦迪尔继续问道。

“能帮我个忙吗？”汉尼巴尔说，“我的腿有点儿问题。你身上带酒了吗？”

“没有。过来吧，我送你回去。你家离这里不远。”

“你身上有零钱吗？”

埃伦迪尔挽住他的胳膊，把他送回了家，看着他安稳地躺到了床上。汉尼巴尔一直缠着他要酒喝，或者跟他讨一些零钱。最后，埃伦迪尔塞给他几个硬币，碰到了汉尼巴尔冻僵的手指，于是，埃伦迪尔问他有没有什么可以取暖的东西——哪怕是一根蜡烛也行。

“没有。”汉尼巴尔果断地回答道。

“为什么没有呢？”

“我怕我会把这破房子给烧了。”

13

在诺特霍尔斯维克发现的那个流浪汉叫奥拉维尔。法医尸检证实他确实死于心脏病发作，警方也认为没有什么可疑情况。跟他最亲的人是他的姐姐，住在农村，也有好几年没和他联系了。她要求把他的尸体送到祖坟那里安葬。

和埃伦迪尔在费尔医院外谈话时，奥拉维尔提到了汉尼巴尔的一个熟人——贝格曼迪尔。贝格曼迪尔最近又犯了酒瘾，经常在沃斯特佛勒广场附近转悠。由于以前没有见过这个贝格曼迪尔，埃伦迪尔在市内闲逛时一直没有找到他。今天天气好极了，阳光明媚，街上人来人往。在这样的大晴天，酒鬼和游手好闲的人都会聚集在广场的长椅上，喝着非法勾兑的甲醇酒、掺杂了各种混合物的非法蒸馏酒，或是用豆蔻提取的蒸馏酒。他们晒着太阳，互相斗着嘴，或者对路人骂几句脏话。

埃伦迪尔抬头看了一眼耸立在广场中央的雕像，那是冰岛独立英雄乔恩·西古尔德逊的雕像，雕像的背面是那些坐在广场长椅上的流浪汉。他突然在想，也许乔恩并不愿看见这些落魄的流浪汉，想到这时，他不禁笑了起来，不过事实上，他相信乔恩绝不是个势利之人。在乔恩雕像后面的一个草坑里，坐着一个蓬头垢面的年轻男子。男子穿着一身农民的衣服，脚上穿着凉鞋，毛茸茸的长胡子向下低垂着，还戴着一副超大的女式墨镜。

“你在附近见过贝格曼迪尔吗？”埃伦迪尔若无其事地问道，摆出一副跟这群人很熟的姿态。

“贝格曼迪尔？”年轻人重复道。他扭过头，特大号的墨镜也跟着转向了埃伦迪尔。

“是的，他又开始喝酒了。”这是埃伦迪尔知道的关于他的所有消息。

“你是说贝格曼迪尔？他昨天还在城里。”

“今天见过他吗？”

“没有。”

“他戒酒的时间长吗？”

“不长，没戒几天。”年轻人说道，好像这是预料之中的事情。

“你知道在哪里能找到他吗？”

“他和几个人住在海维费斯格塔一个废弃的房子里。”

埃伦迪尔用眼角的余光看到了一个“老朋友”—— 一个叫埃利迪的混混。他曾走私过酒精，参与过其他小团体的犯罪活动——如入室盗窃，还因重伤他人在利特拉－赫劳恩监狱蹲过一段时间大牢。现在，他和一个埃伦迪尔不认识的男人待在一起，从一条长椅走到另外一条长椅，逐个查看，仿佛在找什么人。后来，埃利迪从他的外套里拿出一瓶酒，喝了一大口，然后递给了旁边的人。他说了点儿什么，还被自己的笑话逗乐了。

“他有时会去阿纳霍尔瞎晃，在那个大铁罐下面。”戴墨镜的年轻人补充道。

埃利迪也发现了埃伦迪尔，他站在那里盯着他。自埃伦迪尔入职以来，他们已经打过两次交道了。第一次是埃利迪在布雷德霍特区的一所房子中打架，有人报了警。他把一个人打得进了医院，但受害人拒绝起诉。所以，埃利迪只是在海维费斯格塔被关押了一夜。后来，埃伦迪尔得知，受害人被打是因为欠了埃利迪一笔酒钱，所以他觉得错在自己，没有理由起诉埃利迪。第二次是埃伦迪尔和同事在松达赫本集装箱港口附近抓到埃利迪开车超速。埃利迪曾试图逃跑，但被他们截住了。最后，埃伦迪尔还在他车上发现了一百五十条美国香烟和几加仑美国伏特加酒。当时，埃利迪喝醉了，精神亢奋，威胁说要把警察全杀了，然后把马泰恩摔倒在地。好在援警及时赶了过来，经过一番搏斗，警察们最终制服了埃利迪。

“喂，这不是那个乡巴佬吗？”埃利迪得意地笑着说，慢慢地朝埃伦迪尔走了过来。他身材魁梧，浑身肌肉，下嘴唇有些肿胀，一只眼睛上面还贴着创可贴。“你在这里做什么？”他问道。

从他呼出的气里，埃伦迪尔闻到了浓浓的酒精味。埃利迪在他面前挥舞着酒瓶子。

“你在找酒喝吗？”他冷笑道，“想喝的话，我这还有很多。”

“他在向我打听贝格曼迪尔的事。”那个戴墨镜的人站了起来，盯着酒瓶子说道。

“贝格曼迪尔？你找他干什么？他是不是干过什么坏事？”

“不是。”埃伦迪尔回答道。

“他不是戒酒了吗？”埃利迪继续问道。

“又开始喝了。”戴墨镜的年轻人说。

埃利迪递给年轻人一瓶酒，问道：“在附近看到霍尔贝格了吗？”

“没有。”年轻人喝了一大口酒回答道。

“格雷塔尔呢？”

“没有，也没见过他。”他又喝了一大口。

埃利迪一把将瓶子抢了回去。

“嘿，别蒙我，蠢货。”他猛地推了一下那个年轻人。

“我本来是要在这里跟他们碰面的。”埃利迪跟埃伦迪尔说，“你要是觉得我他妈的是老大，你应该见见霍尔贝格。格雷塔尔和他……他们真是般配。”

他说完最后一句话，发出刺耳的笑声。埃伦迪尔不愿再理他，准备离开广场继续去别的地方寻找。埃利迪见状又咯咯地笑了起来。

“乡巴佬！”他喊道。

最后，埃伦迪尔在瑞典鱼工厂找到了贝格曼迪尔。当时，一群人背对围墙坐着，晒着太阳，一起喝着一瓶他们好不容易弄到手的酒，还抽着烟。其中一人脱掉了自己的衬衫，他的肤色如尸体般惨白，在阳光的照射下显得尤为刺眼。

埃伦迪尔问他们是否知道贝格曼迪尔在哪里时，他们中的一个人说话了，称自己就是贝格曼迪尔，问埃伦迪尔是谁在找他。这是一个中年人，体格相当强壮，和他的同伴相比，他看着倒不是那么狼狈。埃伦迪尔和他握了握手，问他们能否单独聊一下。贝格曼迪尔没有反对，跟着埃伦迪尔走到了冰岛的第一个拓居者英格尔夫·阿尔纳尔松的雕像旁，两人在旁边的长椅上坐了下来，眺望着市中心。

贝格曼迪尔拿出一瓶甲醇酒，喝了一口。

“这是最后一点儿酒了。”贝格曼迪尔抱怨道，“药店现在不愿意卖酒给我们了。只有劳加维加的商店可以买一瓶。而且，每个药店只能买一瓶，这是新规定。以后，要想买到足够多的酒得跑遍全城！”

“你知道奥拉维尔吗？前些天由于心脏病猝死的那个家伙？”埃伦迪尔问道，“他曾经住在诺特霍尔斯维克一个破旧的弧形板屋里。”

“奥拉维尔是你朋友？”贝格曼迪尔拧紧了甲醇酒的瓶盖，把酒瓶放回口袋里，“我原以为他没什么朋友呢。”

“我前不久才遇到了他，他告诉我你认识汉尼巴尔。”

“当然，我认识汉尼巴尔，他去年淹死了。或许你已经知道了，对吧？”

“是的。你还记得他住的地下室是什么时候起的火吗？火灾发生不久，他就被淹死了。”

“就因为这个，他被房东赶出去了。”

“是的，房东认为地下室失火是他的责任。”

“也许房东是对的。”贝格曼迪尔说道，“我不知道。”

“对于火灾，汉尼巴尔是怎么想的？”

“火是别人放的——他很清楚这一点。但他说的到底是不是事实，我就不知道了。”

“那会是谁干的呢？”

“他们会多卖点儿给你。”贝格曼迪尔岔开了话题。

“多卖点儿什么？”

“酒啊。”他又把甲醇酒拿了出来。

“你是想让我给你买酒？”

“你一次可以买五瓶，因为你不是个酒鬼。”

“你身上有钱吗？”

“我在想你可能买到几瓶，五瓶应该没问题。”

“汉尼巴尔有没有告诉你是谁放的火？”

“他有他的怀疑对象。”

“他知道谁是凶手吗？是不是他认识的人？例如，某个流浪汉？”

“你是说凶手们？他们不是流浪汉。”

“也就是说，凶手不止一个？”

“他怀疑是他隔壁的兄弟俩。”

“隔壁的兄弟俩？”

“我不知道他们的名字和其他的事。”贝格曼迪尔说，“我只知道有两个兄弟住在他隔壁。汉尼巴尔坚持认为是他们放的火，然后把责任都推给了他。”

埃伦迪尔想起了住在汉尼巴尔楼上的那对夫妻，他们听说过同样的故事：隔壁的兄弟俩跟纵火案有关。

“你可以帮我去药店买酒吗？”贝格曼迪尔还在乞求。

“他们为什么要烧毁地下室？难道汉尼巴尔知道什么秘密？”

“几瓶就行，然后我们就两清了。五瓶就好。”

“两清？我不欠你什么。”

“好吧，随便你吧。”贝格曼迪尔起身要离开，“我不能帮你了。你找别人回答你的问题吧。”

“好吧，好吧。”埃伦迪尔不耐烦地说道，“我会帮你去药房买酒。别生气。”

“他们想除掉他。他们曾向房东抱怨过他——房东是汉尼巴尔的一个朋友，收留了他。听汉尼巴尔说，兄弟俩希望他搬走。他说他从来不敢在房间里放一根火柴。太可怕了，兄弟俩趁他睡着的时候放火烧了门口的一些废品，然后假装救了他。他们希望汉尼巴尔被赶出那里。就这样，房东真把他赶出去了。”

“他有证据吗？”

“证据！你说什么？证据？”

“我是说……”

“汉尼巴尔确信不可能是其他人。”贝格曼迪尔坚定地说，“你觉得他会出去买一个放大镜，然后像个侦探一样查找线索吗？”

“他是什么时候告诉你的？”

“他死之前不久。当时，我们就坐在这里。汉尼巴尔的口气很肯定。我觉得，他们出去找到了他，最后成功地将他杀了。我没什么好吃惊的。”

“你的意思是，淹死他？”

“没什么好吃惊的。他说他们是‘丑陋的租客’。”

“奥拉维尔也认为汉尼巴尔是被人故意淹死的。”

“你看是吧。”

“但他只知道这么一点儿。他们为什么非要弄死汉尼巴尔呢？”

“也许是因为他知道是他们放了火？”贝格曼迪尔说，“我可不知道。也许他知道了他们的什么秘密。”

“你是说，他们想让汉尼巴尔闭嘴？”

“当然，为什么不可能呢？又不是没有这样的事。汉尼巴尔知道了他们不可告人的秘密，所以他们干掉了他。”

下面传来了隆隆的汽车马达声。埃伦迪尔凝视着远处的海港和法赫萨湾，阿克拉内斯的轮渡正从那里靠岸。

“要不我帮你买些冰岛黑死酒吧？”埃伦迪尔问道，极不情愿帮他去药店买酒。

“不用。”贝格曼迪尔考虑了片刻后说道，“我要甲醇酒。”

几分钟后，埃伦迪尔在贝格曼迪尔的陪伴下前往劳加维加最近的一家药房。他一路上都在想，买这么多甲醇酒，怎么解释才不会引人怀疑。贝格曼迪尔在外面等着，他急忙走进药店，要了五瓶酒。售货员犹豫了一下才把酒给了他，用怀疑的眼神看着数硬币的埃伦迪尔。埃伦迪尔心想，售货员肯定觉得他是最近才开始酗酒的。

14

曾住在汉尼巴尔隔壁的兄弟俩在福卡加塔找到了更好的住处。埃伦迪尔从弗里曼那问到了他们的名字。他决定见过贝格曼迪尔后便去拜访他们，顺便沿着西海岸的艾吉斯达散散步，感受一下带着咸味儿的傍晚的空气。因为是贸然造访，埃伦迪尔觉得他可以利用晚饭后这一最佳时机直接碰上他们。结果证明，埃伦迪尔的判断是对的。当他到达时，兄弟俩刚刚坐下来准备看新闻。埃勒特和维格尼尔大约都是四十来岁，相差不超过两岁，不过，他们看起来一点儿也不像。一个又矮又胖又丑；另一个又高又瘦，长得稍微好看点儿，看起来，兄弟俩是形影不离的。弗里曼认为，他们都是木匠或建筑工人。据他所知，在与汉尼巴尔为邻的七年里，从来没有女人进过他们的大门。

矮胖的维格尼尔给埃伦迪尔开了门。对于一个不速之客的来访，他似乎并不感到十分惊讶，就好像他们已经习惯了陌生人的夜间来访。埃伦迪尔自我介绍说自己是他们的老邻居、一年前突然死去的汉尼巴尔的熟人，想向他们问几个有关汉尼巴尔的问题。

埃伦迪尔说完之后，埃勒特走了过来。兄弟俩互相使了个眼色。

“要很久吗？”埃勒特问道。

“不，就一会儿。只有几个问题。”

“我们一会儿要看美剧《轮椅神探》。”维格尼尔让他进了屋，“我们一集都没落过。”

“噢，没问题。”埃伦迪尔说，自己都不知道他说的是什么，“我不会待很久。”

客厅里的电视机看起来是崭新的，新闻已经结束了，正在播放一档关于大自然的节目。跟埃伦迪尔说话的整个过程中，兄弟俩的眼睛从来没离开过电视机，哪怕一分钟他们都不愿意错过。

“我们刚刚买了一台新电视机。”维格尼尔说。

“旧的那个要报废了。”他哥哥补充道。

看起来，他们与汉尼巴尔几乎没什么交流，也没说他们对住在隔壁的流浪汉有什么不满。他们说汉尼巴尔很少回家，就偶尔回去睡个觉。弗里曼之前问过他们是否介意他在那里避难，兄弟俩并没有提出异议。汉尼巴尔没惹过什么麻烦，从来没有制造过任何噪音，也没有任何客人——男的或女的都没有。所以，长话短说，他们没有任何理由抱怨他。

“他从来不带任何流浪汉回家。”维格尼尔说。

“是的，我也没见过。”埃勒特附和道。

“他的门没有上锁。”埃伦迪尔指出，“所以，任何人都可能进去。”

“其实以前是有锁的。”维格尼尔说，“我猜是汉尼巴尔丢了钥匙，所以不得不把锁撬了。”

“我们和那家伙一点儿关系都没有。”埃勒特说。

“弗里曼看起来是个很随和的人。”埃伦迪尔说。

兄弟俩没有说话。电视里，一头母狮子死死地按住一只羚羊。他们坐在电视机正前方的双人沙发上，眼睛直勾勾地盯着电视机，看上去很着迷，脸上映着电视屏幕的眩光。

“该死，你看。”当羚羊开始被母狮撕裂的时候，维格尼尔大叫了起来。

埃伦迪尔不想打断他们，所以，他们三人坐在那里的几分钟时间里，他也关注着电视上播放的内容。客厅很小，铺着地毯，还放着书架，但书架上的装饰不多，整个房间看起来很整洁。从他坐的地方，埃伦迪尔可以看到一个精致的小厨房。他在想，兄弟俩是否会轮流做饭或平摊家务。他感觉自己拜访的像是一对过着幸福生活的小夫妻。

“你刚才说到哪儿了？”当看到狮子终于填饱了自己的肚子时，维格尼尔问道。

“哦，我刚才说到弗里曼。”埃伦迪尔说，“知不知道他为什么要卖房子？”

“肯定是没钱用了。”埃勒特说。

“大概需要钱。”维格尼尔也同意。

“那你们知道他为什么需要钱吗？”

“不知道。”埃勒特说。

“房子起火的那个晚上发生了什么？”

“那家伙几乎要把房子给烧没了。”维格尼尔说，“要是我们也已经上床睡觉了，还不知道会发生什么呢。也许整栋楼都会烧为灰烬，幸亏我们还没睡。”

“那晚，电视剧播放得比较晚。”埃勒特说，“正好救了他的命。”他的眼睛又回到了电视机上。

“我闻到了一股焦煳味。”维格尼尔描述道，“然后我起身看了一下窗外，发现隔壁的地下室正在冒烟。我们赶紧跑了出去，那时，大火隔着门在室内燃烧着。幸亏火势不大，我们还能扑灭它。埃勒特救火的时候还烧伤了自己的手。”

“没什么大碍。”埃勒特说，“我们把汉尼巴尔拉了出来。他被烟呛得一直在咳嗽，其他的也没什么了。”

“他知道火灾是怎么发生的吗？”

“我们没有机会问他。”维格尼尔说，“他摇摇晃晃地走开了，好像一切都不关他的事。我们不知道他后来有没有回去过。”

“他很生气。”埃勒特坚定地说。

“他的脑袋被砸了。”他弟弟补充道。

“你们没叫消防队？”

“叫消防队做什么？火已经被扑灭了，房屋也没什么损失。我们给弗里曼打了电话，他过来了，也没有报警。只说了句‘这是个不幸的意外’，他认为是汉尼巴尔的错，所以不能再让他住那儿了。”

“住在楼上的那对夫妇出门了？”埃伦迪尔追问道。

“是的，很明显不在家。”

“所以，你们认为是汉尼巴尔不小心踢翻蜡烛引起了火灾。”

“我们在门边的一堆垃圾里发现了一截烧过的蜡烛。”埃勒特说，“所以，这么看来也说得通。”

“你知道汉尼巴尔在地下室用蜡烛吗？”

“我怎么会知道？”埃勒特说，“我从没进去过。我说过，我不了解那个人。”

“我也没有。”维格尼尔说。

“你觉得有没有可能是有人要害汉尼巴尔而故意纵火呢？”

“好吧，要是真有人这么做，他们肯定进去过。”埃勒特说。他开始有点儿焦躁不安，因为那档关于大自然的节目已经结束了，《轮椅神探》马上就要开始了。

“那谁知道他住在那里呢？”

“不知道。”埃勒特说，“从来没有人来看过他。至少，我们知道的是这样的。”

电视里正播放一个家具广告，兄弟俩目不转睛地盯着电视。一个女人用手轻抚着一块塑料桌面，“这是大理石？”旁白问道。“不，是福米卡。”一个温柔的声音答道。橱柜的门被打开了，“这是实木？”“不，是福米卡。”

“但汉尼巴尔是怕火的。”埃伦迪尔反驳道，“我知道他害怕用蜡烛，因为他害怕会失火。我不相信他会点蜡烛，更别说打翻它了，不管是喝醉了，或是清醒的时候，他都不会。”

“哦？”维格尼尔心烦意乱地哼了一声。

“《轮椅神探》开始了。”埃勒特指着屏幕说。

兄弟俩全神贯注地盯着屏幕。

“你们从来没有和汉尼巴尔吵过架？”

“吵什么？”

“与他有关的任何事，或者与你们有关的。”

“没有。”维格尼尔转过头看着他，“你什么意思？”

埃伦迪尔犹豫不决，仅凭一些道听途说，他不知道自己还要调查多久才能掌握证据指控他们。而且，他还是单枪匹马在查案，需要谨慎行事。他不知道这个游戏如何玩下去，自己也缺乏侦查经验。对于兄弟俩而言，他只不过是一个令人讨厌的家伙，在安静的夜晚来到他们家，妨碍他们看电视。

“我早就听说汉尼巴尔怀疑是你们俩放的火。”埃伦迪尔终于说出口。

“胡扯。”埃勒特反驳道。

“放屁。”他的弟弟哼了一声。

“他手头有证据才怀疑你们……”

“你什么意思？他手上有什么证据？”埃勒特说，“我们都不了解这个人。有人一直在骗你，伙计。”

“所以，你们不承认是你们做的？”

“完全是胡说八道。”埃勒特说，“你最好不要到处乱说。”

“不，我不会的。”埃伦迪尔站了起来，“好吧，不打扰你们了。谢谢你们，不好意思，打扰了。”

“没关系。”维格尼尔说，“不好意思，我们没帮上什么忙。”

“男主角是坐在轮椅上吗？”当演员名单和主角出现的时候，埃伦迪尔随口问了一句。因为他没有电视机，他没看过这个电视剧。

“是的，这的确对他办案有些影响。”维格尼尔认真地答道。

他们没有送他出门，仍然死死地盯着屏幕。埃伦迪尔在轻柔的晚风中走回了家，他很无奈，因为兄弟俩对一部虚构的美国犯罪电视剧的热情远高于一桩发生在自己生活中的离奇案件，而且死者还是他们认识的人。

15

埃伦迪尔睡得正酣，电话突然响了。刺耳的铃声响个不停，回荡在整个公寓。最后，他不得不拖着困乏的身体起来接通了电话。电话那边的人听起来很激动。

“是埃伦迪尔·斯文松吗？”他粗鲁地问道。

“是的，我就是。”

“我刚才一直在跟我的妹妹丽贝卡通话，她跟我说了你们之间的谈话内容。我想告诉你，我非常生气！你居然诽谤我……说我伤害了我的弟弟汉尼巴尔，你疯了吧！你如果继续到处乱说，那我不得不采取行动！你竟敢如此胡说八道！咱们走着瞧！”

原来是汉尼巴尔的哥哥，埃伦迪尔心想。

“我不会放任你插手与你不相干的事。”那人接着说道，“还到处散布谣言污蔑我，你真让人恶心。”

“我没有散布谣言。”埃伦迪尔反驳道。

“你没有？我听到的可不是这样的。”

“我跟你妹妹说的话都是严格保密的，不会跟别人说。最重要的是，我跟你的弟弟有一点儿交情，我想调查清楚他到底为什么会溺水而亡。”

“你正在插手一个家庭的痛苦私事，这件事跟你没有任何关系，你最好立马给我停手！”那人吼道，“丽贝卡告诉我，你只是一个初级警员，也没有参与调查。你要是再不停止调查，我就向你的上司投诉你。”

“事实上，丽贝卡很乐意帮忙。”埃伦迪尔继续反驳道。

“你什么意思？”

“我再说一遍，我们谈了很久，我们之间的谈话是绝对保密的。我不知道她跟你说了什么，要是你觉得我的行为失礼的话，我向你道歉。如果你有兴趣，我非常希望能跟你见一面，当面谈谈这件事。”

“见我？没门！不要来烦我。也请你离我妹妹远点儿。这不关你的事。我再说一遍，不关你的事！”

“汉尼巴尔是……”

埃伦迪尔话还没说完，那人就啪的一声挂断了电话。

那天晚上，埃伦迪尔比平时更沉默寡言。上班的时候，大家都没有说话。他们负责交通执勤，到目前为止，他们所做的不过是抓到一名涉嫌超速驾驶的男子——尽管他矢口否认了这一指控。他撞了一个骑自行车的人—— 一个去上班的面包师，面包师说该名驾车男子一身酒气，在他们报了案等待警察的时候，驾车男子吃了一大把薄荷糖。骑自行车的人无疑是非常愤怒的，因为新买的自行车几乎报废了，自己还受了伤。警察顺路把他带到了急诊室，然后又带那个司机去验血。一路上，那个司机一直在大呼小叫，说他们抓他毫无意义，这一切都只是个天大的误会，他根本没有喝酒，甚至还扬言要举报他们，让他们都被开除。

这样的威胁对他们而言不过是家常便饭，埃伦迪尔对此也是充耳不闻。整个晚上，他一直在想汉尼巴尔的事和他哥哥打过来的那通电话。

“你没事吧，埃伦迪尔？”马泰恩问道。他们提交了出警报告和违规者的血样，重新回到了警车上，开始沿着劳加维加巡逻。

“没事。”他回答道，思绪又飘远了。

“你都没怎么说话。”开车的加达尔说。

埃伦迪尔依然没有回应。马泰恩给加达尔使了个眼色，他们便也没再继续追问。当他们沿着波斯图斯特拉迪行驶时，发现了一个流浪汉。埃伦迪尔一看，原来是贝格曼迪尔。上次见面为了套取信息，埃伦迪尔给贝格曼迪尔买了甲醇酒，打那之后，他肯定很久没得喝了。他靠着一栋楼，一动不动。

“我们要不要去查一下他？”马泰恩问道。

“我去吧。”埃伦迪尔说，“我认识他。你们可以继续开车在这个街区到处转转。”

加达尔停下了车，埃伦迪尔下了车。加达尔开车沿着沃斯特斯特拉迪走了。埃伦迪尔走到贝格曼迪尔面前，跟他打了声招呼。贝格曼迪尔瞪大眼睛盯着他，半天才认出埃伦迪尔。毫无疑问，埃伦迪尔的这身装扮——头戴白帽子、腰间挂警棍——让他一下子没认出来。贝格曼迪尔上下打量着他的这身制服。最后，他终于明白了。

“你不会……是个警察吧？”他的声音低沉含糊，埃伦迪尔几乎听不清他在说什么。

“没错，我是警察。”

“但是，你那天给我买了……甲醇酒？”

“对。”

“我操，你当时为什么不告诉我？”

“我为什么要告诉你？”埃伦迪尔说，“你没事儿吧？”

“我没……没事，别……别担心。”

他醉得快不省人事了，身体必须靠在墙上才能勉强站立。自他们上次见面以来，贝格曼迪尔的脸上又多了一道擦伤——可能是摔的，身上恶臭连天。

“要不跟我去警察局睡一晚？”埃伦迪尔问道，“你总不能在这里站一夜吧。”

“不，我要去……去见我的女朋友，我的图丽。你不用……不用管我。”

“图丽？”

“一个魅力无穷的……女人。我的女朋友……她是……”后面的话已经听不清了。

“她住在哪里？”

“你知道……她住在……阿曼……阿曼斯提格……”

贝格曼迪尔说了好几次才把街道名称说清楚。他挥了挥手，身体失去了平衡，埃伦迪尔赶紧伸出手扶住了他。阿曼斯提格有一个供女酗酒者居住的青年旅馆，由雷克雅未克社会服务中心负责管理。他从来没有去过那里，只是从一个曾在那里住过一晚的女酒鬼那儿得知有这么个地方。

“她是不是住在青年旅馆？”埃伦迪尔问道。

“图丽确实……确实是一个好女人。”贝格曼迪尔认真地说道。

“我不怀疑这一点。”埃伦迪尔说，“可是，你确定她会希望看到你现在这个样子？”

“这个样子……我什么样子？”

马泰恩和加达尔把车停在了他们身边，他们已经巡视完一圈了，埃伦迪尔示意他们再给他一分钟的时间。警车向前走了几米，又停了下来。

“也许，你可以明天上午再去那里。”埃伦迪尔说，“你住在哪儿？”

“住哪里？”

“我送你回家。”

“我要……去见图丽……”

“你可以重新挑个时间去。”

“如果她……继续和……汉尼巴尔来往……我受够了。”

“汉尼巴尔？”

“是的。”

“他？难道他和图丽认识？”

“当……当然……”

“怎么认识的？”

“我……我……”贝格曼迪尔已经讲不出话了。

“他们是情人关系吗？”

贝格曼迪尔顺着墙滑到了地上，屁股压住了一条腿。埃伦迪尔朝他的同事示意了一下，警车朝着他们倒了回来。他们决定把贝格曼迪尔带回警察局，让他在警察局过一晚。他们把他扶到了后座上，他没有反抗。埃伦迪尔想跟他继续说话，但是没用，他已经完全昏睡过去了。

16

这家青年旅馆设在阿曼斯提格，专门给那些嗜酒的无家可归的女人提供住所。从外面看，它跟辛霍特街区附近的其他房屋没有什么区别。旅馆里有一个女管理员，不光负责清洁工作，还要确保被收留人员遵守旅馆的规章制度，否则，这些嗜酒的女人们会在旅馆为所欲为。埃伦迪尔到达那里时，至少有八个女流浪者在那里避难，旅馆给她们提供食物与住处，以免她们流浪街头。这些人都是因为酗酒而沦落到了无家可归的地步，就像费尔医院里的那些男人一样。其中一些人已经和那“该死的酒”做了好几年的斗争了。

埃伦迪尔本打算向贝格曼迪尔多问点儿图丽的情况，但当他到达警察局的时候，贝格曼迪尔已经醒了，而且已经离开了。埃伦迪尔走出警察局，夏日的天气非常晴朗，他打算走着去阿曼斯提格的旅馆。到达旅馆之后，他和女管理员谈了一会儿。女管理员认识图丽，她告诉埃伦迪尔，图丽其实是叫图丽迪尔。图丽以前经常住在这家青年旅馆，不过，最近她已经戒酒了。尽管如此，她还是经常来这里跟别人——尤其是那些年轻女性——分享她戒酒的经验智慧。她刚刚还在这里，一会儿就会回来，女管理员告诉埃伦迪尔。她让他去里面等图丽回来，埃伦迪尔没有进去，他想四处走走，稍后再过来。

一个小时后，他又转回来了，可图丽还是没有回来，于是，他在旅馆大厅里坐了下来。大厅很宽敞，三个不同年龄段的女人在那里安静地玩着鲁多游戏。她们抬头看了看他，跟他打了声招呼后就没再理他。他最不屑的事就是偷听别人讲话，尽管她们声音很小，有气无力，他还是无意间听到她们在讨论什么难喝的饮料。

“你要是想搞到制酒的原料，你得先结交一个理发师。”

“但那东西好恶心啊，像葡萄牙护发素一样。”

“要我说，小豆蔻提取物才是最糟糕的呢，闻到就想吐。”

“你们知道吗，这东西很容易走私进酒吧。把它夹在你的私处，保镖不会搜那里的。”

她趁掷骰子的时候偷偷地瞄了一眼埃伦迪尔，然后移动了她的筹码。

“我不能保证，但我希望它不是那么糟糕。”另外一个人又补充了一句。

这个女人是三人中年纪最大的，大概五十多岁，体型略显丰满，头发灰白，嘴巴很大，五官长得不太好看。另外一个女人二十来岁，一看就是最年轻的。她身材瘦弱，长发飘飘，眼睛有点儿斜视。剩下的那个女人大部分上牙都掉了，导致脸颊有些凹陷，不过，埃伦迪尔猜测她大概也只有四十多岁，她的头发一团糟，没有任何光泽。

“你必须打心眼儿里想要戒酒。”年纪最大的那个女人一边移动着筹码，一边以坚定的口气说道，“否则的话，光靠吃它根本不管用，永远不会发挥作用。你光嘴上说要戒酒一点儿用都没有，用不了多久，你又会开始喝酒。”

“吃戒酒硫有用。”最年轻的那个女人说道。

“戒酒硫不过是辅助物。”

就在这时，一个女人出现在门口。

“你找我吗？”她对埃伦迪尔说。

“你是图丽？”

“对，我就是。你是谁？”

埃伦迪尔站起来介绍了自己，然后问她能否私下谈谈。三个女人放下手中的游戏，抬头看着他们。

“你想做什么？”图丽问。

“是关于我的一个熟人，你也认识他。”

“图丽，他对你来说是不是太年轻了？”面颊塌陷的那个女人调侃道。

这句话惹得三个玩游戏的女人大笑了起来。年纪最大的那个还笑得直咳嗽，似乎快要喘不过气来了。没有牙齿的女人笑得牙龈都露出来了。图丽懒得理她们，招手让埃伦迪尔跟她出去。

“哎，留点儿给我们享用！”年纪最大的那个叫道，她们笑得更大声了。

埃伦迪尔和图丽走到了外面，站在屋子前面。图丽拿出一小包卷烟，点了一根，吸了一口，吐出了一圈一圈的烟雾。

“都是些蠢货。”她声音嘶哑地说道，口齿有些不清，“她们不过是忌妒我，因为我已经四个月没沾酒了，她们知道我有胆量让自己摆脱这种糟糕的生活。”

图丽个子很矮，皮肤很黑，骨瘦如柴，穿着破旧的套头衫和牛仔裤。一脸棕色的斑点使她那干瘪消瘦的脸更加失色。埃伦迪尔猜她最多不超过五十岁。她有些紧张不安，非常警惕地四处张望着。

“我想向你打听一个叫汉尼巴尔的人，据我了解，你认识他。”埃伦迪尔说。

图丽吃惊地看着他说：“汉尼巴尔？”

“是的。”

“他怎么啦？”

“你跟他熟吗？”

“熟。”她谨慎地说，“你为什么要打听他？你知道他死了吗？”

“我知道。我了解一些情况，但我觉得你也许可以帮我了解更多。”

“你是说关于他是怎么死的？他是淹死的。”

“当你听到他的死讯时，你惊讶吗？那是否让你觉得意外？”

“并不是特别意外。”她回忆说，“每年都有几个无家可归的人死掉。当我听到消息时，我只是觉得汉尼巴尔命该如此。但是之后……我又开始喝酒，日子变得一团糟，所以，当时的事情都有点儿模糊了。”

“你知道他睡在管道井里吗？”

“知道。我去那里看过他一次。后来，人们发现他在池塘里淹死了。我本想劝说他不要在外面露宿，让他跟我回家——我当时还有个不错的落脚之地，但他没有当回事儿。我知道，他已经渐渐厌倦了管道井中的生活，已经感觉到了夜晚的寒冷——尽管他不承认。”

“他没有跟你走吗？”

“没有，他说他要考虑一下。他就是这样一个怪人。真是想不通，有些事情真是想不通……后来我就听说他死了。”

“有什么想不通的？”

“就是我为了弄到酒和药而干的那些事情。”

“什么事情？”

“我开始卖身，行了吧？”图丽气愤地脱口而出，“事情就是这样。你想怎么看我就怎么看我，我才不在乎呢。”

“我不会对你评头论足的。”埃伦迪尔说。

“那是你的事，我管不着。”

“你们过去关系很亲近吗？”

“从前，我总是和汉尼巴尔混在一起。但后来，我戒了酒，跟他们就断绝了联系。如果你想重新做人，必须得这样。那段时间，我只是偶尔会见到他。然后，我又开始喝酒了，像以前一样，我们就又开始见面。就这样过了很多年，一直反反复复。”

“你们有没有住在一起？”

“有。我们在斯基霍尔特的一间房子里同居了整整一年。这是最长的一次。那时候，我们想干什么就干什么。汉尼巴尔是有点儿不合群，但他是个好伴侣。他……”

她停了下来，吸了口气。

“他是个好人。只是有时候有点儿讨人厌。无聊，喜怒无常，但他心肠很好，善解人意，不会瞧不起我。’

她吐出了一团烟雾。

“他是我很喜欢的一个朋友。发生在他身上的事情实在是太可怕了。”

“你知道有谁想要他的命吗？他有没有跟你提过害怕谁？或者说他有没有得罪过谁？”

“虽然汉尼巴尔以前有时候会把自己搞得乱七八糟的，会跟别人吵架，会把别人逼急，会因为各种愚蠢的原因跟人打架，但我觉得，他并没有跟人结仇，没有人会想要他的命。”

“上一次我跟他谈话时，他就被别人打了。”

“那应该不是第一次了。”图丽说，“当他身强力壮的时候，那些狗崽子都不是他的对手。但后来，他身体垮了，就不是别人的对手了。”

“所以，你觉得他不怕任何人或者说……”

“汉尼巴尔不怕任何人，也不恨任何人。”图丽迅速回答道，不过她很快又改了口，“也许那对兄弟除外。”

“是隔壁的那对兄弟吗？”

“就是因为他们，他才被赶出地下室的。”她说，“他们说是他放的火实际上是为了撵走他。房东也不相信汉尼巴尔，所以他才沦落到睡管道井。”

“火灾后，汉尼巴尔和他们还打过交道吗？”

“不清楚。但是他没有说过他们什么好话。他称他们为‘十恶不赦的罪犯’。”

“你知道他那话是什么意思吗？”

“不知道，他没解释过。但汉尼巴尔很怕他们。我觉得他怕得要命。噢，我们可以结束了吗？我要走了。”

“当然。感谢你的帮助。”

“就在人们发现了他的尸体后没几天，我去管道井那儿拿走了他的东西。”图丽补充道，她打开了旅馆的大门，“但警方可能把其中最值钱的东西拿走还给他的家人了。至少我希望是这样，希望它们没有被偷走。”

“肯定不会。”

“不过也没什么值钱的东西。”她在门口停了一下，“汉尼巴尔不是一个喜欢囤积东西的人。但他确实有一个小手提箱，里面装着几本书和一些他捡来的杂七杂八的东西。这些都不见了。”

“我敢肯定，警方会把他的财产送到他的家人手上。”

“本来想留点儿他的东西做个念想儿。”图丽说，“一些……算了，反正都被拿走了，我只找到了一只耳环。”

“耳环？”

“是的，就在管道底下。”

“你在他睡觉的地方发现了耳环？”

“对呀。”

“什么……什么样的耳环？”

“看着很新，比较大，很漂亮，还是金的。肯定是汉尼巴尔在什么地方捡到的，然后掉到管道井里了。”

17

那个周末，埃伦迪尔很忙。正值七月中旬，盛夏时节，北半球的夜晚也阳光明媚。这么好的天气下，人们都成群结队地出来了。酒吧里顾客爆满，到了打烊时间，人们便都涌上街头，四处闲逛，吹着舒服的海风。派对有时也会在沃斯特佛勒广场和湖边的约姆斯嘉拉喀杜公园里继续进行。往往那个时候，扔在地上的酒瓶子被人踢得滚来滚去；小巷子里的打闹此起彼伏——有时候还是为了一个女孩争风吃醋。那些喜欢制造麻烦的人，都是一些四肢发达头脑简单的恶棍，他们有的喝得酩酊大醉，有的只是喝得微醺；他们在市内四处游荡，到处找茬，伺机挑起恶战。有时候，可能需要三个警察才能制服他们，一旦被捕，他们就会被扔到牢房里。入室行窃是再平常不过的了，小偷们趁着长假很多居民不在家期间到居民家里行窃，这时全靠警觉的邻居报警。

那个周末，埃伦迪尔参与处理了两起这样的案件。星期五晚上，在福斯沃于尔的新城区，有人偷偷摸摸地闯进了山谷里面的一栋独立式住宅，不巧被隔壁的邻居发现了。当时，埃伦迪尔开着车，悄无声息地下了山，最后停在了那栋住宅附近。他们小心翼翼，尽量不碰到门。马泰恩绕到住房前面，埃伦迪尔和加达尔去了屋后的花园。后门的玻璃被打碎了，门是虚掩着的。他们悄悄地接近屋子，但看不到屋里什么情况。进屋后，首先映入眼帘的是一个别致的小客厅，一名中年妇女倒在沙发上酣睡，怀里还抱着一个白兰地酒瓶。他们听到客厅过道上有动静。加达尔守在那个女人身边，埃伦迪尔则蹑手蹑脚地走向主卧。他偷偷朝里面瞄了一眼，发现一个男人弯着腰在大衣柜的抽屉里找东西。他找到了一个首饰盒，拿出一些值钱的东西塞进了裤兜里。

埃伦迪尔观察了窃贼一两分钟，然后厉声吼道："你在干什么！"

小偷大吃一惊，吓得跳了起来，还发出一声尖叫。然后，他转过身来，趁埃伦迪尔不注意，猛地冲向了埃伦迪尔。埃伦迪尔被撞得失去了平衡，他想抓住这个窃贼，但还是让他跑出了卧室。窃贼瞟了一眼客厅，发现加达尔正站在那里守着他那个熟睡的同伙，于是径直奔向了前门。他猛地推开前门，正好撞上了马泰恩，马泰恩把他打倒在地。埃伦迪尔赶来帮忙，他们铐上了这个小偷，把他拖进了警车。他们以前没见过这个人，问他叫什么名字他也不说。

几个警察也不认识他的同伙——她目前还在沙发上熟睡，像婴儿一样。她要么是烂醉如泥，要么是太过疲劳，以至在望风过程中睡着了，直到她的伙伴被捕，这个女人还酣睡不醒。警察们小声讨论着对策。加达尔不忍心打扰她，但不得不这么做。他轻轻地敲着她的膝盖想把她叫醒，敲了几次后，她开始扭动，最后终于睁开了眼睛。她仔细打量着三个警察。

“你们在这里干什么？”她问道。

“我们在做什么？”马泰恩重复道，“那你呢？”

“不，我的意思是……”

“恐怕你得跟我们走一趟。”加达尔说。

“我……不，我的意思是……哎……杜迪在哪里？”她坐了起来。

他们互相使了个眼色。这个可爱的昵称似乎不太适合刚刚被他们拖入警车的那个窃贼。

“杜迪？”马泰恩重复道，尽量不让自己笑出来。

“什么？他在哪里？”

“杜迪在外面的面包车里等你。”加达尔告诉她，“要跟他一起吗？”他向她伸出了手。

他们不清楚她是仍然醉着，还是只是睡得晕头转向。她仔细打量着这三个身穿黑色制服的人，然后接受了加达尔的提议，挽着他的手臂一瘸一拐地走出了房子。她手上还抓着一瓶白兰地，喝了一大口之后递给了加达尔。

“要不要来一点儿？”

“不，你接着喝。”他说，“你可以留着和杜迪一起喝。”

埃伦迪尔躲开了马泰恩的眼神。他的同事想笑而不能笑，已经憋得浑身颤抖。当他们把她送进警车的时候，杜迪把这个女人一顿臭骂。让她帮自己望风，他真是肠子都悔青了。

“你这个喝得烂醉的骚货。”他咆哮着，无比愤怒。

“哦，你为什么不闭嘴？”女人反驳道，昂起她的头，似乎已经习惯了他的怒气。

18

埃伦迪尔不得不做好再一次登门造访兄弟俩的准备。他想再去向他们打听一下地下室里的那场火灾。“十恶不赦的罪犯”，汉尼巴尔这么称呼他们。随着汉尼巴尔的案子被翻出来的细节越来越多，埃伦迪尔的好奇心也越来越重。

一路上，埃伦迪尔的思绪又回到了那个金耳环上，那是图丽在汉尼巴尔睡觉的管道井里发现的。她曾告诉埃伦迪尔，他可以过来看看那个金耳环。它究竟为什么会出现在管道井里呢？不可能是丽贝卡掉在那里的，埃伦迪尔记得她没有戴耳环，她也没有说她去过那里，不管是她哥哥去世之前还是之后；也不可能是某个女警察的，因为第一批女警察今年夏天才开始出来执勤，这就排除了她们去年在现场的可能性。

另一方面，汉尼巴尔恐怕是在市内游荡的时候发现了这只金耳环，就像图丽所说的那样。因为他眼睛很尖，哪怕是掉在阴沟里的贵重物品，他都能看见。图丽也有同样的本领，所以她才能发现管道下的耳环。

话说，上次在青年旅馆分别前，埃伦迪尔问了图丽另外一个问题：女人的耳环通常会在什么情况下丢失？这是他们谈话过程中，她唯一笑的一次。耳环很容易就会掉，她说，况且这是一个夹式的。夹式的耳环很容易滑落，所以女人总是丢耳环。

“所以，不会是打斗的时候掉的？”

“也不一定。显然，耳环有可能是在打斗时脱落的。但它们不管怎样都有掉的可能，不需要原因。随时随地都会掉。”

“会不会是它的主人跟汉尼巴尔打了一架？”

“不可能。”图丽说，“他决不会对女人大打出手。我了解他，他从来没有打过女人。”

埃伦迪尔经过旧墓地，沿着苏德嘉塔往前走。他有时会在晚上来这里散步，因为他喜欢的一个作家就住在这条大街上。埃伦迪尔曾两次见到这个作家沿着特约宁湖边散步，但埃伦迪尔不想打扰他。几年前，这个作家写过一本书——这是埃伦迪尔读过的最有趣的书之一，该书讲述了一个年轻人在战争期间从农村搬到了雷克雅未克，后来成了一名记者的故事。每次路过这里，埃伦迪尔都会抬头看看那个作家的窗户，送他一个无声的问候。埃伦迪尔喜欢的另一位作家是一位诗人，他去世后就被安葬在那块旧墓地里。以前，埃伦迪尔喜欢凝视着那块隔离生死的公墓围墙，跟已故诗人贝内迪克·格龙达尔打声招呼。

此刻，他能听到梅拉维尼足球场上正在进行的比赛声。他越过赫林布劳特，沿着长长的黄色围墙漫步，听着足球场观众的呼喊声。他对体育不感兴趣，所以也不知道是谁在打比赛。二十几岁的时候，他曾跟着建筑工地上的一个朋友练过拳击，他们一起练了两年拳击，不过纯粹是出于好奇。那时，埃伦迪尔身材魁梧，还有一双有力的拳头。健身房的老板借给他一双手套，说他在拳击方面大有前途。他却说，只可惜他跟其他受过训练的人一样，不能把学到的擒拿格斗功夫用在有用的地方。拳击在冰岛是违法的，拳击大赛并不会被大肆宣传。此后，埃伦迪尔就再也没有对其他任何运动动心过。

渐渐地，埃伦迪尔对雷克雅未克有了更好的了解，他十二岁时就搬到了这里，了解了这里的建筑、街道，还有居民——不管是活着的还是已经死去的。他们搬进了郊区的小房子，那里曾经是英国士兵的澡堂。后来，他的父亲去世了，他和母亲在城市的西边租了一间地下室公寓，离海港不远，墓地是他每天上班的必经之地。不久，他开始喜欢到那里闲逛，在狭窄的小路上探索，破译墓碑上的铭文。对他来说，死人没什么好怕的，墓地也是。虽然冬天的时候，墓地古树参天，虬枝交错盘杂，跟周围的黑暗融为一体，显得有些阴森恐怖，但他似乎可以在这些已经长眠的灵魂中找到平静与慰藉。

走过梅拉维尼之后，广阔的风景尽收眼底，从苏德嘉塔体育场，到最近刚完工的、存放着冰岛中世纪手稿的阿拉梅兰研究所。他曾去研究所看过藏品中最珍贵的部分——古冰岛诗集里的《钦定法典》，尽管这部法典手稿又薄又脏，一点儿也不起眼，但他还是被这部包含着很多文化瑰宝的手稿深深吸引了。

这次，兄弟俩似乎并不欢迎埃伦迪尔，也没有表现出一丝热情。他们请他进屋，但这次只是请他坐在客厅。由于没想久留，埃伦迪尔也就没有兜圈子。他又向他们求证了一个关于火灾的传闻，就是之前向他们提到的谣传，说他们哥俩是为了摆脱汉尼巴尔才放的火。

“这是哪里来的谣言！”维格尼尔生气地说道，“是不是你自己在散布这些屁话？”

“汉尼巴尔是这么认为的。”埃伦迪尔坚定地说，“他是这么跟他朋友说的。”

“都说了不是我们干的。”埃勒特看了他弟弟一眼，不耐烦地说道，“那个老东西是这样说的？”

“难道你们不希望他搬出地下室？”

兄弟俩互相对视了一眼。当天的节目还没有开始，电视还在客厅里睡大觉。

“真的跟我们无关。”维格尼尔说，“我们跟那场火灾一点儿关系都没有。是流浪汉自己引发的火灾，还是我们帮他灭的火，他都没跟我们说声谢谢。”

“他怕火。”埃伦迪尔说，“他甚至都不敢在下面点蜡烛。你们之前说在门边发现了一节蜡烛，我不相信那是他的蜡烛。”

“反正也不是我们的。”维格尼尔说，“你问过弗里曼没？或许是他自己干的。”

“弗里曼？”

“也许他有自己的理由放火烧掉那里。”

“为什么？”

“骗保险。”

“骗保险？”

“他不总是靠这个赚钱吗？”

“你觉得弗里曼……”

“我真的不知道。”维格尼尔说，“你去问他吧。我们发誓绝对不是我们放的火。是我们把火扑灭的！”

“绝对不是我们干的。”他的哥哥补充道，“也不是流浪汉他自己干的，弗里曼也许就是你要找的人。”

“汉尼巴尔搬出去后，你们跟他还有联系吗？”

“没有。”埃勒特说。

“从来没有联系过。”维格尼尔补充道。

“你们怎么知道他死了？”

“从报纸上看到他的名字。”埃勒特说，“可怜的家伙是不是像往常一样喝得烂醉？”

“当时，你们在雷克雅未克吗？”

“这跟你有什么关系啊？”

“你们知道他在哪里睡觉吗？”

“不知道。”

“你不会真的认为是我们伤害了他吧？”维格尼尔无奈地问道，“你为什么要问我们这些愚蠢的问题呢？”

“你们伤害他了吗？”埃伦迪尔直截了当地问道，“你们是不是有什么把柄在他手上？”

“你什么意思？你是说我们杀了他？”维格尼尔惊呼道。

“我们的把柄？”埃勒特气急败坏地问道，“你是如何得出这个结论的？”

兄弟俩又互相看了一眼。

“你们在贩卖白酒吧？是你们自己造的？还是走私的？”

埃伦迪尔轮流观察他们的反应，但他们迟迟不肯说话。

“你在胡说八道什么？”维格尼尔反驳道。

“你给我出去，现在！听到了吗？”埃勒特生气地说，“我再也不想在这儿看到你。”他把埃伦迪尔哄了出去，关上了门。

19

快到中午时，埃伦迪尔被电话铃声吵醒了，最近总是这样被电话吵醒。他好不容易才从床上爬起来。

“喂，我是霍尔多拉。”

“哦，是你啊。”

“我把你吵醒了吗？”

“没有，没事。”

“你的声音好小。”

“现在声音清晰了吧？”他提高了嗓门，“我周末加班了。”

“你总加班。”

“是的。已经连续值了好几周的夜班了。’

“昨晚你上班了吗？”

“是的。”

“有什么有趣的事吗？”

“没有，跟平时一样。”埃伦迪尔回答说，他开始慢慢清醒了，

“没什么特别的事。”

“我觉得我受不了上夜班。一直像这样晚上不睡觉是不是打乱了你的睡眠习惯？”

“是有点儿累人。”埃伦迪尔承认道，“但也不是太糟糕。”

她沉默了片刻，然后说：“你都没有联系我。”

“我一直很忙。”

“总是我主动联系你。这让我觉得……就像我在打扰你。”

“别瞎说。”

“你是不是想结束我们之间的关系。”

“我……哎，别瞎说。”埃伦迪尔说，“你一点儿都没有打扰到我。只是……只是我工作太忙了。”

他们陷入了尴尬的沉默，两人都不知道该说些什么好。沉默了好长一段时间，他甚至以为她已经挂断了电话。

“喂？”他说。

“我想，也许我们可以见见面，出去散散心。”霍尔多拉说，“我今天下午有空。”

“好的，当然可以，没问题。”埃伦迪尔挠了挠头。

“想去看电影或者……”

“要不进城吧？”他提议道，“去喝咖啡怎么样？”

“天气这么好，也许我们可以买个冰激凌，然后四处逛逛。”

“可以。我也是这么想的。”

他们约好四点在城里碰面，然后挂断了电话。埃伦迪尔匆忙地洗了个澡，喝了点儿咖啡，吃了点儿清淡的早餐。霍尔多拉说得对，他实在是没怎么联系她，通常都是她主动打电话约他，是她一直在维持他们的这段关系。她有很多地方吸引着他：说话时发自内心的笑容，缠绵时的小心翼翼，以及对他的浓厚兴趣。他的生活一直都波澜不惊，也许，是时候做出些改变了，他应该去尝试些新的东西，打破长久以来的单调乏味。也许，霍尔多拉就是他的答案。

埃伦迪尔突然想到，自上次见面图丽说了耳环的事情后，自己一直想给丽贝卡打个电话。之前，丽贝卡留下了自己电话号码，还说他可以随时给她打电话。他们还约好回头再见一面，但一直都没有机会。

电话响了三声后，丽贝卡接了电话，互相寒暄了两句之后，他就开门见山地开始提问。

"你有没有去过汉尼巴尔睡觉的那个管道井？"

"你是说他活着的时候？"

"或者在他去世之后，不管什么时候。"

"没有，我从没去过。"

"汉尼巴尔有没有留下什么私人用品？有什么东西交到你手上了吗？"

"只有一些破布、几本书和一个简陋的手提箱，警察把它们交给了我。他们一直照看着这些物品，生怕被别人偷走，好像有人会偷似的。你为什么这么问？"丽贝卡说道。

"我跟一个女人——汉尼巴尔的一个老酒友谈过，汉尼巴尔死后，她去过他住的地方，她在他睡觉的地方发现了一个大的金耳环。"

"是吗？"

"我想，或许你会知道它是从哪来的。那个金耳环现在在那个女人手上，我自己还没见过。听起来，那似乎是一件不错的珠宝——

可能有点儿昂贵，所以……”

“你觉得可能是我的？”

“所以我想问问你。”

“我从来没有去过那里。”丽贝卡强调道。

“你知道它可能是谁的吗？”

“不知道。我觉得，没人愿意去那种鬼地方见汉尼巴尔。其实，在过去的几年里，我都不知道他跟谁有联系。恐怕我帮不了你。但我向你保证，那不是我的。”

“或许是我想太多了。”埃伦迪尔说，“它出现在那里有很多种可能。可能跟汉尼巴尔没什么联系。我只是想核实一下。”

“我在想……”

“想什么？”

“不，没想什么……我不喜欢珠宝首饰，但有些女人喜欢戴很多，一英里外的地方你都可以听到她们身上叮叮当当的响声。但是，一个这么喜欢首饰的女人，怎么会跟汉尼巴尔有什么联系呢？这点我无法理解。”

“我也是这么想的。”埃伦迪尔说，“不管怎样，如果我拿到那只耳环，我会告诉你的。”

“好的。我还真想看看。”

挂断之前，他们约在本周晚些时候再见一次面。接着，埃伦迪尔就进城和霍尔多拉约会去了。他绞尽脑汁也想不通，耳环到底是怎么出现在汉尼巴尔的地盘上的。

他和丽贝卡的谈话继续困扰着他。她说的某些话一直在他脑海挥之不去，但他也不知道到底是什么。他匆匆忙忙地来到了劳加维加。一直沉浸在思考中，他都没有注意到路边店铺的橱窗展示。他匆匆经过的时候，瞥了一眼一家大的珠宝店，然后停了下来，转身又看了一眼橱窗里的展品。玻璃后面陈列着闪闪发光的手表、项链、手链、耳环和金银戒指——有些还镶嵌着钻石，全部都摆在漂亮的首饰盒里，盒子上还印着珠宝商的名字。

埃伦迪尔看着这些珠宝，他终于知道跟丽贝卡谈完之后一直在脑子里挥之不去的是什么了。当他的目光落在装着一对漂亮耳环的首饰盒上时，他突然想起来了。

“一英里外的地方你都可以听到她们身上叮叮当当的响声……”

“狂爱珠宝。”他对着玻璃喃喃自语道，“不可能。”

他盯着那对耳环。

“不，这不可能。”

直到他站在闪闪发光的珠宝面前，他才记起一个警局档案中的细节，就是那个从托尔斯卡菲回家时失踪了的女人。她狂爱珠宝，喜欢戴各种首饰：戒指、手镯、项链、耳环……

他盯着那个盒子，想象不出汉尼巴尔跟她的失踪到底会有什么关系。

20

斯库拉格塔发生了一起重大交通事故，他们第一时间抵达了现场，救护车还没到。这是星期天早上四点钟，天正下着雨。路上的车并不多，但这已经是他们当晚处理的第三起交通事故了，而且是最严重的一起。一名男子驾驶着一辆吉普车，驾驶台上的烟灰掉到了座位上，他想把它们清理掉，结果车子一下子失去了控制，一个急转弯跑到了左侧的车道上，撞上了迎面而来的汽车。汽车内的两个人都受了重伤：一名女子被困在方向盘后面，不省人事；她的女儿在副驾驶座上呻吟。吉普车司机的脸上流着血，惊慌失措，在事故现场走来走去。埃伦迪尔把他带到了警车旁边。

“我没看清是怎么回事。”那人说，“我什么都没看到。她们会没事的，对吧？你说她们一定会没事的吧？”

“救护车马上就来。”

“我想避开她们，但是太晚了，我直接撞上了她们。”那人说，“我想打开她的车门，但门被卡住了。她们被困在里面了，你得想法子把她们救出来。”

吉普车司机看似并没有喝酒，但埃伦迪尔觉得他们还是应该把他送到医院检测一下。

马泰恩和加达尔设法打开了车后门，马泰恩试图爬进去解救前排座椅上的女孩，但是没有成功。她的脸上和手上都是血，双腿被压在仪表盘下，已经流了很多血。她的母亲看起来像是要苏醒了，发生撞击时，她重重地撞到了方向盘上——把方向盘都撞坏了，然后又撞上了挡风玻璃，之后便不省人事。她的脸上也血流不止，马泰恩不敢动她。他反复安慰母女二人，告诉她们救援队已经在路上了，会赶来竭尽全力解救她们，然后送她们去医院。

那个女人伸出手，拉着她女儿的手。

“会没事的。”她安慰说，“没事的。他们马上就会赶来，然后把我们救出去，我们不会有事的。”

女孩紧紧地握着妈妈的手。

他们听到救护车的声音，很快，消防队员也到了，把母女二人救了出来。马泰恩和加达尔开始测量事故现场的刹车距离以及其他数据。加达尔推着一个小测量轮，时不时地在笔记本上记录着数据。埃伦迪尔负责疏导事故现场的车辆，他看着母女俩被救了出来，然后被用担架抬上了救护车，随后，救护车开着警报灯和报警器迅速离开了。吉普车司机也坐着第二辆救护车离开了。被撞毁的汽车被拖车拖走了。很快，那里看起来像什么也没发生过一样。扫完了碎玻璃，埃伦迪尔和其他人回到了警车上，继续巡逻。

接下来，他们又逮捕了两名男子，他们涉嫌酒后驾驶，被带回去取样、做笔录。埃伦迪尔觉得文书工作很无聊，虽然他也知道这很有必要，但这实在太耗时间了，所有东西都必须认真记录下来。得登记名字，得写事故报告，各种表格都需要精心填写并提交。什么都不能被忽略，准确无误是至关重要的。

加达尔和马泰恩正在讨论这个夏天他们有没有机会请假。埃伦迪尔爱答不理地想着自己的事。

“也许在辛格韦德利公园举办完庆典之后。”加达尔说。

“我觉得到时候我们都得在那里值班吧？”马泰恩问。

七月底，人们正在如火如荼地为国庆节作准备，冰岛人将要庆祝他们在这个岛屿上定居一千一百年。每当此时，警察局就会召开会议，讨论特殊安保和加班。届时，将有大量人聚集到古老的集会点——辛格韦德利公园，他们在那里举办狂欢会，而警察将发挥积极作用，确保一切庆典活动的顺利进行。

“简直难以置信。”加达尔说。

“什么？”

“我们已经在这块石头岛上生活了一千一百年。”

过了一会儿，他们被指挥中心调配到市中心的一间地下室。有人打电话投诉地下室的噪音扰民，但当他们到达现场时，大家都很安静。他们钻出了面包车，埃伦迪尔也核对了地址。给警方打电话的邻居从屋子里走了出来，身上随便裹了一件睡衣。

“他们一直在大吵大闹。”他一边走一边说，“就在你们赶到前，突然安静了下来。”

“谁住在这儿？”埃伦迪尔问。

“一帮嗑药的混混。他们占着地下室，专门制造麻烦。音乐声开得震天响，几个人狂喊乱叫。他们的朋友也会来这里，摩托车骑得飞快，在街上咆哮。最近一直都是这样，尤其是在晚上。半夜的时候，噪音会把人吵醒，惊扰到孩子。我们已经跟几个浑小子投诉过很多次了，也跟房东沟通过，但他根本没有采取任何行动。”

“你为什么说他们嗑药了？”马泰恩问。

“因为这里就是一个毒窟，经常有不三不四的人到这里闲逛，很明显，他们在卖药。今天早些时候，其中一人还威胁说要打我。他站在这里抽烟，我让他别把烟头扔在人行道上，他差点儿打了我，还叫我去吃屎。你看看，这烟头到处都是。”

“恐怕我们也不能……”

重摇滚乐突然从公寓里传了出来。他们又开始了，声音也越来越大。

“你听！他们整晚都这样。”邻居惊呼道，“住在这种地方，你能想象我们整天忍受着多大的痛苦吗？”

“除了两个男孩，还有别人住在这里吗？”

“我不知道。”这位邻居说，“总是有人进进出出，不好说有几个人。”

警察敲了敲门，没有人应答。于是，他们继续用力敲了很久，依然没人开门。他们没有办法，只好自己闯了进去。埃伦迪尔打开门，走进了一个大厅，天花板上吊着一个灯泡，所有的声音都是从这个大厅传来的，大厅的桌子上放着一个崭新的立体音响。加达尔和马泰恩跟着他进了屋。他们发现两名年轻男子正懒洋洋地躺在一个柔软的沙发上，共用着一个烟管，蓝色的烟雾萦绕着整个房间。这两名年轻男子都已经飘飘然了，看到三名警察走进房间，连眼皮都没眨一下。

加达尔走到唱片播放机那里，拿起了唱盘上的划针，顿时，整个房间都安静了下来，沙发上的一名男子终于发现有什么不对劲儿了。

“嘿，放下，伙计。”他大喊道，“不要关掉音乐。”

“附近居民投诉你们扰民。”加达尔告诉他，“请你们关掉音乐，让你们的邻居睡个安稳觉。”

“为什么来烦我们？赶紧走，伙计。”他的朋友大喊道。他们都醉眼朦胧，飘飘欲仙，根本不想站起来。

他们面前的茶几上有一堆杂物，埃伦迪尔从中看到三个棕色的蛋糕，个头有钱包那么大，其中一个已经被切成了若干块。此外，茶几上还有三个装着白色粉末的小塑料袋、三个烟管、一些火柴盒和打火机、几瓶酒和几包烟，以及各种瓶装的药丸。

邻居把这里称为“毒窟”一点儿也不夸张。埃伦迪尔不禁在想，这两个孩子在半夜制造噪音，以这样的方式来引起他人的注意真是愚不可及。他们似乎正在庆祝新货的到来——又一次走私成功。他们显然就是想证实毒品是不是上等货，但他们本可以不那么招摇的。

马泰恩回到车里向电台请求支援，加达尔负责看着两个男孩，埃伦迪尔则继续查看公寓的其他地方。离客厅不远处有一间卧室，地面堆满了垃圾和衣服。黑暗中，他看到一张大床上有一床脏兮兮的羽绒被，被子下面似乎还有东西，他打算过去看看那是什么，说不定就是这个地下室里的第三个房客。

来到床前，埃伦迪尔掀开羽绒被，看到了一个年轻的女孩，她睡得很香，穿得严严实实的。埃伦迪尔很快就认出了她，她穿的衣服正好符合最近失踪的一个女孩的特征：牛仔裤、粉红色衬衫，还有运动鞋。迷彩夹克估计也就在周围什么地方。警察局的记录是：她家境还不错，父母离婚了，他们说自己没有意识到女儿已经失去了控制，无法管教。现在，她几乎不跟他们沟通，他们也不知道她去哪里鬼混了；而她把自己现在的境况都归咎于父母。

埃伦迪尔用手戳了一下女孩，她醒了，翻了个身，睁开了眼睛。一片漆黑中，她看不清他的脸。

“怎么啦，你是谁？”

“我是埃伦迪尔。”

“埃伦迪尔，怎么啦？”

“你没事儿吧？”

“你是……警察？”

“你妈很担心你。”

就在这时，埃伦迪尔听到客厅里一阵骚动——两个吸毒少年终于明白了局势，并袭击了加达尔。

那个灰色的早晨，头条广播新闻就是发生在斯库拉格塔的那起车祸。播音员的语气忧郁又冷静，仿佛他已经报道过太多这样的案件。广播说，一辆吉普车开到了对面车道，撞上了迎面而来的轿车。坐在副驾驶上的十八岁女孩，在送往医院途中因伤势过重去世，目前还不知道她的名字。

几条新闻后，播音员宣布说，最近报道失踪的那个女孩已被警察找到，并且安然无恙。

21

埃伦迪尔一觉睡到第二天午后，起床后到斯库拉卡菲吃午饭。他一边吃，一边想着图丽。他迫不及待地想看一看她在汉尼巴尔住处捡到的那只金耳环，所以，他在去见汉尼巴尔的妹妹丽贝卡的路上，一直四处留意着图丽。见面地点在丽贝卡工作的诊所外。这一天酷热无风，太阳高挂空中，人们穿着夏装在街上和广场上闲逛，尽情享受着明媚的阳光。在诊所外等待时，埃伦迪尔望向巴卡拉布雷咯的山坡，那里一排排已被拆毁的老木屋躺在废墟中。有人说，老木屋应该被拆掉盖新房；也有人说，老木屋稍加修缮维护，日后将是一道历史风景线。对于老木屋的命运，各方争论不休。

“你来啦。”他身后传来一声招呼。丽贝卡出来了。

“是的，你好。”

“我们沿特约宁湖边散散步怎么样？天气这么好，我已经在家闷了一天了。”

他们沿着雷克雅加塔向南走着，绕过历史悠久的伊德诺电影院。

他们看到有些父母领着孩子在喂鸭子。一片片面包投到湖面上，鸭群嘎嘎乱叫，一哄而上，争食面包屑，孩子们则使劲儿把面包扔向往回赶的鸭子。

他们继续沿特约宁湖漫步到公园，一群北极鸥在湖心的小岛上空拼命乱窜，躲避着黑头鸥的猎杀。

“北极红嘴燕鸥的数量正在逐年减少。”丽贝卡感叹道，“黑头鸥太具有攻击性了。”

“塞尔蒂亚纳内斯半岛上的北极鸥多得很。”埃伦迪尔说道，“也许他们可以飞往那里避难。”

“关于汉尼巴尔，最近有什么新消息吗？”丽贝卡停了一下，问道。

“没有。”埃伦迪尔回答道，“你听说过失火那件事吗？”

“什么火？”

“在你哥哥去世前不久，他正在睡觉，结果地下室起火了，房东认为是他的责任，所以才把他撵走了。”

“是他放的火吗？”

“应该不太可能。他跟我说过，他怕火，甚至连在地下室里点个蜡烛他都觉得害怕。我最近了解到了住在他隔壁的兄弟俩想赶走他的原因。你对此一无所知吗？”

“是的，我一无所知。之前跟你说过，我跟汉尼巴尔已经有好几年没联系过了。如果不是警察告知我，我真想不到他竟然会一直住在管道井里。”

“从地下室搬出来以后，他就一直住在那里。”

“三年前，我曾去费尔医院找过他。医院的人告诉我，他经常光顾那里，但每次都烂醉如泥，所以他们爱莫能助。”

“你当时找他有什么事吗？”

“没什么事。我以前时不时地会试着找他，即便在对他放弃希望之后，我也仍然在找他，想了解他的近况。但是，他们也无法告知我汉尼巴尔住在哪里。”

他们走到公园。丽贝卡坐到长椅上休息，埃伦迪尔在她身旁坐了下来。

“说来惭愧，听到汉尼巴尔的死讯时，我并不吃惊。我知道，穷困潦倒、无家可归的他早晚会死在某个地方。警察给我打电话时，我预感到他出事了，一切都结束了。仿佛这么多年来，我一直在等这通电话，所以，就像我之前说过的，我对此并不感到有多惊讶。”

“你最后一次见他是什么时候？”

“是在沃斯特佛勒广场。遇见他纯属偶然，当时，他跟一群狐朋狗友混在一起。那时的他看上去似乎一切正常。至少，我敢确定他看上去并没有那么嗜酒如命，或者受毒品影响，抑或受别的他所沉迷的事情影响。”

“你们谈了些什么？”

“我们没说话。”丽贝卡说，“我们之间没什么可说的。过去的事都是浮云，烟消云散，不留痕迹。就像两个陌生人见面时的寒暄，那完全是出于礼节。对我们而言，彼此的沉默是一种解脱。他知道我住哪儿，我告诉他，如果有需要，请联系我，但……”

她凝视着特约宁湖面。

“你说什么？”

“我觉得……后来回想起来，我感觉自己对不住他。从未有谁同情过他、怜悯过他。但那天……他表现怪异，让人尴尬，他好像对自己的处境感到羞耻。他似乎并不想让我知道他过得如何。我之前从未见他表现得如此怪异。”

“他是如何沦落到那种地步的？什么原因使他偏离了正常的生活轨道？”

“我们的大哥曾说他性格怯懦。没过多久，他就放弃了汉尼巴尔。因为汉尼巴尔无法处理好发生在自己身上的事，而且他在虚度自己的光阴。”

“看着他堕落一定很难受。”

“你相信汉尼巴尔是被谋杀的吗？”

“我不知道。我找不出什么理由能证明他是被谋杀的。你认为他是如何沦落到那种结局的？”

“他从来没告诉过你吗？”

“告诉我什么？”

“关于那次事故。”

“没有，什么事故？”

“嗜酒如命是他的弱点，自始至终都是。”她说，“他一直有酗酒的毛病，但自那之后……”她满脸愁容，“自打那件事发生以后，他似乎不醉不罢休，一醉解千愁。”

“‘自打那件事发生以后’是什么意思？”

“他们让我和他们一起去。”丽贝卡说，“他问我是否愿意一起去，他当时这样问我。他总是在乎别人的想法，在乎我的想法。如果我没有跟他们一起去，很可能结局会不同，所以我觉得，那是我的错。”

“什么错？”

“我反复质问自己：她所发生的一切是因为我吗？”丽贝卡声音渐弱，弱得如同在说悄悄话，“我永远无法找到答案。”

埃伦迪尔等着她继续说。两只天鹅飞过，扭头看了看他们，然后远去。

“我大哥说，汉尼巴尔很脆弱。”她接着说，“大哥对他的要求一直很严格，直到事故发生之前都是如此。大哥的妻子是海伦娜的姐姐，他们俩娶了两姐妹。毫无疑问，这桩婚姻牵扯到后来出现的车祸。大哥的妻子永远不会原谅汉尼巴尔。那大概是三十年前某个星期六的晚上，他借来一辆车……”

22

汉尼巴尔和他的哥哥在整个战争期间一直都处于忙碌奔波状态，先是为英国军队工作，后来又为美国占领军工作。他们参与了军营的建设，为雷克雅未克机场和新公路系统铺路基，通过这些生意，他们的日子过得还算舒适。汉尼巴尔活泼风趣，幽默大方，但他不善理财，过着今朝有酒今朝醉的生活。他的哥哥跟他性格迥异，生活严谨节俭，并存下了一笔钱为以后创业做打算。他总是教育汉尼巴尔，让他花钱别大手大脚，但汉尼巴尔总是充耳不闻。

那时的丽贝卡比她的哥哥们小很多，还在上小学。她最喜欢跟汉尼巴尔一起玩耍，汉尼巴尔对她也很关心，跟她说话的态度没有半点高傲，他带她看电影，给她买礼物，请她下馆子吃大餐，甚至还帮她做作业。她很少跟大哥玩耍，两人之间的关系并不好，大哥也从来没有真正关心过她。

她的大哥已经离开家，在学习木匠手艺，梦想着跟两个朋友创办一家建筑公司。不仅如此，通过给受雇军队干活，大哥还买了一辆崭新的美国车，并且正在跟一位来自哈夫纳夫约杜尔的姑娘谈恋爱。女孩的父亲在市区有一家鱼产品加工厂。战后，大哥在女孩的父亲创办的一家新式加工厂工作时跟她好上了。女孩有个妹妹，名叫海伦娜，姐妹间无话不说。某个黄昏，兄弟二人带着姐妹二人看电影。那是汉尼巴尔第一次见到海伦娜。自那场电影后，他们俩就形影不离。

海伦娜对汉尼巴尔的一切都如痴如醉：他的慷慨、乐于助人的品质、对妹妹无微不至的关怀、敢于冒险但不免粗心的性格，这一切让他成了一个无拘无束并充满阳光的人。汉尼巴尔的这些性格特点也正是妹妹丽贝卡非常熟知和喜欢的。他从来不会随便发火或者跟人争论，处理问题时总是面带微笑而非怒气冲冲，但那并不意味着他是个软弱的人。恰恰相反，他很坚强，而且了解自己，他的自信让人产生一种敬佩之情，也让他结交了很多朋友。

海伦娜和汉尼巴尔相见恨晚，不久便如胶似漆，出双入对。她和他一样，始终充满活力，始终有着乐观积极的心态。他们相遇时，她正在学习护理知识，准备当个护士。哥哥和海伦娜的姐姐准备在那年夏天举办婚礼，而那时，汉尼巴尔和海伦娜在一起才刚刚六个月，但当他得知这个消息后，备受鼓舞。他立刻前往位于哈夫纳夫约杜尔的一家珠宝店，用信用卡买了一枚简单朴素的戒指，随后便说服海伦娜陪自己出去走走，他们朝奥尔塔内斯半岛一直走着，日落西山的时候，汉尼巴尔拿出戒指向海伦娜求了婚。两对新人举行了盛大的婚礼，亲朋好友们纷纷向他们祝福，为他们欢歌，和他们共舞，直到黎明还意犹未尽。

他们的蜜月很简单。事故发生时，海伦娜刚刚学完护理课程，开始在圣约瑟夫医院工作。

汉尼巴尔过去常常借用哥哥的车，虽然他从未拥有自己的车，但战争期间，他曾学过开卡车，后来考取了驾照。哥哥并不太愿意将车借给他，但这次，哥哥不在家，嫂子很乐意将车借给他用。那是个美丽的仲夏夜，汉尼巴尔想带海伦娜外出兜风。他们开车来到劳加尔内斯——汉尼巴尔的父母家中，帮他父亲处理了一件小事。当他们回到车上时，发现丽贝卡穿着裙子站在车前，似乎有些孤单，于是，汉尼巴尔邀请丽贝卡一起兜风。她立刻精神大作，跳上了车。汉尼巴尔对她总是关爱有加。

他们开车来到了哈夫纳夫约杜尔，买了一些巧克力和香草味的冰淇淋，边吃边听汉尼巴尔谈论工作中的见闻，笑得合不拢嘴。海伦娜坐在前排，面带微笑，听到汉尼巴尔的话便立刻哈哈大笑。丽贝卡坐在后排，一边听他们谈论将来在哈夫纳夫约杜尔安家的梦想，一边大口享受着哥哥买的美食。目前，他们正租住在首都的老城区，当时人们都谣传说，政府很快会在欣纳尔建设新的房屋。

他们惬意地向海港方向开去。虽然喜欢开车的感觉，但汉尼巴尔并不是个老练的司机。他容易走神，海伦娜不止一次督促他把车速降下来。现在，他脑子里想着其他事情，直到撞上一墩防波堤，他才意识到车速过快，但为时已晚。他猛踩刹车，但因为渔民们最近刚刚拉网捕过鱼，所以码头非常滑，汉尼巴尔再也无法控制汽车，车滑过满是鱼酱的路面，沿着滑坡一头栽进了海港。

汽车直接坠入了冰冷的海底，兜风时窗户是开着的，所以此刻，冰冷的海水迅速灌进车里。车掉到海面上时，丽贝卡的头先是重重地撞到了侧窗玻璃，随后又撞到了车顶，她昏了过去。汉尼巴尔看到她在汽车后座随波起伏，毫无意识。海伦娜的头被挡风玻璃划开一道伤口。在强烈的冲撞下，她滑到仪表盘下方，被座椅卡住了。

汉尼巴尔意识到自己必须快速行动，但他也知道，自己一次只能将一人拖到水面，而另外一人必须等待。宝贵的时间渐渐流逝，他陷入了可怕的两难境地，一边是车后座上已毫无意识的妹妹，一边是被困在仪表盘下的妻子。此刻，海伦娜拼命地想挣脱，尽全力将手伸向汉尼巴尔。

时间一分一秒地流逝。

最终，汉尼巴尔一把抓住妹妹，踢开车窗玻璃，将她往车外拉。然而，她的裙子被车门钩住了，汉尼巴尔使出浑身的力气，终于撕开了被钩住的部分。

宝贵的时间已所剩无几。

他钻出水面气喘吁吁。周围没有人。没人目睹车祸的发生。他将瘫软的丽贝卡搂在怀里，大声地呼救着；他拼命地拍打着水面，尽量保持平衡。终于，在绝望中，他靠近了码头附近的一处木桩，那里有一根细绳，他迅速用绳子缠住妹妹，把她绑到桩上，将她的头露出水面。

在确认她仍有呼吸之后，他将她留在木桩处，然后大吸一口气，再次潜入水中。除了头上的一道伤口和腰身隐隐作痛外，汉尼巴尔并无大碍。他用尽全力向车窗游去，钻入车中。海伦娜仍然被困在原处，之前伸向他的手现在一动不动地浮在水中。他奋力拉住这只手，但海伦娜毫无反应。他托起她的双肩，使出浑身解数试图将她从座位和面板之间拉出来。最终，他成功地拽出了她的一条腿，随后，另一条腿也被拽了出来，他奋力将她推出窗外。

此时，由于在水中待得太久，他开始呛水。但他始终死死地抓住海伦娜。就在担心自己挺不过来时，他浮出了水面，大声地咳嗽，喷得水花四溅，并感到阵阵恶心。他把海伦娜的头托在水面上，向安置丽贝卡的地方游去。

他害怕极了，大声地呼救。他拼命地喊着怀里的海伦娜，喊着丽贝卡，绝望地喊着上帝，但没有任何人听到他的哭喊。

最后，他带着海伦娜游到一个狭窄的铁梯，将她举过自己的肩膀，开始往上爬，每一步都艰难无比。没有时间了。长时间浸泡在严寒的海水中，他的身体已经麻木了。当他最终到达码头，将海伦娜放在地上时，他浑身都控制不住地颤抖起来。他开始帮她把海水从身体里挤压出来，他一遍又一遍地按压她的胸部，呼喊她的名字，和她说话，安慰她，告诉她一切都会好起来。他对她大喊大叫，用尽一切办法想把她弄醒。期间他还不停地呼救，但没有人听到。

尽管水从她嘴中喷出，但为时已晚，只是他不想承认。

他知道，他救不了海伦娜了。

由于不能再继续把丽贝卡留在海中，他潜回海港，游过去，给她解开绳子。他把她抱上梯子，放在他的妻子旁边，她慢慢苏醒了过来。

他又开始营救海伦娜，试图让她复活，然而，他最终不得不接受现实，他精疲力竭地跪在她身旁，把脸埋在她丧失生命体征的身体上，泪流满面。

23

两只天鹅再次游过，它们放慢速度，希望坐在长椅上的人能给它们一点儿面包屑。但它们的希望落空了，于是它们继续前行。突然间，它们受到了惊吓，拍了拍翅膀，沿着水面吵吵闹闹地扑腾着，优雅地飞到高空中，朝北边的埃夏山飞去。丽贝卡一直看着它们，直到它们消失不见。

“车祸后，汉尼巴尔就变了。”她说，“事情发生得太突然了。这样的悲剧足以改变一个人，改变他整个人生轨迹。”

“是的，我也这么觉得。”埃伦迪尔说。

“他快乐的一面消失了，”丽贝卡继续说道，“很多其他的东西也是。海伦娜死后，他身上很多东西都消失了，他不再是以前的那个人了。他拒绝谈论这场事故，从来不提海伦娜的名字。他开始酗酒，不停地换工作，还试着搬到乡村去住过一段时间。在接下来十年左右的时间里，他变成了你见到的流浪汉。我们能做的都做了，但还是不能挽救他。有时候，我们会逼他谈论那场事故，他总是充满愤怒和自责——其实他是恨自己。如果我们试着帮他，他就会指责我们多管闲事，他不能容忍这样。”

“所以，他把发生的事情全都归咎于自己。”

“是的。”

“你呢？这对你也一定造成了心理创伤。”

“即使过了这么久，我还是不敢想自己对他们造成的影响。”她说，“而发生在汉尼巴尔身上的事使我感到更心酸更痛苦。它不断提醒着我那场事故——他的生活如何分崩离析，他如何孤立自己，他如何生活。还有……唉，我不知道……”

“什么？”

“他死的方式。这么多年以后，他也溺水身亡了。说起来有点儿讽刺。”

“但至少你活了下来，这对他来说一定是某种安慰。”埃伦迪尔说。

丽贝卡没有回应。

“不是吗？”

“我不知道。”她说，“说实话，我不知道。也许在某种程度上是的。是的，当然，一定是，但明显不够，他成天想到的都是海伦娜。”

“我猜，你大哥没做过什么来缓解汉尼巴尔的伤痛。”

“是的，不过这是另一回事了。大哥和他的妻子——海伦娜的姐姐——说了很多不该说的话。我知道他们后来也后悔说过这些话——至少我大哥后悔了。当时，大哥直接问他是不是喝酒了，因为他们知道他很鲁莽，并且不擅长喝酒。但其实，汉尼巴尔当时一滴酒都没喝。当然，我可以作证，而且还有一个调查也可以消除所有疑虑，但尽管如此，他们还是不能克制自己的愤怒，所以自那以后，我的两个哥哥彼此之间几乎再也没有说过话。说真的，我觉得海伦娜的姐姐对此有发言权。虽然我从来没喜欢过那个女人。”

“当你听说汉尼巴尔死了，你有没有想到过他们？”埃伦迪尔问道。

“他们？”

“你的大哥和大嫂。”

“没有。你什么意思？他们那天可能吵过架？”

“这是你几天以前说过的。”

“是的。”

丽贝卡开始思考。

“你不会真的认为他杀了汉尼巴尔吧？经过这么些年，你还这样认为？不，这太荒唐了。我不明白……不知道你怎么会有这种想法。我说过的任何话都不可能让你做出这样的推断。”

“是的，当然不会。”埃伦迪尔说，“顺便说一下，几天前，他在你之后给我打过电话，我和他说了会儿话，他很不高兴。”

“是的，我……我把我们谈话的要点告诉他了。他之前和汉尼巴尔完全没联系。一点儿也没有。几十年没联系了。”

“他们去参加葬礼了吗？”

“是的。嗯，他去了。但她没有，这是她的典型做派，她心里完全没有原谅汉尼巴尔。但你不该认为我哥哥杀了汉尼巴尔，真的，他完全不可能伤害汉尼巴尔。”

“但其实他伤害了，不是吗？间接地伤害了。”

丽贝卡瞪着埃伦迪尔，既震惊又愤怒。埃伦迪尔立即后悔说了这话。

“你怎么能这样想……你怎么能这样说？你怎么敢……”

“对不起，我……”

“你为什么对汉尼巴尔这么好奇？”

“因为我对他有一些了解。他选择的生活方式让我感到好奇。最令我好奇的是我上次见他时他说过的话。他被打了，我们把他带到车站，我和他在那儿聊了会儿天。他谈到他的不幸，说他是生是死都无所谓。我不知道什么事会让一个人这样说。”

“他这样说？”

“是的。说实话，我并非有意指控任何人。如果让你有那种感觉，请原谅我。”

丽贝卡审视了一下埃伦迪尔：他的表情里透露着坚决，眼神里流露出深深的悲伤。

“这不只是关乎汉尼巴尔，这关乎更多事情。”她说。

埃伦迪尔没有回应。

“发生什么事了？”她问。

“你是什么意思？”

“到底是什么让你如此关心我的哥哥？”

“我告诉你了。”

“不，你什么也没告诉我。我对你推心置腹，把我们家的事都告诉你了。我觉得你得向我解释一下你的好奇，解释一下为什么我们会坐在这儿讨论我的哥哥，我觉得你没有对我坦白。”

她等着他的答案。

“嗯？”

埃伦迪尔保持沉默。

“那我们就没什么可谈的了。”丽贝卡站起来说道，“拜拜。对于我告诉你的家事，我希望你能尊重我的请求，严格替我保密。”

她起身向城里走去，留下他注视着河对面，最后，他站了起来。

“我……曾有一个弟弟。”他叫住她。

她停下脚步，转过身。

“一个弟弟？”

“他走丢了。”埃伦迪尔说，“在我们一起长大的东边山上。我们在暴风雪中迷路了，我被找到了，但他没有。当你说不敢回想和他们一起出去的事时……我明白那种感受。汉尼巴尔谈起他的不幸时引起了我的共鸣。”

他又坐了下来，丽贝卡回来了。

过了一会儿，她问道：“你现在还在受此折磨吗？”

“我几乎每天都会想这件事。”

“多年来，我一直在折磨自己，不断思考发生了什么。”丽贝卡说，“如果我没有和他们一起去，没有在他们出发时站在车道上，那该多好啊！如果我当时在和朋友玩该多好啊……我时常像这样不断地想。如果他不用担心后座上的妹妹会怎样？那他是不是就有时间救海伦娜了？她的死是我的错吗？都是我的错吗？”

“我也经常有这些想法。”埃伦迪尔低声承认道。

“然后有一天，我突然意识到我对自己太苛刻了。”她继续说，“没有必要用这次事故来折磨自己。我现在已经不再这样了，这没有意义，他救了我的命，而他自己的生活一塌糊涂。多年来，我一直备受折磨，但现在，我已学会不将这两件事联系起来。”

“我觉得，汉尼巴尔从未停止用那种想法折磨自己。”埃伦迪尔说。

“是的。那些想法经常伴随着他。”

“而且最后毁了他。”

“是的。”丽贝卡看着埃伦迪尔说，“最后毁了他。”

24

见过丽贝卡后，埃伦迪尔去了阿曼斯提格的旅馆。图丽不在，他也没看到上次玩游戏的那三个女人。原来图丽好几天没来了，但旅馆管理员说她似乎还在戒酒。

埃伦迪尔询问了两个住客是否认识图丽或是否有她的消息。两个人都没帮上忙。不过，一个人记得她和另一个女人在城市西边租了一间房，但不知道具体地址。

埃伦迪尔走到奥斯特沃勒广场。几个酒鬼聚集在广场上的长椅上，在午后阳光的照射下眯起了眼睛。他们年龄各不相同，衣服破旧程度不同，醉酒程度也不同。最年轻的二十岁左右，头发长长的，肌肉发达；他卷起了衬衫的袖子，露出了手臂上的文身。最年长的是一个身体虚弱、长满胡须、牙齿掉光了的老人，他穿着厚厚的、冰岛传统针织套衫。当时，他们有的懒洋洋地晒着太阳，有的在和旁边的朋友聊天，有的安静地看着人们来来往往，脸上一副洞察一切的表情。埃伦迪尔的出现打破了他们的平静。

“你们见过图丽吗？”他问道，想碰碰运气，他们可能熟悉这个名字。

大部分人都一副爱答不理的表情，但是一对夫妇抬起头，斜眼看了看他。

“你是谁？”

“我找她有事儿。”埃伦迪尔说道，“你知道她在哪儿吗？”

“图丽是谁？”有文身的年轻人问道。

“她住在阿曼斯提格的青年旅馆。”埃伦迪尔说，“但她走了。”

“你和她上床了吗？”那个文身的人问道。

他的同伴都偷偷笑起来，他们提起了兴趣，专心地看着埃伦迪尔。

埃伦迪尔微笑了一下。捣蛋鬼，他心想着。

“没有，我只是需要和她取得联系。”

“又想和她做爱？”那个年轻人坚持问道。

说这种话，他似乎得心应手。坐在他周围年纪大点儿的人都笑起来。

“你们知道她在哪儿吗？”埃伦迪尔转而问这些人。

“嘿，别问他们。”那个年轻人站起来说道，“你为什么要问他们？你到底和这个图丽是什么关系？你们俩在一起还是怎么的？她给你戴绿帽子了？她不想再和你上床了？”

埃伦迪尔上下打量了他一下，觉得他一定是喝高了。

“我想我之前见过她。”年轻人说道，“她和这里的斯特比上过床。”他指了指那个牙齿掉光了的老男人。

大家都狂笑起来。

年轻人用手指着埃伦迪尔。“你怎么不滚开？”他说，“别打扰我们，趁我没打倒你，赶紧滚开。”

“你打不倒任何人。”

“哦？是吗？想打赌吗？呃？”

“别急。”

“你才别急。”年轻男子冲向他。如果埃伦迪尔没有防备的话，这一拳就正好打到他下巴了，但他像受过训练似的跳起来躲过了拳头。年轻人扑了个空，他担心在同伴面前丢脸，所以更生气了，但正当他打起精神准备再给埃伦迪尔一拳时，一记重拳打在年轻男子的肚子上，紧接着又是一拳。埃伦迪尔像打沙袋一样连着给了他两记重拳，他跪倒在地上，弯着腰，捂着肚子，无助地喘着气。埃伦迪尔扶住他，免得他摔得太惨。

“这么说，你们都不认识她？”他平静地向一直观看争斗的流浪汉们问道。

“我认识。”牙齿掉光的男人说道，看了看他气喘吁吁的朋友，“不过好几年没看到她了。我猜她一定是戒酒了，她的朋友在经营一家酒吧——极地酒吧，名叫斯瓦娜，你可以去那儿问问看。”

“我会的。”

其他人走到被打的年轻人面前，但他把他们推开了，他充满愤恨地看着埃伦迪尔。埃伦迪尔离开了广场，向珀斯萨斯街走去。

埃伦迪尔对极地酒吧很熟悉，它是专门为酒鬼们开设的酒馆，经营者是一个身材丰满的女人，她曾在哥本哈根臭名昭著的克里斯钦尼亚自由城生活过。她对酒吧的常客很好，当别人叫他们人渣时，她叫他们客人。这些常客包括汉尼巴尔这样无家可归的人、来自青年旅馆的女人，以及围坐在沃斯特佛勒广场长椅上的男人们。

埃伦迪尔在门口往酒吧里看了看，里面是空的，他甚至不确定酒吧是否在营业，但他看到酒吧主人在吧台后面弯腰摆弄着箱子里叮当作响的瓶子。

“你是斯瓦娜吗？”他喊道。

那个女人放下手里的活抬头看了看。

“是的。”

“有人告诉我你认识图丽，并且可以告诉我在哪里能找到她。”

“你是谁？”

“我几天前在阿曼斯提格的旅馆和她说过话，有个消息要告诉她。”

“她好久没来了。”斯瓦娜又回去继续摆弄箱子，“她正在戒酒，她开始戒酒后就没来过这儿了。”

“我听说她在布拉雷迪斯赫特租了一个地方住，你知道吗？”

“你为什么要见她？”

“这是我的私事。”

“你是她的亲戚吗？”

埃伦迪尔飞速地思考着，既然对方已经主动为自己提供了借口，最简单的选择就是撒谎，否则就要把和她无关的信息说出去。

“是的。”

“可怜的图丽。她是一个好女孩，但又是一个无可救药的酒鬼。当我听说她要戒酒时，我特别高兴。她经常试着戒酒，但最终又喝起来，仿佛有个魔鬼控制着她。她住在渔场附近，在布拉雷迪斯赫特，靠近足球场旁边。请转达我的问候，希望她现在好起来了，希望她没有再次堕落。”

从斯瓦娜那儿获得门牌号后，埃伦迪尔在一栋两层建筑的地下室里找到了图丽。房间有专门的入口，对面是破败不堪的花园。埃伦迪尔敲了一下门，结果惊讶地发现门没锁，还开了一条缝，里面传出了低沉的呻吟声。他担心图丽有事，于是推开了门。

那里根本不像是一个房间，更像是一个壁橱，装满了图丽积攒的各种垃圾，地板上堆满了旧衣服、食品罐和塑料袋，一个角落里放着一辆小购物车。屋里唯一的家具是一个旧扶手椅和一张脏脏的沙发床。此时，图丽躺在沙发床上，想喝一口甲醇酒，而贝格曼迪尔仍穿着脏兮兮的外套，正跨坐在她身上，使她发出很大的呻吟声。

25

他们俩都没注意到埃伦迪尔。埃伦迪尔偷偷溜了出去，把门关上，然后围着房子转了转，重新回到了街上。他真希望自己没有看到刚刚那一幕。现在，两件事清楚地摆在他面前：贝格曼迪尔找到了图丽；图丽又堕落了。

二十分钟后，贝格曼迪尔绕过街角，顺着街道扬长而去。他没有注意到藏在两栋房子之间的埃伦迪尔。埃伦迪尔一直看着他，直到他转到赫林布劳特。

埃伦迪尔又闲逛了五分钟，然后回到花园中，敲了敲门，声音比之前大很多。这一次，门是关着的，他敲了三次才听到屋里的沙沙声，然后图丽开了门。

“是什么他妈的这么吵？”她吼道。

“你还记得我吗？”埃伦迪尔说，“我们前几天在旅馆说过话。”

“不记得了。”图丽说，“你是谁？我为什么要记得你？”

她穿着很紧的无袖连衣裙和衬衫，吸着烟，烟灰掉在她的脚上。

“我前几天向你打听过一个叫汉尼巴尔的人。”

图丽靠近了些，瞧了一眼埃伦迪尔，但仍然没什么印象。

“我认识汉尼巴尔。”她慢慢地走进屋子，门开着。埃伦迪尔跟了进去。她弯下腰，捡起一个透明的玻璃瓶，瓶里装着一点儿浑浊的液体。她喝了一大口，然后坐到沙发上，用手背擦了擦嘴。地板上有好几个装着勾兑酒的容器，他猜这些可能是她刚才跟贝格曼迪尔上床获得的酬劳。

“之前，你说你在汉尼巴尔死前拜访过他。”埃伦迪尔开始说道，“他当时睡在管道井里。在他溺水后，你在那儿发现了一件东西并一直留在手里。我问你能否给我看一眼，你说可以。”

图丽盯着他，终于有点儿印象了。

“你？”她说，“汉尼巴尔的朋友。我想起来了。你刚才说你叫什么来着？”

“埃伦迪尔。”

“汉尼巴尔的朋友？”

“是的。你在管道井里捡到一只耳环，一只金耳环，你说过要给我看的。”

图丽再次把瓶子举到嘴边，她似乎情绪不高。

“我堕落了。”她充满自责地说道，“我之前几个月没喝酒，但现在我堕落了。我真可悲，他妈的可悲，这是最糟糕的，我真他妈的可悲。那时候，我不会随便和别人喝酒，你知道吗？以前，我和好人来往，一群好人。以前，我过得很开心，喝的酒都很有品位。现在，我就像一条狗，喝人家不要的东西。”

她挥了挥瓶子。

“喝他妈的尿。”

埃伦迪尔不知道该说些什么，他觉得他最好还是什么都别说。他看了看这个昏暗的小房间，她的处境很糟糕。她试过走出泥潭，但总是重新陷入其中不可自拔。

“你还记得那只耳环吗？”他问道，急切地想缩短拜访时间，因为房间里有一种难闻的味道，总让他联想到刚才图丽和贝格曼迪尔在床上的画面。

“我当然记得。”图丽说，“那是我发现的，不是吗？你觉得我会忘记？不可能。那是我的幸运之环。”

“我可以看看吗？”埃伦迪尔问道，“你把它放在这里了吗？”

“他对你来说有什么意义？”

“你还有那只耳环吧？”

“我借给了……我把它典当了。”

“你说什么？”

图丽再次挥了挥瓶子。

“我得找酒喝。”

“你为了酒卖了耳环？”

“自制酒精。”她纠正道，“不管怎么说，我没有卖掉它。我只是当了它。等我有钱了，我就把它赎回来，然后你就可以看了。不过，你为什么非要看它？耳环和你没什么关系。是我发现它的，它是我的。如果我想卖掉它，我就卖，我不需要征得你的同意。”

埃伦迪尔觉得她有些恼火，所以尽量安抚她。最后，他好不容易才说服图丽告诉他供货商的地址。

等她冷静下来以后，他问道:“你知道汉尼巴尔结过一次婚吗？”

“知道。”

“他有没有跟你讲过他年轻时的那场意外？”

“我知道他是怎么失去海伦娜的。”图丽说，“虽然他不喜欢谈论这件事情，不会随便和人说起。但他确实告诉过我，这对他来说已经很不容易了，因为他不是那种能敞开心扉的人。”

“是的，我也觉得他不是。”埃伦迪尔说，“他有没有提起过他的哥哥？或者他的嫂子？”

“没有。他们联系过吗？汉尼巴尔从来没有提起过他们。”

“这么说，你不知道汉尼巴尔死的时候他的哥哥是否在城里？”

“我怎么会知道这个？你到底想干什么？”

“没关系。”埃伦迪尔说，“我听说过他，仅此而已。他哥哥不怎么友善。”

“哦，我对他哥哥一无所知。”

图丽无精打采地坐在床上，手里拿着酒瓶，心烦意乱地摆弄着一个皱巴巴的烟盒，但烟盒里已经没有烟了。埃伦迪尔拿出自己的烟盒，取出一根烟，点燃之后递给了她。

“也许你应该去阿曼斯提格青年旅馆。”他离开时说道。

“是，是，是。”她说，“不要管我。”

图丽的供货商在斯科加峡湾有一个店，靠近国内机场。如果图丽说的话是真的，那么他在一个小车库里做着非法勾当，埃伦迪尔到达时他就是从那儿出来的。他们问候了彼此，那个男人有点儿警惕。他身材矮小，但小肚腩很大。

“你有什么需要吗？”他问道，随手锁上了车库门。

“图丽叫我来的。”埃伦迪尔解释道，他觉得她应该是他的常客之一。

“图丽？她过得怎么样？”

“很糟糕。你的酒让她情绪很不好。她把耳环卖给你了，对吗？”

“耳环？”

“她用金耳环跟你换的酒。”

“在我这里又怎样呢？”

“我想买那只金耳环。”埃伦迪尔说，‘和你之前付过的一样的价钱。你自制的酒精多少钱一瓶？”

“嘿，我没……”

“别废话了。”埃伦迪尔不想浪费时间跟他继续争论。他累了，他走了一整天了，他见到的人和事只是增加了他的疲惫感。“我和警察一起来的。”他继续说道，“我敢肯定，如果我们闯进你的车库，定能找到蒸馏装置和大量非法酒精。而且我敢确定，你在从国外走私酒精——那可是很昂贵的东西。”

“警察？”那个人重复道。

“看，我只想要那只耳环。”埃伦迪尔说，“我知道你有，把它给我，我就不管你的事了。”

那个人犹豫了一下。

“我没必要留着这只耳环。”最终，他说道。

“的确。”埃伦迪尔同意道。

“而且它不是金的。不可能。它就是个假货。我找人看过了。它是镀金的。”

“你的意思是，你给图丽付的钱太多了？”

“不是。并没有。它只是值不了多少钱，所以……你……你喜欢的话就拿去吧。”

男人朝车库门瞥了一眼。埃伦迪尔知道，他只是想尽量化险为夷。

26

珠宝商仔细检查过耳环后，思索了一番，随后说他从来没有收藏过这类耳环。

“是只不错的耳环。”他接着说，“耳环金板较厚，做工精美。”

“那耳环上的珍珠呢？”埃伦迪尔问道。

“这颗珍珠是纯天然的，但我既不制作也不售卖珍珠饰品。”

据他的专业判断，这副耳环年岁不可能太长，毕竟款式仍然较为时尚。耳环很大，由两个圆环连接而成，分量较重，耳环下面挂着一粒珍珠。整副耳环引人注目，很可能是定制的。珠宝商并未发现任何人工雕琢的痕迹，其质量可谓上乘。它可能购自雷克雅未克或冰岛的某个地方，也很容易从国外购买。

尽管在供热管道下停留了一段时间，耳环看起来还是很漂亮。不过，据此推断，耳环在漆黑的地下隧道里应该没待多久就被图丽捡到了。只可惜，这只被她称为“幸运之环”的耳环，直到现在也没给她带来什么好运。

两天前，埃伦迪尔从图丽的供货商那里买下了耳环。自那之后，耳环跟他形影不离。他像着了迷似的在办公室的台灯下研究，却并没发现耳环承载的秘密，至于耳环跟汉尼巴尔之间发生过哪些故事，他不得而知。也许，汉尼巴尔只是碰巧捡到了耳环。如果把整个案情比作一块拼图，那么这只耳环只是其中的一小块，而且是一个不期而至无法解释的秘密，是汉尼巴尔陋舍中唯一闪烁的一束微光。

珠宝商将耳环递给埃伦迪尔，他是埃伦迪尔咨询的第二位专家。埃伦迪尔唯一能想到的办法就是带着耳环遍访雷克雅未克的每一位珠宝商。

“很漂亮的圣诞礼物。”珠宝商的夸赞之情溢于言表。他身穿白大褂，脖子上挂一副高倍数放大镜，“这副耳环物美价廉，是要送给你妻子的结婚周年纪念礼物？还是生日礼物！如果你喜欢，我可以再制作一只，帮你配成一对。”

“谢谢您的好意。”埃伦迪尔说，“我只是碰巧捡到它，正在设法找到它的主人。”

“您真是一个心地善良的人。”珠宝商充满惊讶地说。

“反正没坏处，不妨一试。”

“耳环的卡扣完好无损。”珠宝商边仔细检查边说，“一点儿问题也没有。不过，这种卡扣耳环很容易掉。穿孔耳环没那么容易遗失，但很多女性不喜欢穿耳洞。”

“耳环卡扣怎样才会松掉呢？需要某种方式的拉扯吗？还是可以自动滑落呢？”

“是会自动滑落的。”珠宝商的话验证了图丽之前告诉他的，“耳环卡扣的质量参差不齐，你所说的‘拉扯掉’是什么意思？”

“比如说，如果物主卷入一场打斗。”

“当然有可能，这是显而易见的。”

在第三家店里，一个年轻女人仔细检查过耳环后郑重地说，自己并未见过这只耳环。但她随后补充说自己在这里工作不到两年，所以耳环也有可能是在她来这里工作之前卖出的。经理出去办事了，晚点儿才能回来，但埃伦迪尔并不介意多等一会儿。年轻女人被他为耳环寻主的行为所打动，她从未听说有谁如此体谅别人。她活不多，所以很喜欢与人聊天，但她很快便意识到，自己是在浪费时间。

埃伦迪尔心里犹豫不决——是稍后再回来，还是在店里等经理回来。恰在这时，门开了，一位高个子男人阔步走进来，随后利索地把门关上，似乎并没看到他们两人。

“那就是我们经理。”年轻女人悄悄告诉埃伦迪尔，似乎被经理的举止弄得很尴尬，“他刚离婚。”她补充道。

“哦。”听到这个消息，埃伦迪尔故作难过地回应了一句，但事实上，他对这个消息并不感兴趣。

女助手向经理走去，不久，经理从工作间走了出来，身穿一件白大褂。埃伦迪尔突然有些困惑，为何珠宝商要跟医生和科学家一样穿白大褂。也许是因为珠宝鉴定要求像手术或实验一样精确吧，他这样想。

“我能看看吗？”珠宝店经理突然问道。

埃伦迪尔把耳环递给经理。经理立刻认了出来。

“这确实是我们店的产品。”他说，“如果没记错的话，我做了一对。那是几年前的事了，做出来很快就卖出去了。我想你把另一只弄丢了吧，要我再帮你打造一只吗？”

“他并未丢失耳环。”女助理打断经理的话，“他捡到这只耳环，想将它物归原主。”

“没错。”埃伦迪尔说，“请问你能否帮我找到物主。”

“卖耳环是小买卖，我一般不记账。”经理回答道。他个子特别高，犹如一座高塔矗立在柜台里面。“我给耳环定的价并不高。”他补充道。

“你能回忆一下吗？”

“我突然想起来，我确实记得这对耳环中有一只被送过来维修过。带着保修卡过来的。我卖出去的东西都有保修卡。”

他带上放大镜，仔细地检查了一下耳环。

“但我不确定是不是这一只。没看出曾有珍珠脱落的痕迹。但我记得自己维修过一只耳环。维修工作并不复杂，所以，看不到维修痕迹也没什么好惊讶的。”

“您能帮我找出物主的姓名吗？”

经理将耳环放到柜台上。

“稍等一下。”他说。

女助理用微笑来鼓励埃伦迪尔。经理从办公室走出来，手里拿着一个大文件夹，开始一页一页地查阅起来。

“我有做维修记录的习惯。”他边说边飞快翻阅着一张张票据。最终，他找到了他想要的那一页。

“找到了。”他将一张收据从文件夹里抽出来，“在保修期内进行过维修。总算找到了。”

“物主叫什么名字？”埃伦迪尔问。

“发票上没写。”经理回答，“我现在记起来了。是一个男人买的这对耳环。送过来维修时我登记了他的名字，就是收据上这个名字，你应该能找到他。我从未见过他的妻子，所以当时也不知道这对耳环是否适合她。我隐约记得他说过生日礼物之类的话，但也不一定对。”

经理递过收据。

埃伦迪尔将那个名字记在心里。随后拿起耳环，放进口袋，向他们表达了感谢。

“您真是个贴心的人。”临别前，经理夸赞道。

“我只是尽力而为。”

那天晚上，从警察局的档案里收集了一些重要线索后，他便动身前往福斯沃于尔。路途并不远，步行半个小时就到了。不一会儿，他便站在了一栋平顶房子前，房子位于一条安静的街道。那个买耳环的丈夫现在独居于此。从外面看不到屋子里有人活动，窗帘紧闭。也许他外出了。

经理找到的收据上写着他的名字。一年前，这个男人报案称自己的妻子失踪了。他妻子晚上跟同事一道外出，到托尔斯卡菲酒吧参加聚会，从此便再也没有回来。警察卷宗上对那个女人的描述为“对珠宝狂热”。大约一年前，她丈夫为她买了一对漂亮的耳环，不久后她便失踪了。而此刻，埃伦迪尔清楚地知道，图丽在汉尼巴尔的住处捡到了其中一只。

27

这个夜晚异常忙碌。埃伦迪尔他们先是被派到居民区平息一场争吵，然后又前往酒吧平息了另一场争吵；随后，他们拦下三辆超速车辆，其中一位司机是个无证驾驶的青少年，一身酒气，开着一辆偷来的车，沿着米克拉布劳特街道行驶。当埃伦迪尔他们发现其行驶异常时，便开启警笛追了上去。男孩试图甩掉警车，便甩尾漂移到布雷德霍特路上，紧接着一脚把油门踩到了底。但这辆旧福特科迪纳汽车发动机马力不足，所以最终还是被警车毫不费劲地截停了。男孩跳出车来撒腿就往南边的科帕沃于尔方向跑去。马泰恩跑得最快，在其他警员几乎要放弃的时候，他大跨步追上去，一把将男孩摁倒在地。去市医院验血的路上，男孩不停地大骂着警员们。验血完毕，这起案件宣告结束。鉴于男孩是初犯，他们没有理由将男孩拘留一夜。他们通知了车主来取车，在此之前，车主居然都没有意识到自己的车被盗了。好在他的车毫发无损，但车主并不愿意为这个愚蠢的少年交罚单。另一边，男孩的父亲大发雷霆，以至于警员们不得不先安抚他，等他冷静下来后才将男孩交给了他。

“你这个臭小子一天到晚给我惹麻烦。”父亲一边责备，一边将男孩往警局外推。

埃伦迪尔是个沉默寡言的人，那个晚上，他比平时更加沉默。当其他人结束工作陆续离开时，加达尔走过来问他怎么了。他没有向同事们透露过他独自调查案件的事——事实上，除了丽贝卡外，他没告诉过任何人。

“我很好，没什么事儿。”那个在托尔斯卡菲失踪的女人的命运让他困惑了一整晚。

“你今天看起来心事重重的。”加达尔坚定地说道。

“没有。”

“难道我和马泰恩真的那么无聊吗？”

“嗯，你确实不是一位才华横溢的伙伴。”

听到这句话，其他同事都偷偷笑了起来。他们二人在车站外分别，埃伦迪尔沐浴着清晨的阳光走在回家的路上，思索着一系列画面：汉尼巴尔，耳环，那个失踪女人跟丈夫共有的位于福斯沃于尔的房子，她从托尔斯卡菲酒吧回家的路线以及路上发生过什么。他搞不明白她的耳环出现在汉尼巴尔的小窝里究竟意味着什么。那个女人的失踪和汉尼巴尔的不幸溺亡发生在同一个周末，但没人将两者联系起来，至少埃伦迪尔自己没这么想过。在他看来，这两件事风马牛不相及。事实上，大多数的关注点都被放到了那个女人身上，以至对汉尼巴尔死亡的调查被搁置一边，因为汉尼巴尔的死因似乎是清清楚楚的，而且该案件也并不紧迫。

埃伦迪尔清楚，自己不应将这两件事归为巧合。因为巧合一说与事实不符。最有可能的是那位丈夫买耳环送给妻子，而非另外一个女人，比如他的母亲、妹妹，甚至情妇——假如他有情妇。但这并不意味着耳环一定是在他妻子失踪的那晚丢失的。她的生活圈子不大，就在供热管道周围，也许每天来来回回都要经过管道井。很有可能某次经过时，耳环落入了管道井内，正好被汉尼巴尔捡到了。

另一种可能是，那个女人决定自杀前最后一次经过供热管道。管道离福斯沃于尔或斯科加峡湾并不远，她可能在这两个地方投海自尽了。耳环可能脱落掉入缝隙，而她并没意识到，随后便开始走向人生旅程的终点。如果是这样的话，她的失踪和汉尼巴尔的死就毫不相干。

当然，也有可能是汉尼巴尔或者一个前去看望汉尼巴尔的朋友在别处捡到耳环，随后掉落到了管道井内。

只有充分考虑他能想到的所有可能性，他才能还原那个女人离开托尔斯卡菲、遇见汉尼巴尔这一过程中发生的事情。从他了解的情况来看，他们两人并不认识——事实上，很难想象他们会在什么情况下互相认识。她之前说过想步行回家散散心。其中一条可能的路线就是经过供热管道。也许，沿这条路线回家期间发生了什么意外，才导致她的耳环掉落。而这种推测成立的前提是，如果她不在汉尼巴尔临时住所里面，至少也要在它附近。

汉尼巴尔可能伤害她，这种推测可信吗?

埃伦迪尔不愿通过自己的猜想得出合乎逻辑的结论。毕竟那个喜欢首饰的女人，有可能在回家路上碰到某人，然后跟他发生了争吵，甚至打斗，她的耳环被打掉并最终殒命。汉尼巴尔也许压根儿没见过那个女人，更谈不上目睹她丧命的过程。

埃伦迪尔跟扑朔迷离的案情较劲，反复质疑自己调查推理中的互相矛盾之处，最终他决定，与其想破脑袋，还不如再到管道里看看。他回家拿了一只强光手电筒，随后便步行前往奥斯克朱里德，从那里爬上供热管道，然后沿着管道井往东走。

威廉从前在供热管道里住过，但现在，埃伦迪尔并未看到任何有人居住的痕迹。毫无疑问，他已经找到了更好的地方睡觉。他收拾的废物还在那里，尽是些空垃圾袋、酒精勾兑酒瓶和溶剂瓶。入口处的杂草依然倒在地上，很显然，这片地方已经无人居住，甚至连野猫都离开了。

埃伦迪尔趴在地上，打开手电筒慢慢往里挪。一股微弱的热气从管道井里袭来，阳光在洞口处戛然而止。昏暗的管道向两端延伸，蜿蜒曲折穿越几英里乡间土地。坚硬的水泥墙壁至少有一米多高，隧道顶端铺满凸面的水泥盖板，每块水泥板三米长，水泥板间用泥浆封闭连接。甚至埃伦迪尔这样的体型都能在墙壁和管道间的缝隙内活动，如果愿意，他甚至可以背靠管道取暖。

隧道里一片漆黑，他将手电筒照向左边，这一部分管道起自莫斯菲尔峡谷，除了供热管道什么也看不到。右边的管道通往奥斯克朱里德，同样是黑漆漆一片。汉尼巴尔曾经的栖身之地就在离洞口不远处，威廉曾经也在这里睡觉，那时埃伦迪尔还遇见过他。图丽就在某根管道下面捡到的那只耳环。漆黑的隧道让埃伦迪尔感到恐惧，为了战胜内心的恐惧，他咬紧牙关沿着仿佛没有尽头的隧道向前爬，一会儿在隧道左边爬，一会儿在隧道右边爬，搜寻着跟那个来自托尔斯卡菲的女人有关的任何蛛丝马迹。

爬出洞口，新鲜的空气顿时让人神清气爽——他不喜欢狭小密闭的空间。出来之后，他检查了洞口周围的杂草，仔细而又系统地扩大着搜寻范围。

但除了一个半掩在草坪中的高尔夫球之外一无所获。他觉得它应该不是来自高尔夫俱乐部盛行的那个时代，而更可能是不久前遗落在此的。他想起来某个晚上曾在克灵吕米里见过的那个男孩，他曾提到，有个来自华撒雷提德的人在这里练习打高尔夫球。

埃伦迪尔将球放入口袋便往家走。正值上午十点，如往常一般，夏日的天空中万里无云。他竭尽所能地否定汉尼巴尔可能见过那个失踪女人这一推测，但他无法排除一个事实：那个女人失踪时，汉尼巴尔一直住在管道井里，并且一只属于那个女人的耳环就出现在汉尼巴尔的住处。

把两件事联系起来并不难。

虽然这让人难以接受，但埃伦迪尔不能完全排除这种可能性——汉尼巴尔对那个女人的失踪负有责任。他再也不知道下一步该怎么办。自己发现的线索应该告知刑事调查局吗？现在是否为时尚早？

他赶回家中，不知道究竟该干什么。他闭上眼睛，脑海里浮现出跟汉尼巴尔有关的各种场景：他坐在沃斯特佛勒广场的长椅上晒太阳；或者是在阿纳霍尔广场上蜷缩着身子，背靠螺纹钢做成的栅栏，浑身冷得直打哆嗦；或者是晚上睡在地下室里。一个偏执的流浪汉。他还想起了发生在哈夫纳夫约杜尔海港的车祸，汉尼巴尔的妻子在车祸中不幸身亡。

他并没有在隧道中发现任何证据，这倒是让他松了一口气。但有一种可能却让他觉得恐怖——也许汉尼巴尔趁那个女人路过管道时，一把将她拖进管道井里，然后将她谋害。

如果汉尼巴尔真的那么做了，至少他没将尸体留在隧道内，这一点埃伦迪尔亲自验证过，毋庸置疑。

他现在想起跟汉尼巴尔最后一次谈话的情形：他谈论着自己的悲惨遭遇。当时，汉尼巴尔处在崩溃的边缘吗？是否自那时起，埃伦迪尔就应该意识到汉尼巴尔也许会对自己或别人构成威胁？

他无从知晓。他脑子里一片空白。

28

埃伦迪尔最后一次见过汉尼巴尔后不久，划木筏的男孩们就在池塘里发现了他的尸体。那是个安静的星期三晚上，值夜班的埃伦迪尔马上就要下班了。当天没有几个报警电话，巡逻车里，埃伦迪尔唯一的同伴是一位退伍老兵，名叫西于尔戈。他们先前拦下三位超速驾驶者，如往常一样，他们大部分时间都忙于血液检测和各种表格的填写。他们还处理过一起发生在劳加维加的入室盗窃未遂案件，但几个窃贼逃走了。目击者发现窃贼试图撬开钟表店的后门，只是他们运气不佳，最后未能得手。警察赶到的时候，窃贼早已逃之夭夭。

西于尔戈将电台调到哈布纳斯特拉蒂地方电台，通过广播，他们得知那群窃贼在另一起入室盗窃案件中被捕。埃伦迪尔在车后座发现了一份过期的报纸，他很快便被报纸上连载的故事集吸引了。这个系列故事集是从瑞典语翻译过来的译本，名为《大笑的警察》，讲述了一桩发生在斯德哥尔摩的公交车上的枪击案。他试图找到作者的姓名，但没找到。西于尔戈对这个故事倒是很熟悉，他说故事是由一对夫妇创作的。

“路边那个该死的家伙是谁？”西于尔戈迟疑片刻后说道，车速逐渐放缓。

埃伦迪尔抬起头来，看到一个穿着厚厚的绿色防水夹克的男人躺在水沟里。

“那是汉尼巴尔吗？”

“这么说，你一定去过那片杂草丛生的地方。”西于尔戈说道。

“我碰见过他几次。”

他们停下车来，下车朝那个男人走去。那确实是汉尼巴尔，他状况不太好，鲜血从头上的伤口流到了脸上。他可能是从高处重重跌落下来或者被殴打过。

“是汉尼巴尔！”西于尔戈踢了他一下。

埃伦迪尔蹲在汉尼巴尔身旁，握着他的手。那手没有一丝暖意，冰凉如雪。他努力呼唤着他，试图将他叫醒，随后听到一声低沉的呻吟声。

“我们应该叫辆救护车吧？”埃伦迪尔问道。

“没那个必要吧。”西于尔戈回答，“汉尼巴尔，你没事吧？”

汉尼巴尔睁开眼看着埃伦迪尔。

“是你吗？”汉尼巴尔问道。

“你没事吧？”

“他们都走了吗？”汉尼巴尔颤巍巍地问道。

“谁？”

“那些该死的流氓。”

“发生什么事了？”

“他们冲我来的。”埃伦迪尔扶着汉尼巴尔让他靠在路灯杆上，“三个该死的流氓！”

“他们是些什么人？”

“我怎么知道？我从未见过他们。”

“你没事吧，老伙计？”西于尔戈打断他们的谈话，“你还能走路吗？”

“我没事。”汉尼巴尔咬紧牙关回答道。他头上的伤口并不深，已经不再淌血了。

“我想你可能断了几根肋骨，是吗？”埃伦迪尔问道。

“他们不停地用脚踢我。”汉尼巴尔说，“还打我的脑袋。但我会好起来的。这可不是我第一次惨遭恶棍们的毒手。”

“你能站起来吗？”埃伦迪尔问道。

“别管我，我应付得了。我不需要谁的帮助，至少不需要你这种人的帮助。”

汉尼巴尔说最后一句话时瞪了西于尔戈一眼，眼神里充满敌意，而西于尔戈站在那里满脸笑容，似乎对汉尼巴尔的不幸无动于衷。

“你应该跟我们一起走。”埃伦迪尔说道，“最好到急诊室找医生看看。”

“我不会去医院的，没必要去。我很好。”

“可别让这个可怜虫把我们的车熏得臭烘烘的。”西于尔戈说道，“你听见他的话了吗？他说自己没什么大碍。”

“至少我们应该在警察局给他安排一间拘留室让他恢复一下。”埃伦迪尔扶着汉尼巴尔继续说道，“这样我们就能看护他，万一有必要，我们可以及时叫医生。”

“我可不去警察局。”汉尼巴尔靠在路灯杆上说道。

“你听。”西于尔戈说道，“他还有力气争论，说明他身体并无大恙。”

“别叫我可怜虫！”汉尼巴尔突然厉声呵斥道。尽管此刻他身体很虚弱，愤怒的汉尼巴尔挥拳如闪电般打到了西于尔戈的下巴上，西于尔戈没来得及躲闪。

“你个龟孙子，你以为你可以打倒我吗？”西于尔戈连忙捂住脸，大声叫嚷，正准备回敬一拳之际，埃伦迪尔抓住了他的手。

“你可别这么动手。”

西于尔戈怒视着他。

“松开我的手。”他用命令的语气说道。

“除非你放过他。”

西于尔戈一会儿看看埃伦迪尔，一会儿看看汉尼巴尔，内心的怒气似乎突然平息了下来。埃伦迪尔放开了他的手。

“我可以控告他袭警。”西于尔戈说道。

“那有什么用呢？”埃伦迪尔问道。

“你跟我们一起走。”他接着对汉尼巴尔说道，扶着他上了巡逻车。西于尔戈看着他们，不知所措，随后坐到了驾驶座。埃伦迪尔轻轻搀扶着汉尼巴尔坐到巡逻车后排，然后回到副驾驶座。

“他可以在警察局找个拘留室休息一下，恢复身体。”埃伦迪尔再次说道。

“你别管我，伙计！”汉尼巴尔暴跳如雷地说，“你别再插手。”

他试图向车外挣扎，埃伦迪尔制止了他，最终使他平静了下来。

“你必须跟我们一起走。”他坚定地说道，“那些伤口需要处理。”

“为什么突然变得乐善好施？”西于尔戈懊恼地问道，“你何不把他带到你家里？”

汉尼巴尔没有再反驳，但发出一声悲叹。这时，西于尔戈猛地发动汽车，以飞快的车速行驶到位于海维费斯格塔的警察局。所有的拘留室空空如也。埃伦迪尔将汉尼巴尔安排到其中一间，流浪汉一进去便躺了下来。汉尼巴尔断然拒绝了带他到市医院检查的提议，埃伦迪尔不得不打电话叫来医生，给他检查身体处理伤口。医生说肋骨没断，但他给汉尼巴尔开了一些强效止痛药。

医生走后不久，埃伦迪尔的夜班结束了，他习惯性地脱掉警帽、警棍和皮带，换上了自己平时穿的衣服，顿时备感轻松。警服穿在身上从未真正让他觉得自在过，反而让他觉得自己像穿着皇家制服的白痴，在城市里耀武扬威。

他前往汉尼巴尔的拘留室，透过门缝看到他正仰躺着，茫然地看着天花板。他打开房门走了进去。

“你还好吗？”

汉尼巴尔没有回答。他依然浑身臭烘烘的，夹杂着屎尿的气味，十分刺鼻。

“大概不需要我提醒你吃医生开的止痛药吧。”埃伦迪尔发现床边桌子上的止痛药没动过。

汉尼巴尔依然纹丝不动。

“当然，中午过后你就会被赶出这里。”埃伦迪尔继续说道，“但我让他们先给你一些午餐。”

汉尼巴尔仍旧目不转睛地看着天花板。

“你真的不知道攻击你的人是谁吗？”

汉尼巴尔仍然没有回应。

“我们能抓到他们，你可以控告他们。不管你怎么想，你并非完全不享有权利。如果你需要帮助，随时可以来找我们。”

听到这句话，汉尼巴尔动了动脑袋。

“我得走了。”埃伦迪尔说道，“保重，希望你早日康复。”

他正准备向过道走时，汉尼巴尔清了清嗓子。

“你为什么要这么做？”

“做什么？”埃伦迪尔停下脚步反问道。

“你为什么要帮助我？你想从我身上得到什么？”

“我对你没什么企图。”

“那为何不少管闲事呢？”

“我可以不插手。”

“你应该少管闲事。”

“好的。”埃伦迪尔说道，“以后我会记住的。”

“是的，你最好记住。我的事少管。”

“那再好不过。”

汉尼巴尔并没有看他，但埃伦迪尔能感觉到他身体里翻滚的怒火，也许是因为他挨了一顿毒打后被扔到臭水沟里，或者因为他被强行带到这个小房间，抑或是因为西于尔戈称他为“可怜虫”。但埃伦迪尔猜想，他的怒气应该已经在心里埋藏了好久，那是艰难困苦的生活造就的。

“你遇到什么事情了？”汉尼巴尔突然问道。

“我没遇到什么事情。”埃伦迪尔说。

“那么你在试图弥补什么？”

“我完全不明白你在说什么。”

“你是真不明白吗？”

“是的，你究竟在说什么？”

“我在说你。”汉尼巴尔说道。

“你对我完全不了解。”埃伦迪尔反驳道。

“你做错过什么？”汉尼巴尔费力地坐起来问道。

“你什么意思？”

“你帮我那么多是想补偿什么吗？”

“并不是那样。”埃伦迪尔回答道。

“实话实说，你究竟想弥补什么？你帮助我就是这个原因，不是吗？是不是为了赎罪？我是你灵魂的救赎吗？”

埃伦迪尔站在门口，汉尼巴尔瞪着他，突然开始大吼起来。

“你做这些有何目的？难道你期望从我身上得到某种救赎吗？”

“你……”

“告诉我！”

埃伦迪尔被问得不知所措。

“那就是你非要干涉我的原因吗？”汉尼巴尔扯着嘶哑的嗓子大叫道，内心充满愤怒，“你不必感到内疚，我不需要你的怜悯，同情于我而言毫无意义，我最关心的是你什么时候进地狱，你和你见鬼的家人！我不需要任何人的怜悯。任何人！请你记住！”

29

汉尼巴尔满脸痛苦地躺到床上，双手紧抱着胸部，痛苦地呻吟着。埃伦迪尔迟疑了片刻，随后关上了门，但没有把门锁上。刚才发生的事让他一头雾水，但他转念一想，何不尊重他的意愿少管闲事呢！他走出过道，这个流浪汉的勃然大怒让他心有余悸。离开警察局时，汉尼巴尔所说的“忏悔”和“赎罪”之类的话仍然在他耳边回荡，他自顾自地思考着那些话，忽视了周围的一切。这时，一位警官上前叫住了他。

“那个浑蛋想跟你谈谈。”那个警官喘着粗气说道。

“浑蛋？”

“就是那个被你安顿在拘留室的流浪汉，他想跟你谈谈。”

“是吗？”

“是的，他在找你。他跑出过道四处乱叫，他想见你。浑身臭烘烘的。”

“告诉他我已经离开了。”

“他坚持要见你。”警官说道，“他想跟你谈谈。”

埃伦迪尔犹豫了，他不想在那种心情下见汉尼巴尔。

“他威胁我们。我们不得不将他锁在房间里。”

“你们不能这么干。”埃伦迪尔说道，“你们没有理由逮捕他。他刚被人殴打。他想去哪儿就去哪儿，你们不能阻止他。”

“但他不依不饶，执意要跟你谈谈。”

埃伦迪尔摇摇头。

“既然如此，”警官说道，“那我们只好把他从房间里扔出去。”

“万万不可，他的身体需要恢复。”

“噢，看在老天的份上，你为什么不跟他谈谈让他平静下来呢？这样皆大欢喜。这难道不是再简单不过了吗？”

几分钟后，埃伦迪尔又回到了房间。汉尼巴尔坐在床上，低着头，见到埃伦迪尔便立刻站起来，眼神里充满惊讶，用手把头发向后捋了一下，试图让自己显得精神点儿，但效果不大。埃伦迪尔知道这是他的老习惯，一直以来，他固执地坚持着这个习惯，仿佛是对过去生活的怀念。曾经的世界一去不复返，但这个习惯根深蒂固，能让他重温曾经拥有的自尊。现在，他坐在那里，神态古怪。绿色的厚夹克破烂不堪，沾满污秽，那污秽是颠沛流离的生活留下的痕迹，破烂不堪是一次次像昨夜那般凄惨的殴打造成的，破烂的绿夹克跟他伤痕累累的皮肉看起来浑然一体。汉尼巴尔腰上系着一条黑色皮带，羊毛毡帽从臭烘烘的口袋里露了出来；他脖子上围着一条绿色的细领巾，下半身穿着一条如麻袋般松松垮垮的黑长裤；脚上裹着厚实的靴子，靴面上的蕾丝线也已经脱落了，只剩薄薄的一层，羊毛袜从靴子顶端钻了出来；他把裤腿卷在袜子里，外面被一圈一圈弹性绷带缠得结结实实；他那满是污秽的脸如死尸般苍白，皱纹犹如刀刻，见证了他在城市里最阴暗的角落为生存而做出的苦苦挣扎。如果他的双眼曾闪烁快乐，那欣喜早就被生活的磨难扼杀。他的双眼如同饱经风雨的石头，坚硬且黯然失色。

“谢谢你回来。”他开口说道。

“你让我回来干什么？”埃伦迪尔问道。

“我想向你道歉，我不该用那种语气跟你说话。那并非有意为之，我希望你明白，那些话只是……总之，希望你接受我的歉意，原谅我的鲁莽。”

“没什么原谅不原谅的。”埃伦迪尔说道，“你我彼此不相识，你对我说什么是你的自由，我不在乎。”

“无论如何，我对你感激不尽。”汉尼巴尔说，“你对我那么仁慈，而我却无端对你恶语相向。我……我知道你是好意，我应该尊重你的善意。当别人干预我的时候，我会反应强烈。因为我无法理解他们为什么要逼迫我。”

“我可从未想过要逼迫你。”

“我知道。”

“你之前见过他们吗？”埃伦迪尔问道。

“谁？”

“那些殴打你的人。”

“从未见过他们。但我见过其他曾殴打过我的人。”

“这么说，你不认识他们？”

“不认识。”

“那你知道他们多大年龄吗？”

“年轻。他们都很年轻。他们脚上穿的都是高档鞋，他们开始用脚踢我时我才注意到。有时候，这群男孩们妄图把我踩在脚下。通常，我选择对他们置之不理，但有时候忍不住想发脾气，最终落得这种悲惨的下场。”

他坐回床上，手抚胸膛，一声长叹。

“他们奈何不了我，就如同在我的地下室里纵火的王八蛋一样。”

“什么意思？有人纵火吗？”

“弗里曼怪罪于我，他不听我解释。但我发誓，绝对不是我干的。”

“那你知道是谁吗？”

“我自己有怀疑对象。”汉尼巴尔说道，“无论如何，我最好先把药吃掉。”他伸手拿起止痛片，“你不是雷克雅未克本地人，是吗？”

“为什么问这个？”

“你来自乡下吗？”

“我十二岁时搬到了这里。”埃伦迪尔回答道。

“你来自哪里？”

“东峡湾。埃斯基菲约泽。”

“我去过那里一次，那是个美丽的地方。你觉得雷克雅未克怎么样？”

“不算太差。”

“仅此而已吗？”汉尼巴尔问道，“你为什么搬到这里？”

“我跟随父母搬过来的。”

“我出生在这个城市，”汉尼巴尔说道，“在劳加尔内斯。我在这里住了一辈子，不想去其他任何地方。”

“无论发生什么事，我都不会离开。”

“我不怨任何人，只怪我自己。”汉尼巴尔说道，“你手上拿到什么牌，你就得怎么打，我会第一个承认自己被打败了。”

“之前你所谓的‘救赎’是什么意思？”埃伦迪尔问道。

“那只是些胡说八道，我有时候会无端说些废话，你不要介意。”

“你确定吗？”

“是的，如果你不介意，我们跳过这个话题吧。”

“你觉得你对自己的惩罚还不够吗？”埃伦迪尔说道。

“我不愿谈论这个问题。”

“这算惩罚吗？这种流离失所的生活？”

汉尼巴尔默不作声，于是埃伦迪尔便不再往下问。

“你只是个局外人。”汉尼巴尔沉思了良久后说道。

“我并不认为自己是局外人。”

“这就是你感觉亏欠于我的原因吗？”

“我只是不愿你暴尸荒野。”

“你为什么要在意？”

“我为什么不在意呢？”

“没人会在乎我是生还是死，所以，我不知道你在意的原因。你的家人为什么搬到这个城市？发生什么事了吗？”

“我父母想搬到城市里。”

“为什么？”

“一言难尽。”

“你不想告诉我吗？”

“我看不出这跟你有什么关系。”

“是啊，跟我没关系，没半点儿关系。”汉尼巴尔微微说道，霎时感到惭愧，“对不起。我多管闲事了。我是个多事的浑蛋，让人讨厌的多事佬。我总是爱多管闲事，也不知道哪里来的习惯。这只是个习惯，是个坏习惯。”

汉尼巴尔再次用手捋了捋凌乱的头发，整理了一下并不存在的结。他平静下来，坐在床上一言不发，眼睛直勾勾地盯着拘留室的墙壁，似乎这堵墙是他亲手给自己人生道路上堆砌的一道樊笼，他将自己囚禁在一座自己建造的监狱中，浑浑噩噩地混日子。

“我是生是死都无关紧要。”他心不在焉地低声说道，如同在说悄悄话。

“你刚说什么？”

“如果不那么懦弱，我也许早就结束这一切了。”

“结束什么？”

“这无尽的苦难。”汉尼巴尔轻声说道，眼神空洞地看着墙壁，“这令人憎恶的苦难。”

30

那个在托尔斯卡菲失踪的女人名叫奥德妮，失踪时三十四岁。她出生于雷克雅未克，在辛霍特老城区长大。高中毕业后没有继续上大学，而是找了一份工作。在成为一名房地产销售员之前，她在很多地方工作过，包括一家位于哈布纳斯特拉蒂的超市，在那里，奥德妮遇见了她后来的丈夫。那时，正值夏天，那个男人本是商务专业的大学生，在那家超市做暑期临时工。他们婚后没有要孩子。毕业后，奥德妮的丈夫先是在银行工作了一段时间，后来跳槽到一家养老基金公司。两人过日子精打细算，把工资积攒起来，最终在福斯沃于尔建造了一栋属于自己的房子。他们搬到新家住了三年，奥德妮便失踪了。

“毫无疑问，他们都非常努力。”这个女人微笑着说道，“可惜一直没有孩子，他们多想有个孩子啊！这是他们经常挂在嘴边的事。为了有个孩子，他们想过很多办法，然而……我不知道自己是不是有些多嘴……”

“什么？”埃伦迪尔问道。

“她曾隐约提到她丈夫有毛病。那是她亲口说的。我不知道是不是真的。”

埃伦迪尔点点头。这个女人身后挂着一幅绘有伦敦风景的巨幅海报，还有三个时钟，分别显示着莫斯科、巴黎和纽约的时间。这个女人为一家旅行社工作，推销国际旅游产品。她很早便跟奥德妮熟识，后来跟她一起在房地产销售中介所共过事，现在在这家旅行社工作，待遇和环境都比之前的工作好很多。

“事实上，她在房地产销售中介所的工作是我介绍的。”这个女人说道，“她很聪明，有天赋，善于跟人交流，容易取得对方的信任。”

这个女人名叫阿斯特丽迪尔，是奥德妮失踪案的主要证人之一。她曾在托尔斯卡菲酒吧跟往日同事相聚，并且是最后看到奥德妮的人之一。埃伦迪尔重新翻阅了案卷，写下了几位目击证人和跟本案有联系的人的姓名。调查仍在继续，所以埃伦迪尔的询问并未引起他人的怀疑；他只需亮明自己的警察身份。目前而言，没理由把对当事人的私下调查搞得跟审讯犯罪嫌疑人一样，而且，不是每个人都愿意接受私下调查。

尽管埃伦迪尔并非参与此案调查的警务人员，但他觉得这并不妨碍自己私下进行调查。而且，他也并不在乎上司得知他的行为后的反应。谁都有权利搜集信息，况且他觉得这是为汉尼巴尔好。如果有任何不良后果，他会拿出耳环当挡箭牌。事实上，他就打算这么干，但首先，他想先尽力调查一下汉尼巴尔跟这个女人的失踪究竟有无关联。

他想尽量避免出现这种情况：媒体报道说汉尼巴尔可能是最后

一位见到奥德妮的人，然后杜撰是汉尼巴尔杀害了她。埃伦迪尔希望消除这种误解，但困难可想而知。他无法再继续长时间隐瞒发现耳环的事。一旦他把谁是耳环的主人和发现耳环的地点告诉刑事调查局，案件将会由失踪案升级到谋杀案。

“这件事影响到他们的关系了吗？”他问道。

“什么事？”

“没有孩子这件事。”

“没有，事实上，前几天我们还在私下议论她是否已另寻新欢。你会听到很多闲言碎语，这种闲言碎语很容易传开，你知道我的意思吗？所以，我不敢打包票说她有新欢。我跟她关系挺好，但并没有发现什么异常情况，所以依我看来，这些谣传纯粹是胡扯。但我们在思考这个男人是否就是她那晚在托尔斯卡菲酒吧遇到的男人。”阿斯特丽迪尔压低声音说道，“就是报纸画像中的那个男人。”

埃伦迪尔再次点点头。奥德妮的家人根据奥德妮的发小所述，描述出一位在酒吧出现过并富有艺术气息的人，并将画像发给了报纸和电视台。被问询的友人曾亲眼看到奥德妮离开酒吧前跟那个男人交谈过。画像的公开给案情带来了一些线索，提供线索的人中有来自托尔斯卡菲酒吧的顾客，但没有任何线索能够得到证实。

“据说，她曾有过一次出轨行为。”埃伦迪尔说道，“跟这幅画像中的男人有关。”

“是的，这幅画像刊登在某家报纸上。”阿斯特丽迪尔气愤地说道，“真是可恶。报纸上居然还会登这种事。可怜的一对夫妻啊。”

“这一点似乎很重要。”

“她确实在酒吧见过那个男人。”阿斯特丽迪尔说道，“但那是唯一一次见他。她的出轨对象另有其人。四年前，奥德妮在洛道尔夜总会遇到了那个男人，还跟他上过床。幽会过两三次后，她决定跟那个男人分手，但男方不想放手。后来，奥德妮的丈夫发现了。他近乎疯狂地扬言要离她而去，但他们最终重归于好。据我所知，她再也没有见过那个男人。”

“她为什么会这么做？”埃伦迪尔问道。

“跟你一样，我也不知道。”阿斯特丽迪尔说道，“我初次得知这个消息还是从报纸上看到的。”

“那你觉得她可能重蹈覆辙，再次背叛自己的丈夫吗？”

“嗯，没准儿她与在托尔斯卡菲酒吧遇见的那个男人并非偶遇，也许他们之间有不少故事，两人一起私奔了也说不定。跟我一起干针线活的姑娘们认为，她没跟那个男人更进一步发展着实很奇怪。”

“他们的婚姻出现问题了吗？”

“据我所知，没有。反正她没向我们抱怨过。我和她丈夫很熟。我们一起出去时，有时候会带上自己的配偶，他总是很友好。不过他现在不怎么出来了，我们邀请过他，但他……他正在度过一段艰难的时光……”

“什么？”

“噢，只是，我想他处理得很好。”

“他还是一个人住吗？”

“我觉得是的。据我所知是的。不过，虽然目前是一个人，但是以后就说不准了。毕竟生活仍要继续。”

“是的。”埃伦迪尔肯定道，抬头看了看她身后的大海报，“我想是的。”

31

那天下午，埃伦迪尔去医疗诊所找了丽贝卡。当时，她正在收拾东西准备下班。所有的病人都走了，医生也一个接一个地离开了医院，同事们一一和丽贝卡道了别。她让埃伦迪尔等她一会儿，她快速收拾完，然后和埃伦迪尔一起走出了诊所。他们又来到了特约宁湖边，这一次，他们在伊德诺电影院附近找到一条长椅坐了下来。埃伦迪尔从口袋里拿出耳环，递给了她。

“这是什么？”

“在汉尼巴尔睡觉的供热管道井里发现的。”埃伦迪尔解释道。

“哦，你终于拿到它了。”

她仔细端详着耳环。

“你之前见过它吗？”埃伦迪尔问道。

“没有，谁丢的东西？”

“你确定没有见过？”

“肯定没见过。”她坚定地说道，“这是汉尼巴尔的吗？”

“不，这不是他的东西。我知道这是谁的，只是很奇怪这东西怎么会出现在他的住处。”

“是谁的？”

“你确信以前从没见过它？”

“是的，没见过。”丽贝卡说道，“它是汉尼巴尔的一个女朋友的吗？有人去那里找过他吗？为什么你说这很奇怪？有什么奇怪的？”

“戴这只耳环的女人已经去世了。她失踪的那天晚上很可能和汉尼巴尔一起待在供热管道附近。”

“我不明白。你什么意思？她失踪了吗？”

“她的名字叫奥德妮。你可能有印象，因为之前新闻报道过。”

丽贝卡沉思了片刻。

“你指的是在托尔斯卡菲酒吧失踪的那个女人？”

埃伦迪尔点点头。

“她当时在供热管道附近？”

“很有可能。”

“怎么会这样？发生了什么事？”

“她失踪了一年，而且警察到现在都还没查出她发生了什么事。也许她自杀了，或者被谋杀了。就在汉尼巴尔在克灵吕米里池塘中淹死的同一个周末，她失踪了。之前，并没有人将这两件事联系在一起，因为两者间看似并没有什么关联。但是最近，我和汉尼巴尔的一个朋友交流过，她和汉尼巴尔一样，也是在街头流浪。这个朋友说，汉尼巴尔死后不久，她去过他的住所，在管道井里发现了这只耳环。但恐怕并没有事实能证明奥德妮失踪的那天晚上和汉尼巴尔在一起。”

丽贝卡忧虑地盯着埃伦迪尔，随后，她的目光落到了耳环上，接着，她猛地抽回了自己的手——仿佛被烫着了一般，耳环随即掉到了地上。埃伦迪尔弯下腰捡起了耳环，他早就预料到丽贝卡会有这样的反应，因此，来之前他也思考过以什么样的方式才能尽量让她不那么惊讶，但他始终没有找到很好的办法。

“那么……那么警察知道耳环的存在吗？”丽贝卡结结巴巴地问道，“当然，他们肯定知道了——你就是个警察。”

“暂时还只有我知道。”埃伦迪尔回答道，“但是，这件事我不能一直瞒下去。发现耳环的那个女人没有告诉别人，所以目前就只有我和你知道这个秘密。”

“你是说，汉尼巴尔卷入了那个女人的失踪案吗？”

“不一定。他可能无意间在什么地方发现了这只耳环，然后就把它带回家了。或者他压根儿就不知道耳环在管道井里，所以根本没有接触过那个女人。”

“你认为他可能伤害了她！”

“我没有这样说。”

“但你心里是这样想的。”

“那你觉得有这种可能吗？”

“天啊，不可能！”她尖叫道，“这绝不可能！汉尼巴尔绝不会伤害她的。我无法想象……不管怎么说，就在同一个周末，汉尼巴尔淹死了，那个女人失踪了，这两者到底有什么关系？”

“这只耳环是在汉尼巴尔的住处发现的，而耳环属于那个失踪的女人，这就是事实，但怎么解释它们又是另外一回事。”

“她失踪了，而他淹死了。你真的认为这两者之间有联系吗？”

“很难将两者联系起来。”

“你得向警察局报告这件事？”

“是的。”

“你查出来了吗？”丽贝卡问道，“汉尼巴尔是否伤害过她？你是秘密调查吗？在你搞清楚之前能保守秘密吗？”

“我很想这么做，但我不能瞒太久。”

“你能帮我隐瞒一段时间吗？”丽贝卡问道，“拜托你，埃伦迪尔。汉尼巴尔不是那样的人，他在任何情况下都不可能做出这种事。”

“我……”

“一旦你把耳环的事告诉了别人，每个人都会觉得是汉尼巴尔杀了那个女人。然后这个案子永远都破不了了，我们永远也不可能弄清楚到底发生了什么，人们会永远觉得这是汉尼巴尔做的。埃伦迪尔，求你了，请你帮帮我。汉尼巴尔并没有伤害过任何人，相信我，他永远不会伤害别人。”

“我会尽力帮你的。但是，以我现在的职位，我可能无法完成你的心愿……”

“我明白，但是……”

她渐渐不说话了。

“你得帮我。”她最终又重复道，“拜托，请帮我尽快弄清事情的真相。”

32

警方认为没有理由去讯问奥德妮童年时代的一个朋友英贡恩。她是个家庭主妇，养了四个孩子，现在住在布雷德霍特的联排屋里。近些年，那里的城市以惊人的速度向外扩张着，一切都是新的——街道、建筑，还有花园。许多建筑尚未完工，新房入口处安放了木板，木板上铺着垫子，方便人们踩在上面，以免将泥土带进室内。只有停在外面的车是旧的，因为许多买新房的人为了支付新房的费用，要么卖掉了自己的车，要么把自己的新车卖了，重新买了旧车，这些生锈的旧车早晨很难发动。当埃伦迪尔抵达英贡恩住的街道时，一辆车抛锚熄火了，发出轰轰的沉闷的马达声，司机打了半天火，车子终于启动了，然后屁股冒着蓝色尾气，消失在街道的拐角处。

埃伦迪尔提前打过电话，所以英贡恩准备好了新鲜的咖啡和切好的自制蛋糕，在家等待客人的到来。她的孩子们在建筑工地玩，丈夫去上班了。埃伦迪尔在客厅看到了他们的全家福照片。

“这么说，你现在仍然在找奥德妮。”她说着，将咖啡倒进杯子里，“我想你一定是想尽了一切办法吧。”

“对。”埃伦迪尔说，“这个案子还没有破。警方以前没找过你，是吧？”

“没有，我……他们还没有，我真的不知道我能帮你多大的忙。之前，我确实没有跟警方聊过。我的丈夫一直让我和你们联系，但是……现在关于可怜的奥德妮的传闻已经够多了。”

埃伦迪尔说自己是一个警察，但他现在是以个人身份在调查案件的真相，明确表示他与官方的正式调查毫无关系。英贡恩很放心，也没有问其他问题。事实上，她似乎完全没有好奇心。她很文静，讲话声音很小，以至很难听到她在说什么。她和奥德妮在同一条街上长大，这些年也一直保持着联系。她们上了同一所高中，但与奥德妮不同的是，英贡恩完成了她两年的学业，并参加了最后的高中毕业会考。那时，奥德妮正在谈恋爱，还怀了孕，因此，她没有接着上大学，而是待在家里，支持她丈夫完成了学业，她丈夫是个博士。

“你知道奥德妮为什么读了两年高中后便辍学了吗？”埃伦迪尔问道。

“我对她辍学这件事并不感到惊讶。”英贡恩说，“她对学习真的没什么兴趣，她需要钱。她所有的时间都花在聚会上，没有认真复习功课，所以没有通过考试，只好辍学，但她也从没后悔过。奥德妮很勤劳，一直都在工作，但是学习这件事可能不太适合她。当时，她一直和父母住在一起，她想为家庭做点儿贡献，因为她家境贫寒，他们没有很多钱。”

“几年后，她结婚了。”

“是的，她和古斯塔夫结婚了。”

“在古斯塔夫之前还有别的男人吗？”

“有啊，她曾经和好几个人交往过，但都不是严格意义上的恋人关系。后来，古斯塔夫出现了，他们很快就搬到一起住了。”

“但他们没有生孩子？”

“是的，她为此非常伤心。她一直想要个孩子，但很遗憾，她并没有怀上。她有时会跟我谈论这件事。”

“你知道问题出在哪儿吗？”

“不知道，我不是很清楚。她……她的丈夫不喜欢她谈论这件事。我记得，有一次我们在一起时，她谈到这件事，她的丈夫莫名其妙地发了一顿火。要知道，这并不是他平时的风格，至少我们没有意识到他是这样的人。这并不让人吃惊，对她丈夫来说，这件事一定一直是个很敏感的话题。”

“她曾背叛过她丈夫。”

“是的。”

“而且，在她失踪前，有人看到她在托尔斯卡菲酒吧和一个陌生男人说话。”

“是的，我知道。”

“你了解那个男人的情况吗？”

“不了解。”

“或者你知道其他类似的事情吗？”

“你是说，奥德妮生命中还有其他的男人？她不一定认识托尔斯卡菲的那个男人，是吗？”

“没错，确实如此。”埃伦迪尔说，“他从来没有露过面，我们对他一无所知。那个艺术家的画像并没有给我们太大帮助。我们甚至不能确定他是否与案情有关。你最后一次见奥德妮是什么时候？”

“她失踪的前一周，我们在缝纫妇女俱乐部见过面。我们创办这个协会大约有十年了。在会上，她和平时一样开心活泼。她让我搭她的车回家，并且……那是我最后一次见到她。”

“你的丈夫为什么让你跟警察联系？”

“什么？”

“你刚才说你的丈夫一直鼓励你与我们联系。然后，你说现在关于奥德妮的传闻已经有很多了。”

英贡恩皱起了眉头，她似乎不太喜欢谈论她朋友感情方面的传闻。到目前为止，她回答问题时一直很谨慎，对他的提问也很警惕，尽量避免被引导说得太多。

“我不知道这是否与案情有关。”她说。

“什么？”

“奥德妮失踪的六个月前，她说过一些话，但她后来再也没有提过这些话。有一次我主动提出来，她就把话题岔开了。但是……就像我刚才说的，我不知道这些话对案情有什么影响，现在关于她和古斯塔夫，以及她的感情方面已经有很多流言蜚语了。我答应过她永远不会跟别人提这些事。她很羞愧，也不能忍受这些流言蜚语的传播。我一直想联系上负责调查这个案子的侦探，而且我的丈夫也……对不起，我只是不能告诉别人这些事情。你应该明白，我只是为她着想。因为这段经历，奥德妮已经受到了太多的伤害和摧残，她恨她的丈夫，也恨自己，因为他们没有对流言做出任何反抗。”

“她跟你说了什么？”

“我一直试着不去想这些。我不知道这些是否对发生的事情有影响，但是……”

“什么？”

“古斯塔夫……他很暴力，常常谩骂并羞辱她。大部分时候是用言语羞辱她，而且他至少动手打过她两次。”

“是吗？”

“也许我早就应该来找你。”英贡恩说，“我的丈夫……我告诉过他这件事，他要我联系你们。这件事一直在折磨着我。”

“你觉得她有可能自杀吗？”

“我刚开始就是这样想的。尽管这个念头很可怕，但好过她被谋杀的想法。”

“她的丈夫说，当她在托尔斯卡菲酒吧聚会的时候，自己在一个狮子俱乐部开会。”

“奥德妮出事后，我一直没有跟她的丈夫联系。”英贡恩说，“最近，她丈夫为她举行了追思仪式，纪念她失踪一年，但我不想勉强自己去参加。”

“她丈夫还是没有改变自己的观点？”

“没有，当然没有，他为什么要改变呢？”

“但你觉得她很害怕自己的丈夫。”

“她倒是没有那样说过，但从她谈论丈夫时的语气以及她丈夫对待她的方式来看，她可能非常怕他。我不得不答应她不会将这些事情告诉任何人。她很害怕这些事传出去，她再也承受不起任何流言蜚语了。”

“还有一件事，她是不是认识一个叫汉尼巴尔的男人？”

“汉尼巴尔？不知道，我不记得。他是谁？”

“这是在调查的时候冒出来的一个名字，也许并不重要。奥德妮从来没有跟你提过这个人吗？”

“没有。”

“你觉得她的丈夫可能跟她的失踪有关吗？”

“我真的不能说。奥德妮跟我讲了她的秘密，我答应过她，永远不跟别人讲。可是现在，我已经违背了我的承诺。她曾经想离开她的丈夫，但他不同意离婚。”

“你觉得，这就是她有外遇的原因吗？”

英贡恩点了点头。

“我想是这样的。奥德妮告诉过我，她应该在事情一开始就马上与那个男人一刀两断。”

33

埃伦迪尔和霍尔多拉约好在赫莱新伽斯卡林咖啡馆见面。他到达咖啡馆的时候，她已经等在那里了，面带微笑，远远地看着他。城市上空下起了蒙蒙细雨，他抖掉外套上的雨水，然后走向她。如果此时的她在期待一个吻，那么她可能会大失所望，因为他永远也不会在公共场所显露自己的情感。有时，当他们在市区散步时，她会让他牵着她的手，但他总会找各种借口松开手，然后把手放在自己的口袋里，或者用手梳理自己的头发。他似乎不喜欢肢体接触。

“糟糕的天气。”她说。

“晚上应该就放晴了，天气预报说明天是晴天。”

他环顾四周。赫莱新伽斯卡林咖啡馆——人们也喜欢称它为“莱所”——是市中心为数不多的咖啡馆之一，吸引了许多艺术家、演员、诗人和记者，他们来这里聊着闲话和八卦，翻阅报纸，不遗余力地对一切事物发表意见。在埃伦迪尔看来，斯泰纳尔才是最好的诗人，无人能及，这位诗人曾在这里接受粉丝的膜拜。在一次激烈的讨论中，埃伦迪尔还提到过另一个杰出人物——托马斯·古德蒙松。莱所咖啡馆的午餐很不错，埃伦迪尔偶尔会到那里吃午餐、读报纸，静观世事变化。

“我们点一份华夫饼吧？”霍尔多拉问道，“还有加奶油的热巧克力，可以吗？”

“好啊，华夫饼和奶油巧克力，”埃伦迪尔说，“正合我胃口。”

“疲惫的时候就应该吃点这样的食物，不是吗？”她笑了。

“是的。”

他们点完菜后，霍尔多拉掏出一包香烟，并递给埃伦迪尔一根。他们安静地抽着烟，直到她告诉他，自己最近和闺蜜们看了一部重新上映的电影，她简要介绍了一下电影情节和演员。他听说过雪莉·麦克雷恩，但没有听说过《花街神女》这部电影，因为他很少看电影。

他们吃着华夫饼，喝着热巧克力。这个地方很安静，只坐了几桌人，大家都小声地说着话。霍尔多拉告诉他，她已经去电话公司上班了，她希望学习更多关于电话线路、预定和连接国际长途电话等方面的知识，然后她问他值夜班有什么感受。他简要描述了几个他们处理过的案件，没有任何刺激或浪漫的事情。相反，他着重讲了令人沮丧的一面：入室盗窃案、酒后驾车，还有车祸。他没有告诉霍尔多拉汉尼巴尔的事以及他私下对此案进行的调查。不过，他迟早要将自己这些惊人的发现报告给刑事调查局。

“总是值夜班难道不会厌倦吗？”她问，“难道它不会扰乱你的生物钟吗？”

“不会，我喜欢，挺好的。”他回答，“和我一起工作的同事都很好，所以时间过得很快，很好打发。”

这已经不是霍尔多拉第一次问这些了。他知道她关心他的健康，但最主要的是她只是借聊天使气氛显得不那么尴尬。

“你指的是加达尔和马泰恩？”

“是的，他们都很友好。”

“没有女警官值夜班吗？”

“没有。”他笑了。

“真的会有女人做这样的工作吗？如果一些疯狂的人袭击了她们怎么办？那岂不是太危险了？”

“并非如此。至少，在我看来不是这样的。”埃伦迪尔说，“不是每个人都想和女人一起外出巡逻，但它可能与时间有关。很多情况下，有个女警察会更好。”

“你觉得我可以当一名警察吗？”

“当然可以。”埃伦迪尔咧开嘴笑了。

她也笑了，他们又喝着各自的热巧克力。他感觉到她不是很自在，好像有什么心事，似乎不知道怎么用语言表达，或者是太害羞而不愿告诉他。

“我……我在想，如果……”

“什么？”

“哦，我……我在想，如果你不介意的话……我不知道……你是否愿意……跟我一起住？我们搬到一起住怎么样？我想到了这些。这样我们就不用付两份房租了……嗯，这能为我们节省一大笔钱……所以，我在想，这样做可能更划算，就是这样。”

埃伦迪尔吃了一大口华夫饼。她租的小公寓在布雷德霍特路，他之前去过几次，那是一栋独立式房子的地下室，她总是抱怨它如何拥挤，位置多么不方便。现在，她在市中心的电话公司工作，他能想象这个位置对她来讲多么不方便。

“关键是，房东已经通知我了。”霍尔多拉继续说道，“他们的女儿要回家了。之前，她一直在国外留学，但不会继续在那学习了，所以，他们告诉我，过了这个夏天我就必须搬走。”

埃伦迪尔没有说话。

“我只是想说给你听听，征求一下你的意见。”她说，“你是怎么想的呢？”

“我……”

“我们已经彼此了解，也一直互相照顾着对方，我都有点儿记不清这种状态持续多久了，也许，我们该做点儿什么了，我们该有所改变了。我们的关系……你知道，我是认真的……”

他几乎没考虑过将他们的关系进展到下一步，甚至没想过怎么发展这段关系。他们定期见面，不是在她的公寓就是在他住的赫利达尔—— 一个更方便晚间外出的地方。但是，他们从来没有讨论过未来的任何计划。诚然，他曾经妥协过并同意见她的父母。在他看来，霍尔多拉也很喜欢现在这种状态。至少在此之前，她从来没有逼他更进一步。

她注意到了他的犹豫。

“这只是我的一个想法。”她立刻让步了，“如果你不想这样，那也没关系。我可以在其他地方租个公寓。当然，在布雷德霍特偏远的地方租金最便宜，但是去上班要走很长的路。所以……我需要权衡一下。”

“不，你说的很有道理，只是我需要考虑一下。”埃伦迪尔说，“很抱歉，我之前没想到这一点。我只是还没有任何想法。你之前从来没有提过，我们从来也没有讨论过。”

“你说得对。”

“所以，我感到有点儿意外。”

“是的，我明白。这只是一个建议。”霍尔多拉重复道，心里有点儿欢喜，“你回去后可以好好想想。没关系，没关系。你需要时间仔细考虑一下。当然，我应该预先告诉你一下。很抱歉这样唐突地跟你谈论这件事。”

“霍尔多拉，你没必要道歉。”

“是我考虑不周。”

“没关系。”

“其实，今天我有点儿害怕见到你。”

“害怕？是因为这件事吗？别担心。”他握住她的手表示关心。

“我只是想知道你是怎么想的。”她说，“这对我来讲很重要，尤其在这种情况下。”

“当然。”

“还有一件事情。”

他注意到她看上去仍然很焦虑，他以为自己没能安抚她。邻桌的人站起来，走入外面的细雨中，一阵寒风随即窜进屋里。

“首先，我必须坦诚地把这件事说出来，这是我们两个人的事情。”霍尔多拉说。

“嗯，说吧。”

“好的。”

“什么事？还有什么其他的事情？”

“我觉得我怀孕了。”

34

傍晚时分，天空放了晴，风也停了。埃伦迪尔驾车经过克灵吕米里开往华撒雷提德时，矿区池塘的水面风平浪静。他渴望在华撒雷提德遇见练高尔夫球的那个男人。到目前为止，他在追踪那个男人方面一无所获。

他穿过居民区，经过一排排房屋和一幢幢公寓。街道上都是孩子，他们有的在玩球，有的在捉迷藏。雨一停，他们就从家里跑到了街道上。但他没有看到他骑自行车的朋友。邻居们围在一起谈论着国家的通货膨胀，商量着是否去参加将在辛格韦德利国家公园举行的庆祝活动。从他们身边经过时，埃伦迪尔听到他们说“这得看天气”。

当埃伦迪尔走到刚开发的小区边缘时，他看见一名男子站在一处斜坡上，离华撒雷提德和哈雷蒂斯布劳特的交叉路口不远，国家广播公司正计划在那里建立新的总部。那个男人旁边有一个小高尔夫球袋，他正从袋子旁边的桶里往外拿球，每次将球打出几米远。

埃伦迪尔走过去向他问好。男人将一个球打出六米远，然后跟他打了声招呼，同时又将另一个球打了出去。但由于埃伦迪尔分散了他的注意力，这一次，他打得很糟糕，球杆铲到了地上，一块草皮飞到了空中。

“你有什么事吗？”他转过身来问道，语气中透露出一丝不耐烦。

“你经常在这儿练习打球吗？”

“偶尔会来。”男人回答道。他四十多岁，又高又瘦，穿着高尔夫开衫，浅颜色裤子，手上戴着手套。从他黝黑色的皮肤来看，埃伦迪尔觉得他整个夏天应该都是在雷克雅未克附近的一些高尔夫球场度过的。这项运动是为英格兰和苏格兰的贵族们发明的，因为这是打发时间的最好方式。

“这和你有什么关系吗？”那人问道。

“哦，只是好奇。”埃伦迪尔说，“本地的孩子们跟我说过，一个高尔夫球员有时会在晚上来这里练球。”

他拿出自己之前找到的球，递给了这个男人。

“这个球是你的吗？我在供热管道附近发现的。”

男人先是看了看球，然后又看了看埃伦迪尔，最后拿过球仔细地观察了起来。他很惊讶，不是因为球，而是因为这个年轻人大老远跑来，竟然只是为了还球。

“有可能。”他说，“我并没有在球上做什么特殊的标记，所以……不过，这个球看起来很旧。不，我很确定这不是我的球。”

男人把球递了回去。

“你会不会把球打到供热管道附近？”埃伦迪尔指着远处的供

热管道，问道。

“如果我用发球棒，这些球会被打到二百五十米以外。但我主要是在这里练习推球。这样，我就不那么容易把球打飞了。”

“发球棒？”

“最大的高尔夫球杆。”

“原来如此。”

“你不打高尔夫球吧？”

“是的。”

“击球是最重要的技能。这些都是短距离推球。你可以猛击，想把球打多远就打多远，但是真正的诀窍在于能否在短距离内准确地击球。”

“我对高尔夫一窍不通。”埃伦迪尔承认道。

“是的，在冰岛，玩这个的人不是很多。”

“还有没有其他人在这里练习高尔夫？”

“我没注意过。”

“你来这儿的时间久吗？”

“我四年前就搬到这个地方了。”

“你看到供热管道那边有人活动吗？比如说，有人沿着它散步？”

“偶尔会有。”

“你有没有在晚上很晚的时候来过这里？”

“有时候会来，特别是在夏天，午夜过后，那时候天空还很明亮。但我不知道你为什么要问我这些，你需要什么具体的帮助吗？”

“我不知道你是否还记得，有个流浪汉一直睡在供热管道井里，一年前，他在克灵吕米里的池塘里淹死了。我在管道附近发现了这个球，所以我想看看是不是你把球打到那边去了，或许你还见过他。”

“我记得他们在那里发现了他的尸体。”男人说。

“你之前在那个地方见过他吗？或者在管道附近？”

“你认识他吗？”

“认识。”

“我从来没有见过他。我只是看到报纸上的新闻才知道了他，在那之前，我甚至不知道他在那里睡觉。他肯定过得很艰难。”

“是的，他很不幸。”

“其实，现在听你这么一说……我倒是想起来件事，去年夏天的一天，我在这里练球练到很晚，当时，我注意到有个人俯身钻进了管道井里。”

“是那个流浪汉吗？”

“我不知道。他弯着腰，四下窥探了一会儿，然后就消失了，后来又突然出现了。我不知道他是不是你说的那个人，我没有看清楚。我所看到的就是一个人在那里忙来忙去的。”

“你注意到他之后去哪里了吗？”

“没有，我只是大概地看了一下，然后我就回家了。几天后，几个男孩发现了他的尸体，然后我就想起来那天晚上的事，我听说他之前一直住在管道井里。”

“你告诉警察了吗？”

“警察？”

“嗯。”

“没有。”

“当他们发现流浪汉的尸体时，你不觉得这件事很重要吗？”

“我当时根本没有想到这些，”男人从桶里拿出一个球，摆在草地上，“根本没想过。毕竟，我不知道那是不是他。我为什么要告诉警察某个流浪汉在管道附近闲逛过？”

“你能把你看到的那个男人描述得更具体一点儿吗？”

“不能，我真的没看清。”

“他在管道附近做什么？”

“我不知道他在忙些什么，但是我确定他应该是在找什么东西。尽管他就在不远处，但是我没有注意。只是随便瞥了一眼，有点儿印象。”

“会不会是个女人？”

“不确定。”高尔夫球手说道，“也许吧，说不清楚。”

“那大概是在池塘发现流浪汉之前的那段时间吗？你记得准确的时间吗？”

“在发现他尸体之前两天左右。我很确定是在午夜之后。”

“一个身影弯腰进了管道井里？”

“是的，说不定就是那个流浪汉。那只是个意外，是不是？”

“什么？”

“他的死亡，有没有什么可疑的？”

“我有点儿怀疑。”埃伦迪尔说，“我希望这只是一个意外。”

当霍尔多拉告诉埃伦迪尔她怀孕了的时候，他完全不知道怎么办。这个消息太意外了，他完全蒙了。

“是我的吗？”当他们坐在咖啡馆里时，他脱口而出。

“是你的吗？当然是你的。”霍尔多拉回答道。

“你……”

“我没有……如果你想问这个的话，我没有跟别人好过。你是想问这个吗？”

“你确定？”

“确定？你什么意思？我当然确定。只可能是你的。”

“不，我指的是你怀孕这件事。你刚刚只是说你觉得自己怀孕了。”

“不是的，我……我只是不知道怎么才能很好地把这件事说出来，但是……毋庸置疑。”她说，“我已经去看过医生了。”

“可是……什么时候去的？”

“春天。你还记得你去参加过一场警局的派对吗？你看起来似乎不太乐意。”

“我只是有些惊讶。”

“你应该能明白我的感受。”霍尔多拉说。

埃伦迪尔坐在那里，一言不发，渐渐地，她也不说话了。厨房传来一阵巨大的声响，好像有盘子掉在了地上，除了他俩，在场的每个人都抬起头望了过去。

“所有事情都碰到一起了……”

“我不知道怎么把这件事说出来。”霍尔多拉说，“我不知道我们的关系进行到哪一步了，你一直不愿见我的父母，我对你几乎一无所知。比如说，我都不了解你的家庭。我们相处了两年半，但我仍然一点儿也不了解你，你也不了解我。我们在酒吧见面，在一起睡觉，一起到市中心去逛街，但是……”

他以为她会突然大哭。

“要么认真对待我们的关系，要么就分手吧。”她隔着桌子低声说。

埃伦迪尔不知道该说些什么。

“你是怎么打算的？”她问道，“埃伦迪尔，你到底想怎么办？”

他看见她的眼泪涌了出来。

35

这个男人已经把他的故事跟警察讲了两遍了，但他一点儿也不反对再说一遍。他冷静而慎重地说着，每一个细节都记得很清楚。埃伦迪尔似乎知道奥德妮为什么会爱上他了。他西装革履，举止文雅，彬彬有礼，面带友好的笑容；长得也很英俊——微黑的皮肤，干净的双手，一头黑发，鬓角梳得整整齐齐。埃伦迪尔在警方的档案里找到了这个人的名字——伊西多尔。当埃伦迪尔打电话过去，这个男人邀他到办公室谈。男人做着小生意，从美国进口商品，在他的桌子旁有一些样品：糖果、薯片，还有一些陌生的零食。

男人询问调查是不是有什么新的进展，埃伦迪尔说没有，还说自己只是应一个亲戚之请进行非正式的调查。男人便没有继续问问题了，但看起来似乎很想继续讨论这个案情。

第一次见到奥德妮时，伊西多并不知道她已经结婚了，在罗道尔的那晚是他第一次见到她。他们聊了会儿天，他还给她买了一杯饮料。她解释说，她本来和同事一起在另一个酒吧聚会，但是后来她自己来到了罗道尔。没过多久，她问他是否结婚了。他说自己离婚了，没有孩子。她说她也没有孩子，但他从来没有想过要问她是否结婚了。

“她看起来根本不像已经结婚了的人。”伊西多尔一边说，一边整理着自己的领带，“至少我没这种感觉。”

他们坐出租车来到伊西多尔在布雷德霍特的住所。当时，他在山的北边有一栋小房子，还没有完全建成，混凝土地板上涂着油漆，有一个临时搭建的厨房。她跟他上了床，还约定以后再见面。

“正如去年我向警方解释的那样，在我们第三次约会的时候，她告诉我她结婚了，这个消息让我非常惊讶。当时她说我们不能再约会了，她必须终止我们的关系。当然，我肯定想知道为什么，然后悲剧就发生了。你能想象我当时有多震惊吗？我完全没有预料到。”

“她有没有解释为什么一开始没有告诉你？”

“我想她只是利用我来报复她的丈夫。”伊西多尔说，“顺便问一句，是她的丈夫派你来的吗？”

“绝对不是。”埃伦迪尔说，“她为什么想要报复她的丈夫？”

“我猜是因为他们的婚姻不幸福。”

“她没有和你说过这件事吗？”

“说过，她跟我分手时说过这件事。她说，她打算离开他，但那时还做不到，因为她需要时间。她说这太快了，她不能一下子从一个男人的怀抱投入到另一个男人的怀抱。后来，在她丈夫发现我们的关系以后，我跟她谈过，她告诉我，她丈夫完全气疯了。”

“这完全可以理解，不是吗？”

“也许他威胁过她。”

“怎么威胁的？”

“我不知道，但是我有一种感觉，她怕他。当然，我告诉过警察，但他们认为没有理由采取行动。”

“当她提出分手时，你并不开心。”埃伦迪尔指出。

“是的，我想……我觉得她是真的遇到危险了并且……”

电话铃响了，他接了电话，记下了一个订单，然后解释说他在开会便挂断了电话。

“是你把你们之间的婚外情告诉她丈夫的吗？”埃伦迪尔问道。

“我只是想帮她。”伊西多尔说，“我认为这样是对她好，就是这样。”

“难道她没有要求你对这段关系保密吗？”

“说的不是很多。”

“小心一点儿岂不是更好？”

“好吧，我确实不是很乐意跟她分手，也给她打过几次电话。有一次，她的丈夫接了电话，想知道我是谁。我就把事实告诉了他。”

“但是那时她已经和你结束了这段关系，没有再跟你见面了。”

“我相信这不是她的本意。”伊西多尔说。

“你肯定知道告诉她的丈夫会给她造成多大的麻烦。”

“就像我刚才说的，我觉得自己是在帮她。她告诉过我，她的婚姻濒临崩溃，但她对此不敢采取任何行动。”

“最后她还是决定不离开她的丈夫。”

“这让我很失望。”伊西多尔说。

“你知道他常常打她吗？”

伊西多尔点了点头。

“所以，在我们开始短暂的婚外情之前，她就想离开他了。”

“你觉得他曾经伤害过她吗？”

“这需要警察去调查。”伊西多尔说，“他们什么都知道，但却说没有任何证据能起诉他。我觉得，他们只是不愿意管这种事。”

“一位目击者说，奥德妮离开托尔斯卡菲之前曾和一个陌生男人说过话。你知道那个男人是谁吗？”

“我不知道。”伊西多尔回答道。

“是不是你？”

“不是。那天晚上，我在家里，很早就睡了。我没有伤害她，我只是想帮她。”

“你觉得发生了什么事？”

“去问问她的丈夫。”

“什么意思？”

“听说她失踪的时候，我非常震惊。我倒没想过是不是他杀害了她或者其他可能。我只是觉得，这个可怜的女人可能是自杀了，而一部分原因在于她丈夫。警察们很快也这样认为，我认为他们的看法是正确的。但我这里没有很多他们想要的信息。”

“她看起来像是自杀吗？”

“嗯，毫无疑问，她对自己的处境感到绝望，我从没想过她会做得这么过火。不，我的意思是，当她和我还在一起时，我从没这样想过。”

“那你呢？当奥德妮甩了你时，你应该很不开心吧？”

“在她失踪的三年前，我们之间的感情就结束了。”伊西多尔说，“我有足够的时间抚平创伤。我从没被人当过嫌疑犯，你可以自己核实这件事。”

“你现在结婚了吗？”

“没有。”伊西多尔说，“我现在还没结婚。我……其实现在已经和别人同居了，我不觉得这和这个案子有什么关系。”

“你的女朋友能不能给你做不在场证明？”

“给我什么？她并不需要给我提供不在场的证明。奥德妮失踪时，我和女友在一起。我没有做任何伤害奥德妮的事。相信我，没有一件事情伤害过她。我所做的就是让她认识到她的生活有多糟糕。”

36

那天晚上，埃伦迪尔在上班的路上看到了图丽，她在离派出所不远处的赫莱姆尔公共汽车站，正跟着一群乘客从巴士车上往下走，那是从内斯开往哈雷蒂的三号巴士。赫莱姆尔是市里最大的公交车站，流浪汉们都喜欢聚集在这里。最近，这个公交车站还成了雷克雅未克的交通枢纽，尽管如此，这里还是有些破旧，里面有一大片沥青碎石路面，而且因为前几天的一场大雨，地面上有很多小水坑。这里曾经有一个很大的东向通风候车亭，碰上坏天气时，人们便挤在那里，祈祷公交车及时到来，好让他们赶快逃离这里。

埃伦迪尔没看到图丽的男朋友贝格曼迪尔，当他走过去打招呼时，他觉得她身材确实很好。她立刻就认出了他，但她心情很不好。原来，她在公交车上一直被人骚扰，她忍无可忍，最后决定在赫莱姆尔下车，然后等下一辆车。

“这帮浑蛋！”她深深地吸了一口气。

“发生什么事了？”

“有一群小浑蛋在公交车上拿我开涮。不要脸的浑蛋！”

“你经常……会遇到这样的浑蛋吗？”埃伦迪尔问。

“关你什么事？”她反驳道，一想起刚才的遭遇她就怒不可遏。

“哦，没什么，我只是觉得……”

“算了，你爱怎么想就怎么想。”

埃伦迪尔今天到得很早，离换班还有一个小时。他本来打算花些时间在警局档案室里查一查资料，但他现在却想请图丽喝杯咖啡。他们可以去离这最近的咖啡馆。他一直想问她，她是如何找到耳环的，现在看来这是个好时机。

“去给我买杯酒喝吗？”她生气地吼道。

“我觉得他们没有售酒的营业许可证。”

“那就当我没说。”图丽朝公交车站台扬长而去。那里没有人，她坐在长椅上，埃伦迪尔也坐了过去。地板上有吃过的口香糖，糖纸在风中飞舞。角落处有一个空垃圾箱，旁边有一个破瓶子。墙上写满了各种下流的语言。

“你最近有没有看到贝格曼迪尔？”埃伦迪尔开始发问。

“那个傻瓜。”

“我还以为你们俩是朋友。”

“贝格曼迪尔没有朋友。你怎么会认为我们是朋友？他是一个可怜的失败者，一个彻底的失败者。”

“其实，我正准备去拜访你。”埃伦迪尔说。

“是吗？”

“我想问你一些问题，你是怎么找到那只耳环的？”埃伦迪尔问道。

“你是从那个骗子那里拿到耳环的吗？”

“是的。我把它放在家里。”

“我不介意你把它拿回来还我。”图丽说。

“有什么特别的原因吗？”

“我不会再把它卖掉了，”图丽动情地说，“如果你是这个意思。我不是故意卖掉它的，我确实想留着它。但是……”

一个十几岁的女孩走了进来，她画着浓重的眼妆，仔细地打量了他们一番，然后又走了出去，似乎不想碍他们的眼。她穿着超短裙，而站台太高了，她几乎没法走路。

“我想知道你是在哪儿找到的那只耳环。”埃伦迪尔问道。

“我已经告诉过你了，就在管道井里！”

“是的，但是你还记得具体是在哪个位置吗？”

“你为什么要关心这个？”

“我只是好奇。”

“就在离管道井豁口处不远的地方。”

“是左边还是右边？”

“左边，右边，这算什么问题？有什么关系吗？”

“可能没什么关系。”埃伦迪尔承认道，“但是如果你还记得的话，那就再好不过了。”

“左边。”图丽说，“在一根管道下面。当时天很黑，当我爬进去时，头撞到了那该死的管道井顶部，要不然我可能也不会发现它了。我看到有个东西一闪一闪的，细看居然是只耳环。你查出这只耳环是谁的了吗？”

“我正在调查。”

“它怎么会掉在那里？”

“我不知道。”埃伦迪尔说，“如果它是从某人耳朵上掉下来的，可能会一路滚到管道下面吗？我后来又去查看了一番，发现没有人能够跻身藏在那里。你知道它怎么会掉在那里吗？”

“也许别人把它踢到那里了。”图丽提示道。

“可能吧。”

“或者……”

“什么？”

“或者有人把它放在那里。”

“你是什么意思？谁会这样做呢？”

“我怎么会知道？”图丽生气了，埃伦迪尔提出的问题让她厌烦，“我什么都不知道，这是你的工作。我不知道它是怎么掉到那里的。我只是找到了它。我根本不在乎是谁把它放在那里的、它是怎么到那里的，或者它是谁的。我不知道你为什么要问我，你到底是谁？”

“好吧，好吧。”埃伦迪尔说，“我只是试图查出汉尼巴尔到底是怎么死的。”

“好吧，我帮不了你。”图丽说。

“到现在为止，你一直都在帮我。”

图丽拿出她的雪茄，点燃后吸了一口。

“耳环和这件事有关系吗？”她问道，“和汉尼巴尔的死有关系吗？”

“问得好。”埃伦迪尔说，“这只耳环是唯一一件与汉尼巴尔不相匹配的东西，是唯一一件不应该在他的遗物里找到的东西。”

“可怜的汉尼巴尔。”图丽说，“很多人都不喜欢他。”

埃伦迪尔点点头。

“他有没有跟你提过他的妹妹？”

“他从海里救出的那个妹妹吗？”

“是的，她叫丽贝卡，她对她哥哥的死感到极为惊讶，觉得自己应该负一部分责任。很显然，这种想法很荒谬。我认识她，她跟我说了一些事情。她想知道汉尼巴尔到底发生了什么事。”

“这就是为什么你总是缠着我？”图丽问道。

埃伦迪尔笑了。

“她叫丽贝卡……我不知道。他没有谈过她，也没有谈过他的家人。”

“他不能把她们俩都救起来。”

“但是她为什么觉得自己有责任？”

“她是最后一分钟才决定和他们一起出去的。”埃伦迪尔解释道，“否则，应该只有汉尼巴尔和他的妻子在车上。她不能原谅自己活了下来，而他的妻子却死了。即使过了那么多年，她现在仍然很难接受。”

图丽又拿出一支烟。她已经从公交车上的争执中恢复过来了，对汉尼巴尔和那场事故的讨论似乎让她冷静了下来。

“你刚才去哪里了？”埃伦迪尔问，希望这不会再次激怒她。

“去哪里？”

“你刚才坐公交车去哪里了？”

“没什么特别的地方。我只是喜欢坐着公交车逛逛，看看房屋和街道，还有布雷德霍特这样的新居住区。这种感觉就像旅行，但我没有去过任何地方，最后总是回到同样的地方。”

她一直抽着烟，直到烟头快烫到她的指尖了，她才把烟头扔到人行道上，用脚踩灭了它。

“我只知道他很想他的妻子。”

“海伦娜？”

“汉尼巴尔告诉我，海伦娜挥手让他离开。”图丽凝视着停车场上的水坑，“他想去救她，但她指着那个女孩。他告诉我，她愿意牺牲自己来救他的妹妹。海伦娜知道，他无法同时救她们两个——要想救她，汉尼巴尔得花费大量的时间和精力，然后才能救那个女孩。所以，她想让他把全部的精力都放在他妹妹身上，所以就把他推开了。那是他最后一次看到活着的她，她对他微笑，或者是他自己这样认为的。但我觉得，这是他自己杜撰的。他只说过一次，那时他很平静，后来就再也没提起过。”

过了一会儿，公交车来了，图丽站了起来，简单地说了声“再见”便离开了，就像她再也不想和埃伦迪尔有任何关系似的。天空灰暗，不一会儿又开始下雨。他看着她走上车，选择了一个靠窗的座位，准备毫无目的地在城市里兜圈，她不下车，也不关心车会开向哪里——她的人生就像一场没有目的地的旅行。埃伦迪尔看着离去的公交车，他在她身上看到了自己的身影，永远在生活里兜兜转转，孤独而没有目标。

37

埃伦迪尔本人并不认识刑事调查局的任何侦探，虽然他过去为了各种公务，偶尔去过他们在博尔加坦的办公室，也在办理盗窃案和袭击案时遇到过他们。在调查过程中，穿制服的警察偶尔也会被称为“目击证人”，但作为一个巡逻警官，埃伦迪尔到目前为止还没有做过目击证人。

负责调查的侦探名叫赫罗尔福尔，三十岁左右，人很随和，对自己的工作明显没有太多的热情。赫罗尔福尔很忙——尽管埃伦迪尔不知道他究竟在忙什么，几乎没有什么空闲时间。埃伦迪尔来时特地穿上了一套警服，希望能给赫罗尔福尔留下好印象，但赫罗尔福尔看也没看。最终，他在局里的施乐牌复印机旁堵住了赫罗尔福尔，勉强跟他聊上了几句。复印机就像拖拉机一样吵，在黑暗的复印室里发着耀眼的光。他向赫罗尔福尔打听了奥德妮失踪案的进展。

“没有，没什么新的进展。”赫罗尔福尔回答道，他火急火燎地复印着文件，“你问这个案子干什么？”

这个文件似乎跟房产有关，要么赫罗尔福尔自己想购买或出售房产，要么就是正在调查一场商业诈骗，究竟是什么情况埃伦迪尔就不得而知了。其实，他之前来刑事调查局时，想过是否要报告一下自己的调查发现，但始终没有完全下定决心。尽管应丽贝卡之请，自己应尽可能长时间地保守秘密，但他依然因为自己未能及时汇报自己掌握的信息而感到内疚。这是一个令人尴尬的窘境，他迫切地想要解决它。

"只是好奇而已。"他说，"你还能从公众那里得到什么线索吗？"

"基本上没什么其他线索了。到底发生了什么已经相当清楚了。"

"什么？"

"很明显，这个可怜的女人自杀了，自己投海自杀了或者在别的什么地方自杀了。这是我们唯一能想到的解释。"

"她不是一直对她的丈夫不忠吗？"

"嗯，几年前她有过一段短暂的风流韵事。"

"你查出那个男人了吗？"

"是的，不过那时他和他女朋友在家里。"

"他们没有说谎？"

"说谎？不会，你为什么会这么想？"

"她在夜店遇见的那个男人呢？"

"我们从来没有追查过他。"赫罗尔福尔说道，复印机的光扫过他的脸颊，"说说你对这个案子感兴趣的地方。"

"所以，你们的关注点集中在她丈夫身上？"

"我们没有丝毫证据能起诉他。"赫罗尔福尔打开复印机的盖子，“他可能打过她，但这并不能说明什么。”

“打过她？”

“家庭矛盾。他曾经打过她一巴掌，我们拷问过他，这点可以肯定，但这并不是什么大事。我们也采访了这对夫妻最亲密的朋友。但是，并没有得到什么有价值的线索。”

“她丈夫承认了？”

“是的，他承认了。你刚才说你是谁来着？”

“我只是对这个案子很感兴趣。”埃伦迪尔说。

“你参警时间长吗？”

“不长。”

“你和当事人很熟吗？”

“一点儿也不熟。现在案件进展如何？陷入僵局了吗？”

“我们没有找到死者的尸体，”赫罗尔福尔说，“或是作案的凶器，也没有查出任何真正的作案动机。所以，自杀似乎成了最为合理的解释。他们的婚姻亮起了红灯，她可能想离开他。也许，她找到了离开他的方式。”

“她失踪时，她丈夫是一个人在家吗？”

“你知道，他没有犯罪。”赫罗尔福尔说，“那天晚上，他去参加狮子俱乐部的一个会议了。听着，我都不知道我为什么要告诉你这些，这不关你的事。你刚才说你叫什么来着？”

“埃伦迪尔。”

“好吧，埃伦迪尔，你好奇心怎么这么重？而且似乎很了解这个案子。”

“我只是在报纸上看过，在车站时听一些男孩们讨论过。”

“我们搜查过她丈夫的房子。”赫罗尔福尔说，“还对他进行了一段漫长而严谨的审讯。我们也跟他们的邻居交谈过，没人在那晚看到他进来或是出去。最后，我们没有掌握什么有力的证据，便没有进一步审讯他。他甚至没有聘请过律师。”

“但他是嫌疑人之一？”

“是的，事实上，他现在仍然是，也是被害者的前夫。这个案子仍然没有结，还有待进一步调查。我们还是会定期复查该案的卷宗，打电话询问相关人员，并且尝试从新的视角思考问题，跟踪新的线索。但事实依然……她的丈夫坚持说她没有从托尔斯卡菲回家，在她失踪的那晚，他没看到她，就是这么回事。”

“没有发现新的证据吗？”

“没有。”

“在她失踪的同一个周末，一个男人在克灵吕米里淹死了。”埃伦迪尔说。

“所以？”

“你知道这件事吗？”

“知道，他叫什么来着？”

“汉尼巴尔。”

“对，是这个名字。一个流浪汉。”

“你觉得没有必要去调查他的死因吗？”

“他是淹死的呀。”赫罗尔福尔说，“还有什么好调查的呢？法医验过尸，并没有发现不明外伤，至少没有发现和他的死亡有关的伤害。你对这一类案子也感兴趣？”

“不是，不是很感兴趣。”

"我们把主要精力放在那个女人身上。"赫罗尔福尔把所有的复印件都放在一起，关掉了复印机，"你知道的，得先把流浪汉的死放在一边。"

"为什么？"

"失踪案件的前四十八小时很关键。"赫罗尔福尔很官方地说道。

"汉尼巴尔的地下室发生的火灾呢？你知道吗？"

"当然知道。我们觉得是他自己放的火。"

"或者，只是因为像他这样的流浪汉没有像奥德妮那样的女人重要？"

"你想说什么？"赫罗尔福尔现在很生气，"我们没有区别对待他们。关键在于，奥德妮仍有可能活着。我们不知道她出了什么事，有可能我们还能救她，所以优先处理她的案子。而流浪汉倒在池塘里淹死了，现在太迟了，根本救不了他。他喝醉了，我们在他的血液里发现了酒精。为什么……你是谁？你是不是认识他？"

"我对他稍微有点儿了解。"埃伦迪尔说，"我以前值夜班时经常碰到他。他是个很好的伙计，只是过得很悲惨。"

"是的，他睡在管道井里，是不是？"

"是的。"

"还有别的问题吗？"赫罗尔福尔卷起文件夹在胳膊下，"我开会要迟到了。"

"没有了，谢谢。"

埃伦迪尔看着赫罗尔福尔侦探匆匆地走出了房间。他觉得那只耳环的事情还可以缓一下，不用急着上报。

38

埃伦迪尔到达的时候，这个男人正在他的车库里忙前忙后。车库大门敞开着，一辆新车停在车道外面，这是一辆漂亮的美国车，外表的黑漆擦得发亮，刚刚打过蜡。车库里，每一件东西都整齐地放在工具架、橱柜和工具盒子里。地板干净得让你觉得进屋前必须脱掉鞋子。园艺工具及其他工具——包括两把一尘不染的铲刀——都挂在墙上的挂钩上。

由于房子的主人并没有立刻注意到他的到来，埃伦迪尔还站在外面，继续观察着这个男人。从外表上来看，他和伊西多尔不太一样，乌黑的头发，肤色偏黑，体型偏瘦，看起来比埃伦迪尔年长一些；他的穿着很整齐，上身穿着一件格子衬衫，下身穿着牛仔裤。他将抹布和一罐石蜡放在该放的地方，一切都井井有条。从外面潮湿的地面来看，埃伦迪尔猜到这个男人在给车身打蜡之前，应该还清洗了自己的车。他小心地卷起胶皮管。很明显，他爱惜自己的车就像爱惜自己的车库一样。

这个男人是一家大型养老保险公司的经理。毫无疑问，埃伦迪尔迟早都得和他说话，但他尽可能地推迟着谈话的到来。他很紧张，不知道该如何开始这样敏感的话题，也不知道这个男人会做出怎样的反应。一天晚上，就在他们生活的小镇上，他的妻子突然消失得无影无踪，完全打乱了他的生活，从此，他成了一名犯罪嫌疑人。而现在，埃伦迪尔——这个完全陌生的访客——将再次搅乱他的生活。

埃伦迪尔一直在犹豫，直到男人无意中看到了他。男人走出车库，向他问好，埃伦迪尔回应了他的问候。

“怎么回事……你是谁？有什么事吗？”男人在尴尬的沉默后问道。

“你是古斯塔夫，是吗？”

“嗯，是的。”

“我叫埃伦迪尔，是名警察。”

“警察？”

“准确来说，是巡警。我想跟你聊一下你的妻子奥德妮。”

“奥德妮？”

“我想知道……”

“你为什么想知道奥德妮的事？”男人问道，“你是她什么人？你刚才说你是谁？”

“我叫埃伦迪尔。我一直在用自己的业余时间调查你妻子的案子，在她失踪的那个周末，有个男人死了，这两件事有点儿联系。”

“利用你自己的时间？”

“是的。我认识那个与这件事有联系的男人。我受他妹妹的委托调查这件事。”

“那个男人是谁？”

“他叫汉尼巴尔，是一个流浪汉。”

“流浪汉？什么……很抱歉，但你究竟在说什么？”

“他住在克灵吕米里南部的一个供热管道井里，离这儿不远。他淹死在矿坑池塘中，时间就是你妻子失踪的那段时间。可能就是相同的时间。”

男人站在门口，瞪眼看着埃伦迪尔。他周围的一切都井然有序，唯一不和谐的就是眼前这个陌生人，在这个安静的夜晚偷偷接近他，讲一些关于流浪汉的奇怪事情。

“这和奥德妮有什么关系？”古斯塔夫问。

“这就是我想问你的问题。”

“问我？我不认识任何流浪汉，也不认识你。你来这儿不是为了谈公事吗？”

埃伦迪尔摇了摇头。

“那我无可奉告。”那人退回到车库。

“很可能，汉尼巴尔和你的妻子在她失踪的那晚不期而遇。”埃伦迪尔说，“虽然我不知道他们是怎么相遇的或是在什么情况下相遇的。人们猜想你的妻子已经死了，我正在调查事件的真相。我知道汉尼巴尔死了。我想搞清楚到底发生了什么。汉尼巴尔的妹妹丽贝卡，她也想知道事件的真相。”

“好了，你最好走吧。”古斯塔夫说，“你找错人了，我不能给你任何答案。我甚至不知道你在说什么，我根本不认识这些人，也从来没听说过他们。”

“是的，你没有理由必须知道……”

“我不知道你是谁，这太不合常规了，很不符合。如果你现在离开，我会很感激。我没什么要跟你说的了。”

“我们也不相信汉尼巴尔会伤害你的妻子。”埃伦迪尔说，“他……”

他在找合适的话。

“我们觉得，他过去经历的一些事情让他不太可能伤害你太太。他是有些问题，但绝不可能袭击你的太太。”

“是的，好吧，我对此不感兴趣。”古斯塔夫说，“请别打扰我，我没有什么要对你说的。你听到了吗？”

“我来告诉你关于汉尼巴尔的事情是因为我相信，在你妻子消失的那个晚上，她可能出现在汉尼巴尔睡觉的那个管道井附近。”

古斯塔夫手里拿着一个遥控器，准备用它关上车库的门，听到埃伦迪尔的话后，他迟疑了一下。

“这就是为什么我认为他们曾经可能有过交集。”埃伦迪尔继续说道，“就是在管道井里。但我不知道之后你妻子身上发生了什么事。或者在这件事上，我不知道汉尼巴尔身上发生了什么事，我想也许你可以提供帮助。”

“谁是汉尼巴尔？我不知道你在说什么，我从来没有听说过他。”

“这一点儿也不奇怪。之前从来没有人将这两件事联系在一起过。”

“这一切听起来非常牵强……听着，你说你叫什么来着？”

“埃伦迪尔。”

“好了，埃伦迪尔。谢谢你对这件案子感兴趣，但是如果你能离开，并且不再参与到这件跟你无关的事情上来，我会很感激。”

男人按下了遥控器。伴随着机械的嗡嗡声，车库门开始颤颤悠悠地下降，在埃伦迪尔面前，就像竖起了一堵红墙。埃伦迪尔伸手从衣袋里掏出了耳环。

“认识这个吗？”

男人面无表情地看着它。

“以前见过吗？”

门继续下降，埃伦迪尔在门完全关闭之前把耳环扔了进去，耳环碰到地面时发出了轻微的叮当声。他马上就后悔了，刚才因为绝望，他扔出了耳环，但现在，他已经失去了他唯一的证据。除了他自己的观察，还有图丽——这个不可救药的酒鬼——的话，他再也找不到任何证据能将奥德妮和管道井联系在一起。

他盯着车库门，屏住呼吸。他不知道该怎么做。时间一分一秒地过去了，他正准备去敲门，突然听见机器再次启动的声音，门慢慢地打开了。

男人捡起耳环，严肃地看着耳环。

“你究竟是在哪儿找到它的？”他抬起头看着埃伦迪尔，无法掩饰自己的惊讶之情。

39

古斯塔夫的房子和他的车库一样整洁，没有任何不和谐的痕迹，和埃伦迪尔乱七八糟的家形成了鲜明的对比。家里摆放着有品位的家具；陶瓷雕像面向客厅，摆放的角度刚刚好；墙上的照片悬挂的高度正合适，而且一点都不倾斜；洁净的淡蓝色地毯上还有吸尘器留下的印子。房间里有股淡淡的香味，很好闻，但埃伦迪尔对这种香味并不熟悉，也不确定香味是从哪里飘出来的。厨房里没有油烟味。进屋时，他不由自主地想要脱鞋，但男人说没有必要。埃伦迪尔不知道他是不是真的这样认为。

男人邀请埃伦迪尔在餐厅坐下，自己拖来另一张椅子面对埃伦迪尔坐着。男人手里还拿着耳环，埃伦迪尔在想怎么才能把它拿回来。古斯塔夫的态度发生了三百六十度的转变，他突然变得非常配合，他邀请埃伦迪尔进屋显然是准备和他聊聊了。他说他不知道妻子发生了什么事，那晚，他去参加狮子俱乐部的会议了，而妻子的失踪让他非常绝望。

“我参加那个俱乐部好几年了。”

“这是奥德妮的耳环吗？”

“是的。”

“确定吗？”

“我买的。”古斯塔夫说，“从雷克雅未克的一个珠宝商那里买的。我没有……”

他情绪激动，几乎说不出话。

“自从她失踪后，我就再也没有见过它，因为她消失了。实话说，有一点儿……有一点儿震惊。我不知道该说什么。”他盯着手心上的耳环。

埃伦迪尔等着，他想给男人一点儿时间，让他恢复镇静。他忍住没有说自己已经和珠宝商谈过，他也不清楚自己可以透露多少信息。

过了一会儿，埃伦迪尔问古斯塔夫是否能够确认他妻子失踪的那晚戴着这只耳环。

“是的。”古斯塔夫回答道，“她戴着它们。有一次，在我们……当时我们都很开心，我把耳环送给了她，她喜欢珠宝。毫无疑问，这是她的耳环。但是，你怎么会……你在哪里找到它的？你是不是要告诉我……你已经找到奥德妮了？”

“没有。”埃伦迪尔强调道，“当然没有，只找到了耳环。其实不是我找到的，是一个叫图丽的女人。她认识汉尼巴尔，就是那个睡在克灵吕米里管道井里的流浪汉。他淹死后没多久，图丽去他的住处，在一根管道下发现了这只耳环。我从她那里拿到了它。”

“你怎么知道这是奥德妮的耳环？”

“我并不知道。”埃伦迪尔不愿透露太多细节，“这只是一种感觉。汉尼巴尔在同一周淹死了，就离这里不远。所以我就想问你认不认识这只耳环。我有一种预感，这两件事情可能有联系。”

“很抱歉，但我还是不太清楚你在其中充当着什么角色。你为什么掺和进来？”

“就像我之前所说的，我认识汉尼巴尔。如果可能的话，我想找出他的死因。我一直在和他的妹妹联系，她请我调查一下这件事。然后，耳环就出现了。再后来，我就出现在这里。我很抱歉，我知道这对你来说太残酷，但我想不出我还能做什么。”

古斯塔夫死死地盯着耳环，完全不能将他的目光从耳环上移开。

“耳环是怎么跑到那儿的？它怎么会掉在管道井里？”

“很可能是汉尼巴尔从别的地方捡回来的。”埃伦迪尔说，“他成天在街上游荡，关注那些发光的东西，所以很可能是他发现了耳环，然后把它带回了自己的住处。我们不能排除这种可能性。”

古斯塔夫疑惑地看着埃伦迪尔。

“但你似乎还有别的想法。”他最后说。

“我觉得你的妻子那时在供热管道附近。”埃伦迪尔说，“而且很可能她就死在那里。”

古斯塔夫还在盯着他。

“你找到她了吗？”他用低沉的声音问道。

“没有。”这是男人第二次这样问他。埃伦迪尔想要打消他所有的疑虑，“我还没有找到她。”他肯定地说，“我找遍了管道，但她不在那里，这完全是一个谜团。但可以肯定的是，在她失踪的那个晚上，她应该就在管道附近的某个地方。”

“是不是你的朋友，就是那个汉尼巴尔，把她拖到那里去的？”古斯塔夫问道，“是他袭击了她吗？你是在暗示这些吗？”

“不，我只是有些怀疑。”埃伦迪尔回答道，“事实上，我觉得他和你妻子一样，命运都很悲惨。”

“什么意思？”

“我觉得，他也是受害者。”

“受害者？”

“是的。”埃伦迪尔说，“我已经想过很多遍了，这是我想出的唯一合理的解释。我猜想你的妻子被人谋杀了，而汉尼巴尔刚好目睹了一切。于是，那个袭击你妻子的人干掉了他，以便杀人灭口。”

接下来是一段长时间的沉默，好像埃伦迪尔的话渗入了这个整洁的家，渗入了家里的每一件东西，不论是家里摆放的完美的正方形照片，还是整齐排成一排的瓷器雕像。古斯塔夫心烦意乱地把耳环放在桌子上，埃伦迪尔抓住这个机会将它放进了自己的口袋。看起来，古斯塔夫似乎并未注意到这些。

“当然，现在这些都纯属猜测。”埃伦迪尔说，“这些可能都没有发生，只是有可能出现过这样的场景。我们在管道井内发现了你妻子的耳环，很有可能是她自己去了那里。她去那里做什么？很有可能是想躲起来，那她想躲着谁呢？我想这也许就是你能给我的一些启发。”

埃伦迪尔说话时，古斯塔夫按捺不住自己的焦躁之情，匆匆地站了起来，并在房间里来回地踱着步。

“你在暗示什么？”他停下了脚步，“我能怎么启发你？你用意何在？”

“我和不同的人讨论过这个案子，而且我听说……”

“不同的人？什么人？”

“认识奥德妮的人，她的朋友……”

“哪位朋友？”古斯塔夫打断了他，“当然，你还没有……你还没有和那个疯子伊西多尔谈过话吧？”

“我和他谈过了。”

“什么？那你知道他想介入我和奥德妮的婚姻吗？或者，他没告诉你这些？”

“事实上，他说过了。”

“他想破坏我们的婚姻，想方设法地破坏我们的关系。他是……他是我遇到过的最无耻的人。”

“据他所说，你妻子想要离开你。”

“是的，他当然会这样说，难道不是吗？事实上，这完全是反过来的，他想控制我的妻子，我妻子试图摆脱他。我一直说他很危险，情绪反复无常。如果有人想杀掉奥德妮，那一定是他。我告诉过警方，但很奇怪他们不愿意追究此事。”

“他说过和你一样的话。”

“他肯定编造了很多关于我的可怕谎言。”

“如果伊西多尔情绪这么反复无常，那她为什么还要和他在一起？”埃伦迪尔反问道。

“我不知道。可能她当时很疯狂，我永远也理解不了。”

“但你原谅她了？”

“我……我想挽救我们的婚姻。你可知道，他居然还敢打电话过来，还要和她说话！然后我就发现了他们的婚外情。他对自己给她造成的麻烦没有任何不安。难道你不明白吗？这就是他所谓的喜欢。你看到了，他肯定有精神病。无论如何，我都不能理解奥德妮为什么和他在一起，根本就说不通。她告诉我，他们见了几次面，但都是在她意识到他是个神经病之前。”

“但我从别人那里听说……”埃伦迪尔说，“你们的婚姻有问题。”

“谁？谁说的？”

“就是我调查过的一些人，而且不仅仅是婚姻问题。你们的家庭生活一直不怎么和谐，所以她才会有婚外情，不只是伊西多尔这样说过。”

“不和谐？”

“我听说过家庭暴力的传闻。”埃伦迪尔说。

古斯塔夫的目光落在用吸尘器清扫过的地毯上。

“是因为这样，你才给她买珠宝吗？”埃伦迪尔问道。

古斯塔夫没有回答。

“这就是你给她买耳环的原因吗？为了请求她的原谅？”

“我……”古斯塔夫深深地吸了一口气，“我对你保持着礼貌态度，邀请你进屋，听你说话，跟你沟通。我很高兴你对奥德妮的案子有兴趣。没人比我更想找到她。我尽量开诚布公地和你交流，甚至讨论一些敏感的问题，特别是与我的私生活以及我们的家庭生活有关的极其敏感的问题。而你现在居然说出这些话，这些该死的诽谤！我已经去警局谈过这些问题了。你最好出去，我没有什么要对你说的了。”

“这就是她离开你的原因吗？”埃伦迪尔坚持问道。

古斯塔夫拒绝回答。

“但你不允许她离开你。不仅如此，你还原谅了她的欺骗，你希望你们的婚姻能继续下去，就像什么都没有发生过一样？”

“你最好离开。”古斯塔夫尽量克制着自己的怒火重复道。

“在那之后，你们的关系怎么样？”

“我们尽全力克服了我们的婚姻危机。我不明白它和这件事有什么关系。我请你离开。”

“事情有所改善吗？”

古斯塔夫大步走进大厅，打开了房门。

“我不知道这和你有什么关系。”

“你有没有攻击你的妻子？”

“不，我没有。让我静一静。她再也没有回家！”他的声音很低，仿佛自言自语一般，“奥德妮没有从托尔斯卡菲回来。”他把埃伦迪尔关在了门外。

40

接下来的四天，埃伦迪尔不需要值夜班，通常这时他都很难适应这种状况。一些有经验的警员告诉他，上班时尽量把问题都解决，下班后便要回归正常的生活，而不是一直在晚上保持兴奋状态，却在白天睡觉。他的秘诀就是在值完夜班后保持一整天的清醒，然后在正常的时间睡觉。第二天早上醒来时，你的生物钟就会自动复位。不过，说得轻巧，做起来谈何容易。

埃伦迪尔曾经尝试过他的这个建议，但并没有成功。他连着二十四小时都保持清醒，但到了第二天该睡觉的时候，他却翻来覆去难以入眠，断断续续地打着盹儿，然后再醒过来。他整晚烦躁不安，不停地冒着汗，整个人都迷迷糊糊。到凌晨两点的时候，他睡意全无，于是便起身去了厨房，默默地坐在桌子旁，不知道该做些什么。他发着呆，总是忍不住想一些乱七八糟的事，奥德妮和汉尼巴尔的案子总会让他睡不着。不光是奥德妮和汉尼巴尔的案子，还有女朋友霍尔多拉怀孕的事。总之，不是这事就是那事，一直困扰着他。“埃伦迪尔，你准备怎么办？”霍尔多拉这样质问他。当时，他建议她先搬来和他一起住，然后他们再慢慢找一个合适的地方安家。她不相信，她希望埃伦迪尔说服自己，让她相信这确实是他的真实想法，还问埃伦迪尔是否在认真考虑他们之间的关系。埃伦迪尔努力安抚她，到最后连自己都被说服了。埃伦迪尔觉得自己是时候安定下来了，不能老是为周围的人而活，是时候该做出一些改变，尝试一种新的不一样的生活了。

最终，霍尔多拉同意了跟他一起找一个合适的住所这一建议。现在，她看起来很高兴，而且已经浏览过报纸上的房地产广告，最后得出结论：买房子比租房子合适。当然，他们将来可能需要一个两居室。不过目前来讲，一居室足以。想到这儿，她的脸上绽放出了笑容，他知道她又高兴了。

之后，他的思绪又飘到了古斯塔夫身上，他想到了古斯塔夫那天的反应。去拜访他合适吗？如果合适，他是不是本该处理得更好？现在，他很后悔，后悔自己那么鲁莽，后悔自己的提问中隐含了那么严厉的控告。他觉得，古斯塔夫可能会把这次造访当作一次正式投诉的理由。

最为合理的假设似乎就是奥德妮已经死了。埃伦迪尔考虑过古斯塔夫作案的可能性，而且很有可能他就是杀了汉尼巴尔的那个人。忌妒和复仇是埃伦迪尔能想到的作案动机，但他告诫自己，不能匆忙指控。供热管道井里发生的事和矿区池塘里发生的事，究竟哪个在先哪个在后，这一点很难确定。但他猜想，或许是奥德妮先被袭击，然后汉尼巴尔试图来帮助她，但是力不从心被凶手制服，随后被杀死。嫌犯把奥德妮的尸体藏起来，但把汉尼巴尔的尸体扔到了池塘，使他看起来就像被淹死了一样。嫌犯冒险打了个赌，他觉得没人会在乎一个流浪汉的死亡。

他向古斯塔夫保证，汉尼巴尔不会伤害奥德妮一根汗毛，这是真的——他根本无法相信汉尼巴尔会杀害了她，掩藏她的尸体，然后自己跳水溺亡。这种说法不合理。肯定有第三个人，这个人才是杀害他们两人的凶手。这就是埃伦迪尔得出的结论。

他在心里不停地回想着最近几天和几周发生的事情，当想起他和图丽在公交车站见面的时候，他的思绪停顿了一下。他想起图丽是这样描述那次交通事故的：海伦娜挥手让汉尼巴尔走开，让他去救自己的妹妹。当汉尼巴尔抛开自己的戒备心时，当他“平静”的时候，他向图丽吐露了自己的心里话。汉尼巴尔始终无法忘记那一刻——当他们的车撞向海港的那一刻。

他回想着图丽在公共汽车候车亭的情景，渴望旅行的她，等待着下一趟漫无目的的旅行。记得他们第一次见面时，图丽看起来十分清醒，她和其他三个玩骰子的女酒鬼不同。那三个女人无比粗俗，喋喋不休，就像童话故事里的女巫。他试图抹去图丽和贝格曼迪尔在城市西部那间简陋的小屋里翻云覆雨的坏印象。

城市的西部……有时候，当他想起那个失踪了的女大学生时，他便会绕道前往城市西部的那栋房子。他痴迷于失踪案，关注那些失踪人员的命运以及他们给亲朋好友留下的创伤和痛苦。他知道，他的这种痴迷和关注，源自于自己孩提时代在东部荒原上经历过的悲剧，而长大后经常阅读过的相关书籍——那些讲述人员失踪的书籍，让他的痴迷更加强烈。

也许这才是他失眠的真正原因。一股莫名的紧张感，一种从未有过的期待感，让他辗转难眠。他私下对失踪案的调查，点燃了他生命的火花。

他迟早会将自己的发现告诉刑事调查局。告诉他们他所知道的一切，他和每一个人谈话的所有细节——从住在汉尼巴尔隔壁的两个兄弟，到发现了耳环的图丽。

他的关键证物现在就放在他面前的桌子上。埃伦迪尔把它拿起来，在指间轻轻地转动着。据图丽所言，耳环一直在管道下面靠近豁口处的地方。如果她说的是真的，那么绝不可能是奥德妮不小心弄丢在那里，因为那个空间实在是太狭小了。他无从知道耳环到底是怎么出现在那里的，很可能是有人无意间把它踢到了那里。另外，耳环可能是被藏在管道下的，也可能是汉尼巴尔把它弄到那里去的。

他突然想到另一种可能性，但埃伦迪尔怎么想都想不通。难道是奥德妮自己偷偷将耳环藏在那里，带着渺茫的希望，希望有一天会真相大白，世人终将知道她死在黑暗的隧道里？

41

像往常一样，埃伦迪尔下班后去雷克雅加塔的诊所与丽贝卡见面。他们朝特约宁湖边走着，埃伦迪尔把自己和奥德妮的朋友见面的事，以及他和奥德妮以前的情夫伊西多尔、奥德妮的丈夫古斯塔夫之间的谈话统统告诉了丽贝卡。

“古斯塔夫的反应最奇怪。”埃伦迪尔说，“他过去经常打奥德妮，而且很明显，她一直在寻找出路。他承认耳环是她的，但当我继续追问他时，他却不肯再多说什么了，还把我赶了出来。不过，这也许说明不了什么，可能只是因为我问得太多，他生气了。总之，他确实有权利让我离开。”

埃伦迪尔继续讲着他访问刑事调查局的经历以及他和负责奥德妮失踪案的侦探之间的谈话。奥德妮的丈夫是他们怀疑的对象，但他们却找不到任何证据起诉他。如果他们想起诉他，就要找到死者的尸体、作案凶器和一个明确的杀人动机。她以前的情夫伊西多尔也是嫌疑人，但他们觉得，目前为止，奥德妮自杀是最合理的解释。

他们坐在特雅娜加塔的长椅上，目光越过湖面望向东边的教堂和学校。因为已经是夏天了，阳光明媚，天气很暖和。丽贝卡听了这些话，没有做出任何评论。她戴了一副时髦的大墨镜，穿着雅致的衣服，里面是一件浅色的衬衫，外面套着一件迷人的丝绸上衣。

“关于汉尼巴尔，有什么新消息吗？”她终于问道。

“他们对他不是很感兴趣。”埃伦迪尔说，“他们将这两件事看成不相干的案件。”

“你有没有告诉他们耳环的事情？”

“我觉得再等一段时间也无妨。再等几天，不会很久。对我而言，今后想找到一个合适的借口隐瞒刑事调查局会越来越难。”

“所以，他们根本没有将奥德妮和汉尼巴尔联系在一起？”

“是的。”

“一旦你把耳环交给他们，他们马上会把两者联系起来。”

“是的。”

丽贝卡轻轻地叹了一口气。

“人们会把汉尼巴尔当成谋杀她的恶魔。”

“他们很可能会这么想，但他们仍然要解释汉尼巴尔的死亡过程和死亡原因。他们必须认识到，汉尼巴尔很可能卷入了一个和他没有任何关系的事件，最终丢了性命。”

他们坐了很长一段时间，沐浴着温暖的阳光，听着城市的嘈杂声和水面上的鸟叫声。人们在阳光下漫步。他们可以听到远处车流发出的喇叭声和引擎声，还有更远处传来的警笛声。埃伦迪尔猜测那里可能发生了交通事故，心里祈祷着事故不要太严重。

“请告诉我，汉尼巴尔自己是如何描述发生在哈夫纳夫约杜尔的那场交通事故的？”

“你为什么要问这件事？”

“我听别人说他提起过这件事。你说他不喜欢谈论这件事。”

“不是这样的。”丽贝卡说，“这不可能。就我所知，他根本没和任何人谈论过这件事。只和几个比较亲近的朋友提过。”

“听起来合乎情理，他经历了创伤，除了几个亲近的朋友以外，不想和任何人谈论此事。”

“我不太清楚你在说什么。”丽贝卡说。

“你知道一个叫图丽的女人吗？”

“图丽？不知道。”

“她是汉尼巴尔的一个朋友，一个酒鬼。”

“是吗？”

“我跟你说过这个女人，是她在管道井里发现了奥德妮的耳环。汉尼巴尔死后，图丽去过他的住处，碰巧在一根管道下面发现了耳环，但她没有告诉任何人，直到我遇见了她。她根本就没想过耳环为什么会在那里，这件事没有影响她的生活。她只是留下了耳环，然后用来买酒。”

“她是汉尼巴尔的朋友吗？”

埃伦迪尔点点头，并解释说自己曾经到阿曼斯提格的青年旅社找过图丽。起初，他也不清楚图丽和汉尼巴尔是如何建立友谊的。虽然他不知道他们关系好到什么地步，但一定是很亲密的朋友，显然在一定程度上，汉尼巴尔跟她吐露过自己的心事。图丽脾气不好，喜欢和其他酒鬼混在一起。她可能会利用他们买酒、药丸或其他想要的东西。但她似乎心眼不坏，人也聪明。除此之外，埃伦迪尔还知道她想去旅行，于是想出了一个相当新颖的方法让她自己梦想成真。

“这是我第一次听说她。”丽贝卡说。

“有一次，当汉尼巴尔‘平静’的时候——图丽当时用了这个词，他开始谈论那场意外。”

“平静？”

“是的。”

“如果他愿意跟她谈论这些，那他们的关系一定很亲近。”

“我觉得他们曾经是好朋友。如果她愿意和你交谈的话，和她见个面也许对你有帮助。”

“但你知道……关于那次车祸，汉尼巴尔到底跟她说了些什么？”

埃伦迪尔感受到了她的不安，不知道她是否愿意进一步探讨这件影响她一生的交通事故。这场事故破坏了她的家庭，对他哥哥的打击尤为大。埃伦迪尔尽量严谨地措辞，强调说他也不知道图丽所说的“平静”是什么意思。可能是他微醉的时候，但也有可能指的是他当时平静的心情。在他的防备心理放松下来以后，他对图丽敞开了心扉。不管当时是什么情况，总之，他告诉图丽，他本来打算救她们两个。他先去救海伦娜，但海伦娜知道他不可能同时救出两个人，于是让他离开，让他先救他的妹妹。所以，海伦娜牺牲了自己。

“他说海伦娜微笑地看着他，但出于某种原因，图丽并没有太重视这个细节。她觉得这是汉尼巴尔自己设想的。她也强调这是他唯一一次和她谈论这场事故。”

当他复述图丽的话时，丽贝卡安静地坐在他身边。

“你知道吗？”埃伦迪尔转过身来问丽贝卡。

她极其安静地坐在长椅上。看到她从墨镜下流出的眼泪，他突然意识到自己不需要再问了。这是她第一次听到别人讲述这件往事。埃伦迪尔对自己揭开别人的旧伤疤很生气，他本应该是最理解她的人。

“我希望他是这样做的。”最后，丽贝卡平静地说。

“做什么？”

“自己想象出那个细节：她面带微笑地看着他。”

埃伦迪尔可以感受到她的痛苦。

“他爱海伦娜。”她说，“胜过爱世上的任何东西。”

42

窃贼猛地撞上埃伦迪尔，这才发现自己跑错了方向，然后赶紧转过身又朝斯考拉沃达斯蒂加方向逃去。他穿过马路，消失在了斯密德斯蒂加。埃伦迪尔瞬间反应过来，但还是太迟了。他在窃贼后面穷追不舍，甚至连自己的白色警帽掉了也顾不上捡。窃贼径直冲向劳加维加，埃伦迪尔紧跟在他身后。但是那个窃贼跑得太快了，埃伦迪尔发现自己根本赶不上。

凌晨五点多，街上的一个行人发现斯考拉沃达斯蒂加的一家珠宝店里有可疑动静。这位目击者的住处就在不远处，索性小跑回家打电话报警。有两辆巡逻警车在这片区域值班，其中一辆是埃伦迪尔、加达尔和马泰恩他们的车，他们率先赶到了案发现场。窃贼砸破了商店后面的一扇窗户，钻进去偷窃，出来时肩上挎着一个黑色运动包。他似乎不慌不忙，想着时间充裕，警察也不会这么快赶到。但当他离开商店，沿原路返回时，却发现自己被困在了一个庭院里。当马泰恩和加达尔绕到商店背后，从破窗进到商店后面时，窃贼赶紧躲了起来，然后趁他们不注意立马飞奔而逃，跑到了街上。可是，他万万没想到，埃伦迪尔堵住了他的去路，还一路追到了劳加维加，接着又从山下追到了海维费斯格塔。

窃贼突然掉头朝东边的斯库加维菲跑去，埃伦迪尔依然紧追不舍。即使因为背着运动包而不得不放慢速度，窃贼也依然死死抓着那个包不放。他穿着黑裤子、黑夹克、一双轻便的橡胶底帆布鞋，还戴着黑羊毛帽，显然是有备而来的。他偷盗时还切断了商店里的老式防盗警铃，但却没料到大清早的会碰到一个经过珠宝店还起了疑心的路人。

马泰恩和加达尔早已不见了踪影。他们在首饰店里被窃贼甩掉了，并不知道埃伦迪尔还追着那个窃贼。此刻，他们站在商店外面，环顾着四周。马泰恩呼喊着埃伦迪尔，却无人应答。然后，他们发现马路附近有一顶警察帽，便捡了起来。

“这家伙到底跑哪儿去了？”加达尔问道。这时，第二辆巡逻警车悄无声息地停在了他们旁边。

那个窃贼沿着林达加塔疯狂地跑着，看似没有半点儿疲倦。倒是埃伦迪尔开始体力不支，但他不想把窃贼跟丢了，所以仍然没有放弃，忍着双腿的酸痛，上气不接下气地继续追着窃贼。他那双笨重的靴子显然不适合马拉松长跑，参加仪仗队表演穿穿还不错。

当埃伦迪尔看到窃贼在一堆沙子上摔倒，栽倒在公路上时，心中一惊。窃贼艰难地重新站了起来，跛着脚朝屠宰场方向走去，而埃伦迪尔早已趁机赶了上来。现在，埃伦迪尔已经能清楚地听到窃贼的喘息声和包里珠宝碰撞发出的叮当响声。看样子，窃贼打算丢掉这个背包了。当他左顾右盼的时候，埃伦迪尔竭尽全力将他制服了。

他们在街上扭打成一团，最后，埃伦迪尔占了上风。他骑在窃贼的背上，气喘吁吁地将窃贼的脸按在石板路面上。经过一番挣扎，埃伦迪尔用手铐铐上了窃贼，一把将他拖起来按到了围墙上。一股令人食欲大增的熏肉香味从屠宰场的熏炉里飘了出来，埃伦迪尔这才意识到自己已经非常饿了。这个夜班实在是太忙了，上班后就没有吃过东西。

埃伦迪尔一路推搡着罪犯，朝斯考拉沃运斯蒂加方向走去。后来，他突然意识到自己应该直接下山，把他带到海维费斯格塔的警察局，然后再把他关进拘留室，那样会更快一些。他没有带步话机，所以无法跟加达尔和马泰恩通话，不过这也没什么大不了的。他已经抓到罪犯了，他们的任务也就完成了。

沿着通向海维费斯格塔警察局的马路，他一路推着走在前面的犯人。这个窃贼一直都在反抗，他一边拒绝慌忙地赶路，一边抱怨自己服从警察的命令却没有得到应有的待遇。埃伦迪尔让他闭嘴。他之前从来没有见过这个窃贼，二十岁左右的样子，长得很瘦，一双大长腿好像专门为赛跑而生。窃贼的手和脸在刚才摔倒时擦伤了，帽子也跑丢了，露出了一团蓬松浓密的头发。

那个运动包被埃伦迪尔挎在肩上，每走一步，里面的手表和珠宝就会叮当地响一下。

“你怎么知道我在珠宝店？”窃贼问道。

“走你的路。”埃伦迪尔呵斥道。

“有人看见我了？”

埃伦迪尔没有回答。

“我差点儿就脱身了。”窃贼说道。

“要是你没有摔倒，确实就逃脱了。”埃伦迪尔说道。

“我以为你不会追我到那么远，想着你应该会放弃，我第一次跑那么快。”

埃伦迪尔猛推了他一下。

“你受过训练？”罪犯问道。

“你就不能闭嘴吗？”埃伦迪尔推着他往前走。

“干警察很久了吧？”停了一会儿，窃贼继续问道。

埃伦迪尔继续无视他。

“你只是个做暑期工的？”

“你到底闭不闭嘴？”埃伦迪尔说道，“我没兴趣和你闲聊。你为什么要偷那个店铺？你就不能找份工作养活自己吗？难道你只会这个吗？闭上你的嘴，赶紧走。”

窃贼走了几步又停下来了。

“我需要钱。”

“谁不缺钱啊？你自己去挣啊。”

“不，我马上就要，需要很多钱。很急，我不能坐牢。”

“但也不该偷啊。”

“是不应该，但……”

“跟别人说去吧。”埃伦迪尔不耐烦地打断了他，“我对你的屁话没兴趣。”

他们继续前行，但是并没有安静多久。

“把它带走吧。”窃贼说道。

“带走什么？”

“包，我不会告密的。你就说我逃掉了。在屠宰场的时候把我跟丢了，我带着包逃了。你可以把它卖个好价钱。”

“什么？我留着包，你走？是这个意思吗？”

“你可以跟别人说我是带着包一起逃的。没有人会怀疑。我也不会告发你，真的，一个字都不会说。”

“所以，我把这些卖了换钱，你也脱身了，你我双赢？”

“我没意见。”

“别废话，快走。”埃伦迪尔又推了他一下，“不要再鬼话连篇了，不然报上去罪加一等！”

“求你把包拿走，放了我吧。你可以把东西还给店铺，并没有什么损失啊。就只是破了点儿玻璃而已。再说了，像那样的店铺都买保险了，店主不会损失一个子儿。”

埃伦迪尔烦得不想理睬他。

“抓我又有什么用呢？我只是个无名小卒，放了我吧。”

他们快到警察局的时候，窃贼不走了。埃伦迪尔推他没有用，干脆抓住他的胳膊，拉着他走。

“他们会杀了我的。”窃贼哭道，“你不会明白的，我欠他们钱，是他们逼我去偷的，还告诉我去偷哪家店，说我偷的这些东西可以抵债。”

“什么债？”

“毒品。”

“这是我头一次听说。”埃伦迪尔说。

“说什么？”

“闯入店内行窃就为了买毒品？”

“他们说这是唯一的办法。这是他们说的。我……我该怎么做？

他们威胁我，他们就是疯子。”

“谁？”

“那兄弟俩。”

“什么兄弟俩？”

“我不能告诉你。”

“随便你吧。”

“如果你答应放了我，我就告诉你。”

最后，他们还是到了警察局。

“够了，快说！”

“他们其中一个叫埃勒特。”窃贼说道，“我能说的只有这些了。除非你放我走，否则我不会再告诉你任何信息。”

“埃勒特？”埃伦迪尔重复道，“你说的该不会是埃勒特和维格尼尔吧？”

这回窃贼沉默了。

“他是不是有个弟弟叫维格尼尔？”埃伦迪尔问道。

“你认识他们吗？”窃贼完全忘了自己先前说过不会说出另外一个人的名字，“你的意思是说，你知道他们是谁？他们是干什么的？我该怎么办？他们威胁我了。”

埃伦迪尔没有理会他。他正努力回忆关于埃勒特和维格尼尔的一切事情，思考着在克灵吕米里发生的事情。

如果不只是一个人呢？

莫非奥德妮失踪的那天晚上，管道井里不止一个人？

埃伦迪尔在警察局的台阶上停住了，他盯着这个窃贼。如果事情不是如自己之前所料，而是恰恰相反呢？假如不是汉尼巴尔目睹了奥德妮的死，而是反过来，也就是说，如果是奥德妮目睹了汉尼巴尔遭到袭击，并看到他被人淹死了呢？

之前，埃伦迪尔理所当然地以为是奥德妮遭到了袭击，而汉尼巴尔是因为看到了不该看的事情才招来了杀身之祸。但是，如果是奥德妮目睹了凶手杀害汉尼巴尔的全过程呢？如果她才是那个看到了不该看的事情的人呢？

现在，他渐渐想明白了：为什么贝格曼迪尔之前不说关于那兄弟俩的事情；为什么他觉得他们想干掉汉尼巴尔，而且最终得逞了。

汉尼巴尔抓住了兄弟俩的什么把柄呢？

他们去管道井那里找过他吗？

是不是他们兄弟俩袭击了汉尼巴尔？

是他们灭了奥德妮的口吗？

“你是要放我走吗？”窃贼满怀希望地说道，两手被铐在一起站在台阶上，打出了王牌争取获得宽恕。埃伦迪尔陷入了沉思，窃贼还以为他在认真地思考自己的提议。

“我不能放你走。”埃伦迪尔回过神来。

他抓住窃贼，把他一路推进了警察局，宣布斯考拉沃达斯蒂加的窃贼已经被捕了，丢的珠宝也找到了。

43

缉毒队对窃贼的口供非常感兴趣。警探审问这个年轻人时，天才蒙蒙亮。这个窃贼叫梵纳尔，没有前科，在警方的劝说下，很快就开始配合审讯工作。梵纳尔之前从来没有被拘留过，也没有请过律师，他现在只想尽可能地避免牢狱之灾。警方恰恰利用了他缺乏经验和他孩童般的幼稚。所以，审讯进行得很顺利，到警探停下来吃午饭前，这个年轻的窃贼就已经把他知晓的跟埃勒特和维格尼尔兄弟俩有关的事情和盘托出，包括他如何从他们那里弄到毒品以及为什么欠他们钱。缉毒警探对于兄弟俩策划的这起盗窃非常感兴趣。雷克雅未克警方此前从没见过这种讨债方式。

梵纳尔十几岁的时候，生活就变得一塌糊涂：先是酗酒、辍学，然后是吸毒（主要是海洛因），最后交上了一帮狐朋狗友，这些人给他供应毒品。他的父母想尽一切办法帮他戒毒，但他不仅没戒掉，反而变得越来越坏，在毒窝里越陷越深。他的父母不时地把他关在屋子里，带他去看医生或者送进青少年劳教所，甚至设法带他去克莱帕的一家精神病院治疗过，但都无济于事。梵纳尔不但没有醒悟，反倒开始买更纯更贵的毒品。最终，在他犯了更严重的错误之后，被埃伦迪尔在屠宰场门口制服了。

刑事调查局下令密切监视那兄弟俩，并在接下来的几天内收集到了足够证据准备将他们逮捕。兄弟俩通过货船走私药丸、白粉、树脂、苯丙胺，还有日益受欢迎的大麻。他们会把这些货打包，然后再出售。早年，兄弟俩在船上当船员，走私过少量的白酒，后来发现走私毒品的利润更为丰厚，而且毒品只需占用很少的船舱空间。他们在汉堡和波士顿都有同伙，现在在不同的轮船上为他们贩毒的人至少有五个。这些走私而来的毒品，要么被藏在废弃鱼料棚里，鱼料棚就位于雷克雅未克码头西部的格兰迪，要么被藏在沃加尔区的一处房屋里，他们在那里经营着一家木材加工厂。这两个地方都是租来的，而房东并没有参与过走私或者毒品交易。因此，当警察找上门来，告知房东这兄弟俩是毒贩时，他们大吃一惊。兄弟俩的行踪掩藏得很深，警察之前完全没有意识到他们的存在。

警察从梵纳尔的供述中获取了一部分信息，还有一部分信息是通过雷克雅未克羽翼未丰的黑社会取得的。调查发现，兄弟俩最近收到了一批来自波士顿的海运货物。在海关的帮助下，警察到达了他们的藏匿地点，在鱼料棚里发现了大批赃物。警察只监视了兄弟俩三天便成功地逮捕了他们。他们根本没有注意安全保密问题。兄弟俩来检查货物的时候，警方觉得时机已经成熟，立刻逮捕了他们。他们没有反抗，似乎对自己被抓这件事感到非常震惊。不过，他们口口声声否认棚子里的货物是自己的，声称他们只是租了鱼棚。

除了冰岛的两三个联系人和轮船上的走私犯以外，兄弟俩基本上都是单独行动，所以，逮捕了埃勒特和维格尼尔，并不意味着破获了一张巨大而复杂的毒贩子和供应商的关系网。他们一直在从事走私勾当，从中谋取了丰厚的利润，短短几年便积累了大量的钞票，但他们行事却异常低调，没有显露任何发财的痕迹。他们继续当着木匠，平时认认真真地填写纳税申报单，也不换新车或者买其他露富的奢侈品。而且，他们的非法所得没有一块钱存入银行账户，这也让他们很头痛。他们把所有钱都放在塑料包和箱子里，一部分藏在鱼料棚里和木材加工厂里，其余的则放在家里。他们现在所住的位于福卡加塔的住宅，有一部分购房款便来自于贩毒赃款。

警方收集的关于埃勒特和维格尼尔的信息越来越多，其中一项让他们备感吃惊：这哥俩的讨债手段非常残暴。不过，他们从来没有被受害人起诉过，毒贩身份曝光后，很多袭击案件可能都跟他们有关。他们雇了一个帮凶，一个在警察局无人不知的人——埃利迪，就是埃伦迪尔在沃斯特佛勒广场遇到的那个恶棍。那时，埃伦迪尔正在广场上寻找贝格曼迪尔，正好碰到过他。埃利迪在警察局被审讯了一番，最后还被羁押了一段时间。

梵纳尔供出兄弟俩后，共有八个嫌疑人被抓。在逮捕这些人之前，出于侦查保密性考虑，警察觉得让梵纳尔流落街头并不明智，于是便以私闯珠宝店为由将其拘捕。最后，警方容许他只能见一个人，那就是他最后花时间去聘请的律师。

埃伦迪尔到海维费斯格塔的拘留室探视他的时候，梵纳尔的精神状态不太好。由于警察一直反复盘问他有关兄弟俩的信息，梵纳尔被搞得精疲力尽、寝食难安。他现在后悔莫及的是盗窃珠宝店以及检举揭发埃勒特和维格尼尔那哥俩。

“我本该守口如瓶的，他们会发现谁是告密的人，然后……妈的！我不知道自己当时在想什么，我在想什么？”

“我怀疑你现在还在受他们摆布。”埃伦迪尔再次提醒，“他们迟早会暴露的。”

“是的，但是现在已经暴露了，他们会发现是我告的密。”

“不要担心。”

“你觉得这件事结束了，我能回家吗？”

“老实说，我也说不准。”埃伦迪尔说道，“也许你会因为盗窃而受到指控，但我不知道你会不会因此而坐牢。”

“有个警察说，如果我协助调查的话，就可以不用进监狱。”

“你不应该随便相信别人跟你说的话。”

“妈的，我就不应该告密。”

“你知不知道这兄弟俩认识一个叫汉尼巴尔的人？”埃伦迪尔问道。

“汉尼巴尔。不认识，这个人是谁？”

“他们从来没有提过这个名字？”

“他们只会提醒我欠了他们多少债务。”梵纳尔说道，“我只见过他们一次，我通常不是直接找他们拿货。他们告诉我的就是我欠他们多少债以及我该如何还债。”

“通过入室抢劫？”

“是的。”

“你觉得他们为什么会想出这种方法？”

“看电视，他们经常看一些电视连续剧。他们觉得电视剧中的人物很酷。”

“什么类型的电视剧呢？”

“不太记得了……坐在轮椅上的家伙……我不看电视的。”

“《轮椅神探》？”

“就是这部。”

44

兄弟俩现在暂时被拘留在海维费斯格塔，警方正在申请将其羁押候审。兄弟俩被带到监狱走廊尽头的拘留室关了起来，他们全程都沉默不语，表情严肃。那天早晨，拘留室里只住着另外一位无家可归的人，他哀求着早一点儿把自己关进牢房。他哭诉道，他已经记不清自己有多久没在像样的床上睡过安稳觉了，他已经精疲力尽了。值班的警长让他去找一找费尔医院，但他说医院曾经拒绝收留他。经过一番争论，警长让步了，让他待在一间牢房里睡觉。

埃伦迪尔知道，一旦埃勒特和维格尼尔被转到了斯杜姆里监狱，他就没办法再靠近他们了。但如果他俩拒不配合，否认一切指控，他们最多就是在牢房里监禁几周，身体憔悴点儿罢了。不过，埃伦迪尔可没有耐心等那么久。他刚到警察局，就听说维格尼尔已在去斯杜姆里监狱的路上了。所以，他意识到自己必须立即采取行动，马上跑到了埃勒特所在的牢房。

埃勒特看到埃伦迪尔穿着一身警服的时候，完全无法相信自己的眼睛。他马上就明白了。埃伦迪尔从未向他们透露过自己的身份，他们只知道他认识汉尼巴尔。

“你！”埃勒特大声说道，“你怎么会是警察！”

“我是巡警。”

“巡警？”

“我没有卷入你的案子。”埃伦迪尔说道，“我听说你和你弟弟走私毒品被拘捕了，但这和我没什么关系。我唯一感兴趣的是汉尼巴尔，所以趁你们的案子还在调查，过来看一下你。”

“我们的案子？没有什么案子。”

“是的，正如我所说，我唯一关心的是汉尼巴尔。”

“我不明白，他和这件事有什么关系？”

“这件事改变了一些东西。”埃伦迪尔说道，“难道你不觉得吗？”

“事情？”埃勒特说道，“什么事情？你他妈的为什么老盯着汉尼巴尔的案子？谁他妈的造谣说我们卖毒品？我只关心这些！谁他妈的诬陷我们？是你吗？你他妈的只是为了汉尼巴尔的谣言就来我们家窥视？”

“不是。”

“那是谁他娘的造谣诬陷我们？”

“我只知道你们被指控走私毒品，除此之外，我一无所知。我也不知道是谁说了你们什么，更没有窥视你们。这不是我的职责。我所在乎的只有汉尼巴尔。他知道你们从事的买卖吗？”

“我们没有做任何买卖。”埃勒特说道，“现在你连我这条线索也要丢失了。”

“他威胁过你们吗？所以你们才放火烧他的地下室，想把他吓跑？是这样吗？”

“我和你没有什么好说的。”

“我再问你一次，是你们放火烧了他的地下室吗？”

“老天在上，是这个可恶的流浪汉自己放火烧的！”埃勒特怒气冲冲地说道，“到底要我跟你说多少次你才相信？是我们救了他！你难道还不明白？我们真不该多管闲事，就该让那个傻帽儿流浪汉留在地下室烧死。至少我们不会招惹上你。”

“我猜是你们除掉他的吧。”埃伦迪尔说道，“他怀疑你们了。他被房东赶出地下室，他认为你们应该为这件事负责。我猜，他知道了你们暗中从事的一些勾当，还威胁说要告发你们。你们怕他捅出去，那样你们就亏大了。一个流浪汉何足挂齿，所以，一天晚上，你们去了他窝身的管道井，偷袭了他。然后，他逃到了矿区的池塘附近，你们就是在那里抓到他的。”

“什么狗屁，简直就是胡说八道！”埃勒特吼道，“他被弗里曼赶出去后，我们根本不知道他去哪里了。那不关我们的事啊，是他咎由自取。这个蠢货自己烧了房子！不干我们的事。他也从来没有威胁过我们。”他细想了会儿，说道：“我也不知道他为什么要那么做。”

“你是否听说过一个叫奥德妮的女人？”埃伦迪尔换了个方式问道。

“你说什么？”

“汉尼巴尔死的那晚，她去托尔斯卡菲参加一个聚会。那晚天气很好，所以她就决定独自走回家，顺便可以醒醒酒。可惜最终她并没有回家。”

“什么……你在说什么？”

“那天晚上，奥德妮很有可能路过了汉尼巴尔的住处。”埃伦迪尔继续说道，“也许你知道这个名字？”

“奥德妮吗？从来没有听说过她。”

“你确定？”

“我敢肯定。”

“是不是她看到你们俩了？”埃伦迪尔问道，“或者你们其中的一个？是维格尼尔？又或者你找了个帮手为你做这见不得人的勾当。我说的对不对？你是不是找人来淹死了汉尼巴尔？”

“闭上你的狗嘴。我不知道你在说什么。滚出去，你个蠢蛋。”

他站了起来，逼近埃伦迪尔。他比埃伦迪尔上次见到的时候更邋遢了。在牢房里待了一个晚上，两眼朦胧，头发蓬乱。埃伦迪尔一直小心翼翼地隐藏着自己内心的不安。他一直用一种平静的语气说着这些话，从不提高嗓门，也不改变自己的表情。

“她打算逃跑。”埃伦迪尔继续不动声色地说道，“但她并没有走远。她步行回到自己位于福斯沃于尔的家中只需要十到十五分钟。也许她看到你的时候，准备朝那个方向跑。你在追她。可能她还没有跑出克灵吕米里，你就抓到她了。只是这一幕没被任何人看到。”

埃勒特看着他，没有说话。

“然后发生了什么？”埃伦迪尔问道。

他没有回答。

“我知道她曾出现在管道井附近。”埃伦迪尔继续说道，“是你带她去的？还是你把她拖去的？或者她一直藏在那里，后来又被你发现了？”

“这又是什么新的心理把戏？”埃勒特问道，“捏造一项我从没听过的重罪指控，以便迫使我承认轻罪？这就是你的目的吗？你这样说管用吗？你觉得我听了你这些屁话就会被吓得尿裤子？”

“她是不是藏在管道那里？”埃伦迪尔没有理会他，继续问道。

“你就继续编你的谎言吧。”埃勒特说道。

“你在那里发现了她？”

埃勒特走得更近了，几乎要贴上埃伦迪尔的脸了。

“如果你没有插手我的案子，那你想从我这里知道些什么？你他妈的为什么不滚远点儿？”

“难道威胁奥德妮还不够吗？非要杀了她？”

埃伦迪尔觉得埃勒特会把自己打一顿，但是这个男人后退了。他面孔扭曲，假装笑了一下，然后后退坐到床上，默默地盯着地板。

埃伦迪尔走到走廊的时候，听到另一间牢房里传出了一阵剧烈的咳嗽声。牢房的门虚掩着，埃伦迪尔决定进去看一下里面的人是否安好。他推开门，一股令人恶心的屎尿味迎面而来，他看到一个流浪汉和衣而卧，蜷缩在床上，顿时想到了去年的汉尼巴尔。这个流浪汉穿着一件肮脏的长大衣，毛线帽子扔在床头旁边的地上，一只长靴倒在地上，脚上穿着三双颜色各异、布满破洞的短袜，一双套着另一双。桌上放着一副破旧的牛角框眼镜，眼睛上面缠着透明胶带。

这个人又咳了起来，埃伦迪尔问他有没有事儿。流浪汉动了一下，抬起了头。埃伦迪尔立马认出了他，是威廉。威廉到处摸找自己的眼镜，埃伦迪尔把眼镜推到了他手边。他戴上眼镜，盯着埃伦迪尔。他那双被镜片放大的眼睛仍然没有认出埃伦迪尔。

“你是威廉吗？”

“你是谁？”流浪汉问道，接着又是一阵剧烈的令人恶心的咳嗽，这让埃伦迪尔想起了与威廉初次见面的场景。

“前几天，我们曾在克灵吕米里的管道井见过面，想起来了吗？”

“管道井？我不能再在那里待了，那简直不是人待的地方，就是一片该死的垃圾场。不好意思，我不记得你了。”

“没关系。”

“我们在那里见过吗？”

“是的。”

“我完全不记得了。”威廉坐起来的时候，那股臭味更浓了，埃伦迪尔不得不退到了门口。

“我想向你打听一个人，他叫汉尼巴尔，过去经常住在管道井那里，后来淹死了。”

“哦，汉尼巴尔，我知道，他是淹死了。哎，淹死了，好可怜。哦，我想起来了，不过……我告诉你，现在想在室内找到一块睡觉的地方真是太难了。不过，天气好的时候，睡在公园的树下也不错。睡在哪儿都比睡在管道井那里强。睡在管道里就像睡在棺材里，那地方就像一口棺材。”

“算了，就这样吧。”埃伦迪尔准备离开。

“不说点儿什么了吗？”

“不了。”

“要走了吗？”听起来他似乎希望埃伦迪尔再多待会儿。

“是的，还有事。”埃伦迪尔说道。

“你叫什么名字？”

“埃伦迪尔。”

“我现在好像想起来了。”威廉显然想延长他们的谈话，“你走后，贝格曼迪尔来过。他想帮我在费尔医院找个地儿住，他不想让我住在管道井那里了，免得我一直说他的图丽。他对那头可怜的母牛那么痴迷，真是有意思。”

也许威廉感到孤独了，这是他第一次和别人聊这么久。埃伦迪尔对他的了解和对城里的其他流浪汉差不多。他唯一熟悉的只有汉尼巴尔了，他仍然在回想着一些事情。

“好了，你保重。”埃伦迪尔离开时说道。

“你给过我一些零钱，是不是？”威廉问道，眼睛透过厚厚的镜片凝视着埃伦迪尔。

“是的。”

“我记得你，总算想起来了。那时候你不是这身打扮。”他指的是警服。

“对。”埃伦迪尔笑着说道。

“我不明白你在那里做什么。你想从我这种老东西这里打听到什么？你在打听有关汉尼巴尔的消息，是吧？你认识他。我现在完全记起你了。我不是傻子。那你知道他出什么事了吗？”

“不知道。”埃伦迪尔说道，“我知道的也不多。”

45

他们开着车缓缓地穿过市中心，此时已临近早晨。昨天晚上很平静，除了按照指挥中心的呼叫出过几次警外，大部分时间是在街上巡逻。马泰恩和加达尔一路闲聊着，而埃伦迪尔沉默寡言，一副心事重重的样子。当他们经过沃斯特斯特拉迪—— 一条最近刚被整改成步行街的街道——的路口时，加达尔觉得这条街道禁止车辆通行很奇怪。马泰恩抬杠说，国外很多街都禁止车辆通行。有时候，你不能只想着司机，必须考虑一下行人。加达尔说，他还从来没有听到过这么多废话。

当他们的车沿着博尔加坦开往市中心时，加达尔指着街上的一处空地基说那里以前是自行车修理店，他认为在那儿开个比萨店最合适不过了。加达尔的堂兄有一艘渔船，挣了不少钱，对加达尔的想法很感兴趣——他在伦敦吃过比萨，所以对比萨并不陌生。加达尔很想拉他堂兄入伙，但却找不到其他的投资者。

“你们俩要是愿意，也可以入伙。”他说道。

马泰恩摇摇头，一脸怀疑。

“埃伦迪尔，你呢？”

“我对比萨没有兴趣。”

“马泰恩，你确定不加入？”加达尔继续问道。

“你打算起个什么样的店名？”马泰恩问道。

“还不知道呢，洋气点儿的名字吧，又好听又好记的那种，就像……偏美式风格的吧。”

“所以，你应该不会用个类似于‘加达尔的比萨店’这样的店名吧？”埃伦迪尔调侃道。

马泰恩扑哧一声笑了。加达尔无奈地说自己简直就是在对牛弹琴。等他将来成功了，在艳阳高照的西班牙马略卡岛给他们打电话的时候，他们就会笑得比哭还难看。

他们沿着波斯图斯特拉迪行驶，经过雷克雅未克药房，转向了沃斯特斯特拉迪允许车辆通行的那条路上。那天晚上，他们接到了两次处理群架的呼叫，在其中一个舞会上，他们逮捕了一个醉鬼，让他在牢房里待了一晚上。

正当他们准备离开市中心的时候，电台又传来了警报，是一起发生在布斯塔迪尔区的家庭案件。确定了地址之后，埃伦迪尔猛踩了一脚油门。虽然街道上没有其他的车辆，他们还是打开了警灯，沿着米克拉布劳特风驰电掣般地疾驰着。

“我们不久前不是刚去过那里吗？”马泰恩问道。

“是的。”埃伦迪尔回答道。

“是不是那个倒在地上的女人？”加达尔说道。

“答对了。”

“他们又发生什么事了？”马泰恩叹了口气。

埃伦迪尔加快了车速，但是很快就被两辆并排行驶的私家车挡住了去路。他打开了警笛，其中一辆车给他们让了路。没过几分钟，他们就到了布斯塔达维格。抵达现场后，埃伦迪尔关了警笛，以免惊扰了附近的居民。他们把车停在房子前面，看到隔壁邻居穿着睡袍在厨房窗户旁边等着他们。和上次一样，又是这个男邻居报的警。男邻居看到他们下了车，赶忙走上前来。

“现在停了。”他说道，“他们可能睡觉去了。刚才男的大吵大闹，像个疯子一样对女的大吼大叫。我害怕……怕他杀了她。自从上次报警后，他们倒是安静了很长时间，就偶尔吵个一两次。”

“什么时候安静下来的？”加达尔问道。

“差不多我给你们打电话的时候。所以可能让你们白跑一趟了。”

“住在他们隔壁很不爽吧？”马泰恩说道。

“说实话，我们打算搬走。但有时候男的确实很不错。打理一下花园，和我们聊聊天，等等。真是让人捉摸不透。”

按门铃、敲门都没有回应。埃伦迪尔仔细观察了一下，发现门没有锁，于是小心翼翼地进了屋。

“警察！”他喊道，仍没有回应。

他又喊了一遍，还是没有任何回答。现在，大家都挤在门口的大厅里。房子里死一般沉寂。厚重的窗帘把客厅的窗户遮住了，里面光线有些昏暗。厨房的门紧闭着，走廊也是空荡荡的。埃伦迪尔还记得这对夫妻把两个儿子送到乡下过暑假了。

“家里有没有人啊？”他喊道，“我们是警察！”

他们仔细听着屋里有没有动静。过了一会儿，客厅传来了低沉的呜咽声。埃伦迪尔朝声音传来的方向看去，在一片昏暗处发现了一个身影，那人坐在靠窗的椅子上抽动着。他走近些发现是那个女的，就是上次躺在地上失去意识的那个女人。

马泰恩和加达尔仍站在门口，他们没看到她的丈夫。

“你没事吧？”埃伦迪尔问道。

这个女人只是呜咽着，身体颤抖着。

“你丈夫呢？”埃伦迪尔在她旁边蹲了下来。

她没有说话，似乎没有听见埃伦迪尔说话，也没有发现他的存在。仿佛全世界只剩下她孤零零的一个人。她蜷在椅子上，有节奏地前后晃动着身体。

埃伦迪尔碰了一下她的胳膊，这时她才意识到他的存在。她蜷缩着身体，看着埃伦迪尔。埃伦迪尔这才发现这个女人遭到了一顿毒打。一只眼睛被打得肿起来了，还有瘀青；上唇也肿了，裂开了；鼻子还在流血。埃伦迪尔怀疑她的胳膊可能断了，因为刚才碰到她的时候，她的胳膊似乎也疼得厉害。她的新伤下面还能明显看到以前被殴打留下的旧伤。

“他以前从来不会打伤我的脸。”她在黑暗处小声说道，“但是前几天……现在，他好像不再顾忌那么多了。”

“他去哪儿了？”

“他们解雇了他。”她喃喃说道，声音小得几乎听不清楚，“他们在重组……公司里没有他的岗位了。”

“你先生呢？”

“所以他们解雇了他。”

她好像没有听见埃伦迪尔的话。

“以前，他不想让别人知道。”她小声说道，“他会在别人看不到的地方打我。孩子们也看不到，但是他们知道……他们知道发生了什么事，他们都很可爱。有时候，他也很好。”

埃伦迪尔点点头。

“但是现在……他已经毫无顾忌了。”她说道，“哪儿都打，什么都不在乎了。”

“你是想跟我们走还是想叫救护车？”

“他不会在意了。”

她又望着埃伦迪尔。

“我的样子一定很糟糕。”

“我们想知道你先生现在在哪里。”

“或许我应该去找我的姐姐。”这个女人小声说道，“我在这里住不下去了，不能待在这个家里了。她不知道，我必须告诉她。她……我从来没有告诉过她，没跟任何人说过，我没有告诉……任何人……”

“你想跟我们走吗？”埃伦迪尔重复道，“我们带你去急救室吧。你能站起来吗？”

“我在这里住不下去了。”女人又说道，“孩子们明天就要回来了……天哪，他们不应该……我该怎么向他们解释呢？”

“也许你应该告诉你姐姐。”埃伦迪尔建议道，“你知不知道你先生在哪里？”

“谁？”

“你先生。”

“他怎么了？”

“你知不知道他现在在哪里？”

“知道，当然知道。”

“在哪里？”

“他在厨房。”

“厨房？”

“是的。”

“他在厨房干什么？”

“躺在地上。”

“躺在地上？为什么？”

“他应该死了。”女人说道，“我把刀给洗了，刀上全是血，不过现在应该好多了。”

埃伦迪尔缓缓地站起来，走到门口。马泰恩和加达尔正在门口等着。

“她丈夫去哪里了？”加达尔问道。

“这里。”埃伦迪尔打开厨房的门。厨房很小，里面放置着一台冰箱、一些炊具、一张圆桌和四把椅子，简陋的天花板上吊着一盏灯。那个男人就躺在靠近水槽的地板上。上一次，他很不情愿地让他们进了屋，而此时，他的身下积了一大摊血。男人的肚子上至少被捅了三刀。刀刚洗过，搁在案板上。

女人站在他们身后，看着她的丈夫。

“刀被我洗过了。”她重复道，“我应该把地板也擦干净。我得在孩子们回来之前擦干净。”

埃伦迪尔蹲下来，摸了摸男人的脖子。

“他还活着！”埃伦迪尔喊到，他感觉到了男人微弱的脉搏，“他还活着，快叫救护车，还有医生，快！”

他抓来晾在水槽边的毛巾，撕开男人的衬衣，尽力帮他止血。加达尔和马泰恩像生了根似的一动不动，目瞪口呆地看着在厨房刺眼的灯光下站着的这个女人。她站在他们旁边，既可怜又脆弱，她的脸被她丈夫的拳头打得都快毁容了。这是他们见过的最悲惨的场景。

“快啊！”埃伦迪尔大喊道，“看在老天的份上，赶快叫医生！”

46

他们下了夜班，在警察局的院子里互相道了别。昨晚上最后一次出警任务所看到的场景让他们心有余悸。马泰恩开着车，可以顺便捎其他人回家，但埃伦迪尔想自己走一走。他看着车子开出大门。之前，他们在咖啡厅坐了很长时间，谈论着昨晚挨打的那个女人、她的丈夫和两个儿子；谈论着发生在他们家的暴力——这种暴力在很多家庭里都会发生；谈论着受害者的无助。家庭暴力的受害者往往会为此而感到羞耻，结果，这种事情变成了家庭内部肮脏的秘密。

她的丈夫应该能够抢救过来。他虽失血过多，但刀伤并不致命，他被直接送到了手术室，正在做急救手术。女人身上的伤口也在急救室处理过了，仍在医院等待进一步检查。

“能给我张床吗？”埃伦迪尔听到身后传来这样一个声音，转过身看到了威廉，他不知什么时候偷偷溜进了院子。

“这里不是旅店。”

“不用你来告诉我。”威廉说道。

“我猜你还想在床上吃早饭。”

“不关你的事。”威廉的眼珠子在那副厚厚的眼镜下转动着，“咖啡和面包，如何？反正我是不会嫌弃的。”

“好的。”埃伦迪尔说道，“监狱基本上都是空的，不过有一个房间除外，里面睡着一个超级大笨蛋，昨晚还想炸死我们。”

“看似没有得逞。”

“是的。”

他把威廉送进了拘留所的牢房。埃勒特和维格尼尔兄弟俩已经被转去斯杜姆里监狱了。昨晚那个喝醉了酒、闹散一场舞会的傻瓜也没有动静。他昨晚烂醉如泥，大吼大叫，对着几个警察骂个不停，最后冲向了加达尔。后来很快就睡得跟死猪似的。现在，醉酒后的剧烈头疼估计够他受的。

威廉非常感谢埃伦迪尔的帮助，让他在警察局找到一张床睡觉休息。他看起来疲惫不堪，所以，能够找个地方睡觉休息已经谢天谢地了。当他把破裂的眼镜小心翼翼地放在一旁时，埃伦迪尔问起了他眼镜的事。

“是贝格曼迪尔干的。”

“他都干了些什么？”

“故意踩坏我的眼镜。”

“为什么？”

“因为他就是个孬种。”

“他这样做是为了找乐子？”

“我说了一些议论图丽的话，这让他很恼火。”

“所以他就弄坏了你的眼镜？”

“他知道我要是没有了眼镜，跟瞎子没什么区别。”威廉说道，“在这方面，他倒是不笨。”

“你的意思是？”

“专门对别人的弱点下手啊。他就是个浑蛋，我经常这么说他，他也听到过，不过我不怕他，我谁都不怕。”

威廉躺下后，埃伦迪尔就让他休息，然后走到警察局后面，欣赏清晨的阳光。埃伦迪尔决定在回家之前先到海边走一圈。和小时候住在东部的荒原那会儿一样，他想呼吸一下带点儿咸味的新鲜空气，放眼眺望一下远方的海平面，帮助自己摆脱昨晚出警时看到的血腥场景。埃伦迪尔从小在东部高原上长大，那里有荒原、群山和峡湾，生活在荒原和群山中，稍不留神就会付出惨痛的代价。他想起了满载而归的渔船，想起了渔船准备靠岸时引来的一大群海鸥，还想起了码头上水手们忙碌的身影和高兴的叫喊声。他的母亲曾在一个渔业加工厂工作，他想起了母亲那些漫长的工作日，想起了像剃须刀一样锋利的宰鱼刀。那个时候，身材魁梧的妇女们会穿着白色围裙杀鱼，还会提醒他不要碍手碍脚。他有些怀念过去，后悔没一直住在海边。

埃伦迪尔在海边站了一会儿，他凝视着法赫萨湾上闪烁的阳光，脑海里浮现出刚才在拘留室时威廉对他说的话。威廉说他曾在供暖管道井里待过，而且贝格曼迪尔还去找过他。埃伦迪尔想起了图丽，好奇贝格曼迪尔究竟为什么要踩破威廉的眼镜。

“谁能帮帮我……”埃伦迪尔小声地自言自语道。

他在海边沉思了许久，眼睛注视着海湾，但其实什么也没看进去。他缓过神来，回到了警察局。

他打开牢房的门，发现威廉已经睡着了。埃伦迪尔戳了他一下，但流浪汉睡得像只死猪一样，一动不动。埃伦迪尔不得不抓住他，把他摇醒。过了好一会儿，威廉才从迷迷糊糊的状态中清醒过来，弄清楚自己在哪里，以及是谁把自己弄醒的。

“发生什么事了？”他坐起来，问道。

“不好意思。”埃伦迪尔说道，“但我必须搞清楚之前你对我说的那番话是什么意思。”

“什么？我说什么了？”

“为什么贝格曼迪尔不想让你待在供热管道那里？”

“什么？”

“你告诉过我，贝格曼迪尔曾去找过你，也就是在那前后，我在那里撞见你了。”

“嗯，是的。”

“你说他想帮你在费尔医院找个床位，因为他不想让你继续待在管道井里。”

“所以呢？”

“你不觉得很奇怪吗？”

“有什么奇怪的？”

“贝格曼迪尔这么关心你，这么体贴，你不觉得这很奇怪吗？”

威廉仍然感到很困惑，现在有点儿不耐烦了。

“你把我吵醒就是为了问这个？”他戴上眼镜。

“拜托你再想一下，我就不会再烦你了，你就可以继续睡觉了。我们之前聊过，你告诉我，贝格曼迪尔在我离开没多久就去供热管道那里找过你，想起来了吗？”

威廉点点头。

“他为什么去找你？他想从你这里得到什么？”

“他说到了图丽。”威廉说道，努力回忆之前他对埃伦迪尔说过什么，还有什么没有说，“然后他问我喝没喝酒，想不想去费尔医院。”

“他具体说了什么？”

“我怎么可能记得清楚？”

“请你再想一想。”

“他说我不能再在管道井那里住下去了，说那个地方不好，还说他会帮我找其他地方住。他说如果我不喝醉的话，就能在费尔医院找个床位，类似于这样的话。主要就说的这些。”

“你不觉得奇怪吗？我的意思是，这不像他的作风。”

“这是他第一次对我这么好。”威廉表示同意，“这个蠢货当时似乎很友好。”

“你跟他走了吗？”

“他一直跟我说，后来我就同意跟他去市内。他一直烦我，让我住他那儿。我很惊讶。”

“所以，他是下定决心非要把你从管道井那里弄走？”

“是的，他说我住那儿对身体不好。”

“但是你应该也发现了，之前他根本不会管你的死活。”

“是的，说实话，当时他这样做确实让我感到非常惊讶。因为他根本不是那种人，他只在乎自己的利益。”

“但是后来他又把你的眼镜踩碎了。”

“因为当时我骂图丽是个妓女，把他惹火了。我确实不该那么贬低她的，至少不应该在他面前那样说。”

“他和图丽是什么关系？”埃伦迪尔问道，“他们不是一对儿吧？”

“不是，时间长了没人能忍得了贝格曼迪尔。”

“她是不是还跟其他人约过会？”

“嗯，是的。你不知道吗？”

“是汉尼巴尔，对吗？”

“是的，搭上了你的朋友汉尼巴尔，他们形影不离。”

“我猜贝格曼迪尔知道后一定很不爽。”

“他忍受不了汉尼巴尔，完全忍受不了。他也不愿意放弃图丽。他简直就是头犟驴。不过没几天我就听说他俩又在一起了。”

“你的意思是说，贝格曼迪尔忌妒汉尼巴尔？”

“也不全是。”威廉说道，伸了个懒腰，“他就是那样的。你是想问是不是他伤害了汉尼巴尔？”

“你觉得呢？”

“我从来没想过。汉尼巴尔溺亡只是个意外，不是吗？”

埃伦迪尔耸了耸肩。

“你知道他……”威廉停住了。他现在已经很清醒了。

“什么？”

“当然，贝格曼迪尔的确比汉尼巴尔更年轻，更强壮。”

“你的意思是说，他完全可以制服他？”

“轻而易举。汉尼巴尔完全不是他的对手。或许是他……”

“什么？”

“你了解贝格曼迪尔吗？知道他都做过些什么吗？”

“不知道，你这话是什么意思？他做过什么？”

“奥利说看到过他。”

“奥利？谁是奥利？他看到过什么？”

“奥拉维尔！他死在了诺特霍尔斯维克。”威廉说道，“你一定还记得他，他叫奥拉维尔，有心脏病是吧？当时倒在了去诺特霍尔斯维克的路上，半路上一命呜呼了。”

“是的，他怎么了？”埃伦迪尔想起来奥拉维尔这个人了，他是最近去世的一个流浪汉，“他怎么了？他看见什么了？”

“当然是贝格曼迪尔。”威廉说道，“那天晚上，汉尼巴尔住的地方着火了。奥利告诉我，那天晚上，他发现贝格曼迪尔在房子附近溜达。奥利觉得是贝格曼迪尔放的火，事实上，他很确定。”

埃伦迪尔一屁股坐到了威廉旁边的板凳上。

“他看到贝格曼迪尔了？”

“他确定是他，非常确定。”

埃伦迪尔记起上次见面威廉是如何跟他抱怨说住在管道井不好的。

“就像睡在棺材里。”他心不在焉地嘀咕道。

“什么？”

“你说管道井那里就像一口棺材。”

威廉盯着他。

“说得太对了。睡在那里就像躺在棺材里，像躺在该死的棺材里。”

47

图丽没有待在城市西边的家里；极地酒吧的斯瓦娜说图丽最近都未曾光临过她的酒吧；奥斯特沃勒广场上也没有线人发现图丽；她也没有在阿曼斯提格的青年旅馆露过面。埃伦迪尔把该找的地方都找遍了。他爬到阿纳霍尔的绿山丘上，这里是醉鬼们的另一个聚集点。有三个人在山丘上晒太阳，一边抽着烟，一边喝着黑死牌白酒。埃伦迪尔发现他们身边还摆着两三个海绿色的酒瓶，那种酒也是最受醉鬼们欢迎的烈酒。他们手头肯定还比较宽裕，所以有钱买酒喝。有个人脱掉了上衣，露出了他骨瘦如柴的身体，瘦得连身上的肋骨都能看得一清二楚。另外一个又矮又瘦，戴着平顶帽，哼着一小段斯泰纳尔为救世军成员乔恩·克里斯托夫创作的歌。他们沐浴着温暖的阳光。

“你们在这附近见过图丽吗？”埃伦迪尔在他们旁边蹲下来问道。他一直走到城市西边又走了回来，一路长途跋涉，脚非常酸痛。他曾猛敲过图丽家的门窗，但发现家里没人。

“图丽？”那个瘦骨嶙峋的人边说边挠着腋窝，“没看到。”

“那贝格曼迪尔呢？最近碰到过没？”

“也没有。”那个瘦小的人边回答边取下帽子挠了挠头。

其他人也说没有见过他们。

“他们又在一起了？”埃伦迪尔问道，伸展了一下腿。

“不知道。你为什么这么关心他们？”第三个人语气不太好地回答道。这个人有点儿胖，脸上有胡须，显然担心埃伦迪尔找他们要酒喝。

“我听说他一直很喜欢图丽。”埃伦迪尔说道。

“他就是个浑蛋。”那个瘦骨嶙峋的人说道，还在挠着腋窝。

“他曾经在这里打过托米。”那个脾气不好的人说道，“所以托米从来没说过他什么好话。”

“没人会说那小子好话。”那个叫托米的反驳道。

“你跟他有什么过节？”埃伦迪尔问道，“你们俩发生什么事了？”

托米没有理会埃伦迪尔。

“图丽以前总是对别人送的礼物不胜感激。”那个瘦骨嶙峋的人说道，“总是这样。”

“像酒精之类的？”埃伦迪尔追问道。

“不只是那些。只要贝格曼迪尔没有听到什么风声。有一次，托米去看图丽，还给她带了……你给她带什么了，托米？是很荒唐的东西吗？”

“汽车票。”托米回答说。

“汽车票？”埃伦迪尔重复说道。

“一张公交卡，能坐十次公交。”

“托米从未得到女人们的青睐。”那个胖男人打趣道。

“你知道什么？”托米反驳道，“谁会看上你这么丑的蠢货？”

“贝格曼迪尔听到托米送车票给图丽后，就跟踪托米，让他把票吃了，不然就让他好看。还说如果他再敢靠近图丽一步，就宰了他。”

“这是什么时候的事了？”

“五年前。”托米没有挠头了，眯着眼睛看着太阳，“他把我的牙齿打掉了。”说完把嘴皮翻起来，露出那个缺口。

他掉了至少四颗牙，埃伦迪尔不知道哪颗是被贝格曼迪尔打掉的。

48

这一次，埃伦迪尔带着一把小铁锹和一个电量充足的手电筒来到了克灵吕米里的管道井里。铁锹是从楼上打理花园的邻居那儿借的，手电筒是从警察局借的。

贝格曼迪尔的名字已经在警察局挂上了好几个案子。他有过很长的犯罪史，不过都是一些轻罪，例如闹事和盗窃等。埃伦迪尔想起了他们上次在阿纳霍尔的谈话。那个时候，贝格曼迪尔告诉埃伦迪尔是埃勒特和维格尼尔兄弟俩放火烧了汉尼巴尔的地下室。他说汉尼巴尔手中掌握了兄弟俩的把柄，还说那哥俩最终逮住了汉尼巴尔，在克灵吕米里将他灭口。现在看来，贝格曼迪尔是有意误导埃伦迪尔。

埃伦迪尔始终没有发现图丽或贝格曼迪尔的踪迹，于是，他去了克灵吕米里的管道井那里，当时已是深夜。也许能不能找到图丽已经不重要了，因为他已经决定第二天早上就把耳环以及他个人调查到的所有线索都交给刑事调查局，让他们处理剩下的事情。他打算和丽贝卡解释清楚。他本想在转交案子前找图丽谈一谈，但她似乎失踪了。他想问问她，她和汉尼巴尔到底是什么关系，贝格曼迪尔又如何看待她和汉尼巴尔之间的关系，以及这两个男人是否能和谐相处；尤其要问清楚她是否了解克灵吕米里发生的一系列事情以及她是什么时候知道真相的。他还要问问她，这些事件是否只是个巧合，例如，她在汉尼巴尔死后去了管道那里，碰巧发现了耳环；问问她知不知道地下室发生的那场大火，知不知道贝格曼迪尔那天晚上在汉尼巴尔居住的地下室附近出现过。根据阿纳霍尔的醉汉们所言，图丽可以把贝格曼迪尔玩弄于股掌之间，但奇怪的是，即使知道图丽和汉尼巴尔好上以后，贝格曼迪尔仍然为她痴迷。显然，他有保护图丽的欲望，这个欲望让他变得暴力。他信奉报复而不是原谅。

埃伦迪尔来到了管道井的入口，这是汉尼巴尔最后一个栖身之地。他带来的铁锹柄很短，大小正好适合他在洞穴中使用。这个手电筒真是像个大灯笼，电池电量充足，可以用一个晚上。这一天是阴天，但是很安静。周围空无一人。

埃伦迪尔打开手电筒，从洞口钻进了管道井。听图丽说，她在入口处的左边发现了那只耳环，所以他决定从左边开始搜查。管道井里的土中混了砂石，铁锹很容易就能铲入土中。他用铁锹挖了好几次，先把表层挖开了，然后继续挖了一个半米多深的大坑。接着，他慢慢地在隧道里前进，每前进一点都要停下来挖一会儿。

埃伦迪尔弯腰跪在地上，在隧道里一点一点地往前挖。他先用铁锹猛敲一下供热管道，把铁锹上面粘的泥土磕干净，然后再用铁锹磕碎地表的土层，把铁锹铲入土中，挖了一个又一个坑，一步一步往前推进着，结果什么都没有发现。

最后，埃伦迪尔回头瞄了一眼，估计自己离洞口已经有十多米远，他决定调转方向，从另外一个方向搜寻管道。尽管这样，调头前他还是继续往前挖了两米，这才确定自己在管道左边已经挖了足够远的距离。供热管道井内的空间还算宽敞，足以让他调头爬回洞口。然而，在狭小的空间里待得太久还是让他有些心烦，于是他打算先到洞外休息一会儿。一到管道井外面，他就赶紧舒展了一下身体，然后面朝北边的埃夏山，背靠管道井坐了下来。汉尼巴尔在这个城市流浪，最后选择在这个奇怪的地方安家，把它当作自己流放的居所，想必他每天也只能这么坐着。这个想法貌似有点儿吸引人——汉尼巴尔的生活状态并不让人羡慕，但他这样很自由。

休息了一小会儿以后，埃伦迪尔爬回管道井，开始朝另一个方向挖土。他把手电筒一点一点地朝前推，身体慢慢往前爬，一锹一锹地挖出一个土坑，然后继续前进，又挖出另外一个土坑。就这样，他一点一点地深入到隧道内部。不久，他发现土越来越松，铁锹越来越容易铲下去。大概在离洞口七米远的地方，他感到了一些阻力。

他拿手电筒照了一下土坑，并没有发现什么东西。然后，他开始一锹一锹地铲出更多的土，阻力越来越明显。他觉得阻碍他的东西不可能是岩石，因为铁锹铲下去并没有发出金属磕到石头时的叮当响声。他用手电筒照了照土坑周边的地面，并没有发现土被动过的痕迹。

他把手电筒靠在管道上，稍微扩大了自己的挖掘面积。他先用铁锹在地上铲出一条切口，然后顺着切口小心翼翼地向下挖，尽可能地不破坏任何证据。除了管道内的隆隆声和铁锹铲土时发出的摩擦声外，再也听不到其他任何声音。他休息了一会儿，朝着管道深处望了一眼。手电筒发出的光让周围显得更加黑暗，他感觉四面八方的漆黑都压了过来。供热管道旁边已经堆满了坑道内挖出来的渣土，于是，他开始把松软的泥土往他另一侧的混凝土墙壁旁堆。

他弯腰躬背，继续跪着铲土。突然，铁锹猛地陷了进去，他迅速抽回了手，然后慌张地拿起手电筒。土里露出了一块布。他把铁锹丢在一边，用手把土清干净。那块布似乎是夹克上的领子，然后他看见了一束头发，接着，他发现了一个熟悉的东西。

埃伦迪尔小心翼翼地把它拿起来，擦掉上面的泥土，对着灯光看了看。这是一只耳环，上面有两个连着的环，一颗很小的白珍珠悬在下方的小环上。

他发现了奥德妮的遗骸。

他继续挖着土，奥德妮的身体渐渐被挖了出来，可是遗骸已经严重腐烂了。在结束任务之前，他瞟了一眼尸体的肩骨和手。他感到非常害怕和恶心，感觉自己一刻都待不下去了。他不得不赶紧离开这个可怕的地方，离开管道，离开从四面八方袭来的黑暗。

准备掉头往洞口爬时，他的目光又一次落在了奥德妮的一只手上。他发现，奥德妮的手里似乎藏着什么东西，好像在死的那一刻，她的拳头紧紧地握着什么东西。埃伦迪尔靠近尸体，小心翼翼地抬起奥德妮的指骨，将她紧握的东西拿了出来。他把物品上的土弄掉后，检查了一番，马上意识到他之前完全怀疑错了对象，这才会来管道井搜寻奥德妮的尸体。原来，他只是碰巧找到了她的尸体。

他把那个小东西对着光看了看。原来，在那个致命的夜晚，奥德妮不是唯一一个丢东西的人。

49

第二天清晨，埃伦迪尔离开家，来到了博尔加坦刑事调查局的办公室。昨晚他一宿没睡。离开管道后，他回家洗了个澡，换了身衣服，然后匆忙地吃了顿早餐。他本可以一回家就向上面报告发现尸体的事情，但他觉得此事并不急，迟几个小时也没什么大不了的，而且他还想让警探们帮帮忙。

他去找赫罗尔福尔，结果被告知对方正在休假，但他可以找一下马里昂·布里姆。这个人他很熟悉，他是刑事调查局的主力人员。自从埃伦迪尔入职后，他们曾一起执勤过两三次。他知道，马里昂最近刚从丹麦休长假回来，并没有参与奥德妮这个案子的调查。

埃伦迪尔敲门的时候，马里昂正在脱外套，立马认出了埃伦迪尔。

“埃伦迪尔，是你吗？”

“是的。”

“怎么没穿制服？”

“我下班了。”埃伦迪尔解释道。

“哦，你找我有事吗？”

“我想报告一桩凶杀案。”

马里昂放下外套，故作镇定。

“你的意思是？”

“实际上，这是个双重谋杀案。”埃伦迪尔说道，“其中一位遇害者是名妇女，名叫奥德妮。另外一位是我认识的一个流浪汉，名叫汉尼巴尔。他很不幸，本不该出现在案发现场，因为这个女人才是罪犯的目标。他们几乎同时在克灵吕米里遇害。我敢肯定，两个案子的凶手是同一个人。”

“奥德妮是不是去年失踪的那个女人？”马里昂问道。

“是的。汉尼巴尔就是那个……”

“那个在池塘里溺亡的人。”

“完全正确。”

“赫罗尔福尔跟我说有一个年轻的警官来问了他很多关于这两个人的奇怪问题。”马里昂说道，“我猜你已经找到了那个女人。”

“她就被埋在供热管道那里，离矿坑池塘不远。那个管道曾经是汉尼巴尔最后的栖身之地。奥德妮可能想藏在那里，然后汉尼巴尔就被卷了进去，还因此丢了性命。”

“你一直在私下调查这个案子？”马里昂问道。

“我认识汉尼巴尔。”埃伦迪尔解释道，“他的妹妹曾来找过我，让我帮她查出汉尼巴尔溺亡的原因。我一直打算汇报我所了解的情况。正好今天早上，我发现了奥德妮。我已弄清凶手是谁，但是，我想请您帮个忙。”

“什么忙？”

“在您带走凶手之前，我想跟他谈谈，几分钟就好。”

福斯沃于尔的那座房子位于山谷底下，那是一个四四方方具有现代化风格的别墅。房子的花园很干净，现在满园鲜花盛开，碧绿的草坪刚刚修剪过，边缘修剪得很整齐；一排排蝴蝶花和牡丹花在墙根处盛开。大红色的车库门紧锁着。现在，天色尚早，晨风拂过，夹杂着夏天的味道，预示着今天一定是个好日子。

埃伦迪尔走到门口，按响了门铃。等了很久古斯塔夫才来开门。

“怎么又是你！”他不耐烦地说道，“你来干什么，他们怎么在这里？”

“我让他们跟我来的。”埃伦迪尔回答道。

他身后的车道上停着一辆巡逻车，里面坐着两个警官。一辆没有标志的新警车就停放在巡逻车旁。马里昂·布里姆探长从新车里走了出来，后面跟着两名便衣警探，他们都盯着这座房子。另外一组警官已经前往管道井那边，他们将拆除管道井的一部分竖墙和上面的水泥盖板，这样就很容易接近被掩埋的尸体了。

“他们是雷克雅未克刑事调查局的警探。”

“刑事调查……”

“他们想找你聊聊，不过在此之前，我想先跟你聊几分钟。”

古斯塔夫四处张望了一下，生怕他的邻居看到警察找他，因为警车在这一带富人区还是很少见的。

“你们想知道什么？我马上要去上班了。没时间跟你们聊。”

“不会占用你太多时间。”埃伦迪尔向他保证，“有点儿小事想问一下你。”

“他们一定要把车停在那里吗？”古斯塔夫问道。

“停一会儿就开走。”

“好，那我们聊一下吧。”古斯塔夫叹了口气，他知道不管自己说什么，埃伦迪尔都不会走，“我要迟到了。”

他们站在大厅里。古斯塔夫关上了前门。埃伦迪尔闻到了烤面包和咖啡的味道。

“你怎么事先都不通知一声就出现在我家门口？”古斯塔夫说道，“天还没亮就带着外面那些人把车开到了我家门口，搞得好像出大事了一样。我又不是危险要犯！”

“哦，我以为你不会发牢骚。”埃伦迪尔说道，“至少不会像上次我找你时那样发牢骚，我们是来逮捕你的，你卷入了你妻子的失踪案。”

“证据呢？”古斯塔夫抗议道，“我跟一个诬告我的疯子无话可说。”

“戏演得差不多了。当然，我知道你过去一直很谨慎，生怕引起别人的怀疑。”

“我不知道你在说什么。你到底想干什么？为什么一直骚扰我？”

“上一次，我们聊过……也做了笔录……你说在奥德妮去托尔斯卡菲酒吧聚会的那个晚上，你去狮子俱乐部开会了，对吧？”

“你现在说这个是什么意思？”

“我问你是不是？那天你去狮子俱乐部开会了？”

“完全正确，简直是明知故问。”

“开完会你直接回了家，我想那时应该是刚过午夜吧？”

“我不用跟你说这些。”古斯塔夫说道，“你没有参与这个案子的调查，这不关你的事。带着你那帮同事离开，行吧？”

“我的一个熟人也是那天晚上在矿区池塘里丧命了。”埃伦迪尔说道，“他的妹妹担心他会被卷入你妻子的失踪案。她坚信她哥哥绝对不会做这种伤天害理的事。你开完会后回家换衣服了吗？”

“换衣服？没有……我不记得了。你问这个干什么？我换没换衣服关你屁事！”

“你当时穿的是一件不错的西装，对吧？”

古斯塔夫没有说话。

“一件白色的衬衣？或许还是新的？”

古斯塔夫拒绝回答埃伦迪尔的问题，一直盯着他，周围一片死寂。

“袖子上有袖扣吧？”

他仍然保持沉默。

“你最好出去，你们全都给我滚。”古斯塔夫打开门。

“可能是狮子俱乐部的专用袖扣？”

古斯塔夫凝视着他。

“我没有什么袖扣。”埃伦迪尔继续说道，“但我知道，你掉了一颗，就像你妻子也掉了一只耳环一样，想起来了吗？”

他仍然不说话。

“你什么时候发现它掉了？”埃伦迪尔继续问道，“或者，你根本没有发现？”

他发现古斯塔夫紧张了起来。埃伦迪尔钻进管道井那会儿，曾坚信是贝格曼迪尔杀了奥德妮。他也同样相信是这个流浪汉结束了汉尼巴尔的生命。他追杀汉尼巴尔是为了复仇，因为汉尼巴尔夺走了他心爱的女人图丽。最终，他们的相遇是以贝格曼迪尔残忍地将汉尼巴尔溺死在池塘里而告终。奥德妮目击了整个行凶过程，她逃走了，藏在管道井内，贝格曼迪尔在那里发现了奥德妮并将她杀害。

但是现在，他知道贝格曼迪尔和奥德妮的死没有任何关系。

“你有没有发现自己的袖扣落在了别处？”他问道。

“你不该来这里……”

古斯塔夫望了一下四周，知道说什么都没用了。

“你找不到袖扣那会儿一定要急疯了吧。”

“但是我没……”

“这可能是你的袖扣吧？”埃伦迪尔在口袋里摸出来，这是他在奥德妮手里发现的袖扣。现在，袖扣被密封在小塑料袋里，埃伦迪尔拿出来让古斯塔夫核实。袖扣上的泥土已经清理得很干净了，所以，看得出来这颗袖扣是镀银的，上面有几条斜线，中间是狮子俱乐部的徽章。

古斯塔夫向后退了一步。

“为什么不走近看一下？”埃伦迪尔建议道，“仔细看一下是不是你的袖扣。”

古斯塔夫摇摇头，表示怀疑。

“汉尼巴尔无意中撞见了你和你的妻子，对吧？”埃伦迪尔说，“他看到了你行凶的过程，对吧？他也看清了你的脸吧？”

古斯塔夫不敢直视埃伦迪尔的眼睛。

“你原以为你妻子被埋在那里永远不会被发现吧？你希望他

们把管道井口封闭，那样她就会永远藏在坟墓里不会被人发现，对吧？”

埃伦迪尔逼近古斯塔夫。他站在那里一动不动，宛如一尊石雕。

“回答我的问题！”埃伦迪尔怒吼道。

古斯塔夫吓得瑟瑟发抖。

“我不是故意……”他含含糊糊地说，几乎听不清他嘴里在咕哝些什么。他的心理防线最终被击垮了，“我一直不相信她。我觉得，她又开始跟那个花心男人幽会了……那个狗杂种！当我抓到她的时候，她告诉我，她刚和他幽会，她说她还会再跟他上床。她打算离开我。她恨我，她说我是个恶魔，她讨厌我。”

“当你抓住她的时候？”

古斯塔夫盯着埃伦迪尔的脸，观察他是否明白自己说的话。

“我追赶她。她回家后我们吵了一架，然后她就跑出去了……我就去追她。我不是故意……我扇了她一个耳光……我不是故意杀害她……真的是个意外。当那个男人看到后，他看到我……我就完全失去了理智。我无法控制自己。我不知道该怎么办。”

“汉尼巴尔在哪里出现的？是在供热管道井那里吗？”

“我不知道，可能吧。我没意识到他会出现在那里。实际上，我根本没想过会有人出现在附近。然后突然他就出现了。可是那个时候太迟了，他看到了我所做的一切。”

“所以你就追赶他？”

“他看到我了。”古斯塔夫重复道，“他看到我如何处置奥德妮。我不能让他去报警，绝对不容许。他朝矿区池塘跑去。我该怎么办？如果不这样，我能怎么做？”

古斯塔夫盯着那颗袖扣。

“出事后，我一直在找它。”他说道，“我不知道丢在哪里了。不知道它在何处。我都快急疯了。我把家里翻箱倒柜找了个遍，也去管道井里面仔细找过……我有强烈的预感，我把它丢在那里了。我很怕我把它落在那里。”

“我是在奥德妮身上找到的。”

“哪里……具体在哪里？”

“手里。”

“天啊。”古斯塔夫小声说道。

“我是昨天发现她的，就在你埋她的地方。”

“我……我不敢去看她。我非常后悔……我的所作所为……我……”

“你一直在关注管道井那里的风吹草动吧。”埃伦迪尔说到，“特别是它一直是开着的。”

古斯塔夫点点头。

“我经常去那里，当然，大多数情况是晚上……我不希望有人看到我。那里就像个露天的坟墓，他们从没想过去修它，从来没有去修一下管道井那可怕的豁口。”

50

后来，埃伦迪尔从接管案子的警探那里了解了事情的来龙去脉，然后去找了丽贝卡，告诉她自己终于弄清了事情的真相。那天晚上，汉尼巴尔看到古斯塔夫行凶纯属巧合。

那天，奥德妮在外面玩了一夜，回到家门口便看到了恼怒的丈夫。他怀疑她出轨，所以一直在等她。奥德妮喝醉了，扇了丈夫一个耳光。然后他们大吵一架，期间，她丈夫威胁她，还打了她。然后她就逃出了家，沿着福斯沃于尔山谷向克灵吕米里跑去。

“可怜的女人。”

“古斯塔夫不知道她深更半夜想去哪里，确实不知道。”埃伦迪尔说到，“也许，奥德妮是想回去找她的朋友们，我也不好说。据古斯塔夫供述，他一路跟着奥德妮，看到她爬到了供热管道井上面。那个时候，她放慢了脚步，所以悄悄跟在她后面的古斯塔夫抓住了她，现场就离汉尼巴尔栖身的洞穴不远。他们又开始吵架，古斯塔夫还打了她。奥德妮从管道井上面掉了下去，他跟着她跳下去，然后掐住她的脖子，在水泥墙上猛撞她的头，直到发现她已经死了为止，然后……”

“不要跟我说这些细节。”丽贝卡打断他，“我不想听。”

“抱歉。”埃伦迪尔说道，“我不是故意……”

“接下来呢？”

“那个时候，汉尼巴尔刚好从供热管道井里出来。他显然不是那个已经失去理智的男人的对手，于是，汉尼巴尔就朝矿坑池塘方向逃跑。古斯塔夫追着他，马上就捉住了他，把他推进了池塘，然后拼命将他按在水里，直到……他死了。”

“天啊。”丽贝卡低语。

“他把汉尼巴尔淹死后，就去了奥德妮躺着的管道旁。那时，他开始冷静下来，但是他从来没有想过去警察局自首悔罪。相反，他首先想到的是藏尸。在黑暗中，他把奥德妮的尸体从管道井的豁口拖进去，藏在管道井深处，然后就跑回家了。他没有注意到奥德妮有只耳环掉了，落在了管道底下。不过后来，他发现自己身上的一颗袖扣不见了，但不知道是什么时候掉的，也不知道掉在哪里。古斯塔夫心里一直惶恐不安地等待着，他原本以为，当警方去清理汉尼巴尔的遗物时，他们就会在管道井内发现奥德妮的尸体，结果，什么事都没发生。当时没有人想过去管道井的深处搜寻一番。”

丽贝卡静静地坐在那里听埃伦迪尔讲。这一次，她邀请埃伦迪尔到她在阿尔菲玛小区的公寓里谈。随后，埃伦迪尔去和霍尔多拉约会了，他们打算去看房子，准备合租一套一起住。

“失踪案发生后过了很长时间，舆论渐渐平息下来……警方没有对汉尼巴尔的死采取侦查行动，他们认为，奥德妮可能是自杀……

于是，一天晚上，古斯塔夫带着手电筒和铁锹悄悄去了供热管道那里，去掩埋奥德妮的尸体。他自己不可能将尸体从管道井里移走，所以他别无选择。显然，他尽量避免正面看奥德妮的遗容，所以没有发现袖扣就拽在奥德妮的手里。”

跟古斯塔夫聊过之后，真相终于浮出水面。古斯塔夫希望区供暖公司去修一下管道井的那个豁口，这样，奥德妮的葬身之处就更不容易被发现。但是数月过去后，供暖公司仍然没有动静。他甚至打了个匿名电话去供暖公司投诉，但也无济于事。

“这就是他唯一关心的事吗？”丽贝卡问道。

“很正常，他做了亏心事。”埃伦迪尔说道，“我想他现在也意识到了。”

“所以，贝格曼迪尔和这件事没有什么关系？”

“一点儿关系也没有。不过，他非常怅你哥哥，因为汉尼巴尔和图丽好过，所以他曾经放火烧过汉尼巴尔的地下室。”

“图丽呢？”

“我不知道。”埃伦迪尔说道，“我没有再见到过她。”

“你认为她会愿意见我吗？”

“你想见她？”

“是的，我想和她谈谈汉尼巴尔。”

“我想，和她聊聊对你有好处。”埃伦迪尔说道，“你跟她接触之后，应该会发现她人不错。”

51

埃伦迪尔扯了扯他制服外套下的衬衫领子。已经是七月底了，辛格韦德利国家公园很炎热。湖面如一面镜子，人们纷纷外出划船，孩子们打着赤脚在岸边玩耍。汽车蜿蜒爬行在国家独立庆典现场四周，灿烂的阳光照耀着公园里的帐篷城，这些帐篷扎在阿尔曼纳加溪谷脚下的平地上。

埃伦迪尔从清晨就开始值班，只有十五分钟的休息时间让他匆匆吃了几口三明治，灌了点儿难喝的咖啡。警备设施离庆典组织者的帐篷营地很近。他们已经处理了几起意外案件，比如说，发生在凯夫拉维克针对北约空军基地的抗议。这些抗议者很快被从溪谷的边缘强制赶走，他们手中挥舞着反战的旗帜，写着“北约滚出冰岛——军队滚回去”字样的横幅全都被收缴，然后被捆在一起塞进了警车。这个插曲完全出乎警方意料。由于私家车和行人混杂，大多数情况下，警察都在忙于指挥繁忙的交通，尽量让聚集在国家公园的上万名群众保持秩序，这些人聚在一起是为了庆祝冰岛拓居一千一百周年。埃伦迪尔并没有参与拘捕反对北约的抗议者的行动，他是在吃午饭的时候听说的此事。

他处理最多的是前来传教的福音基督教信徒，他们在节日场所散发英文印刷的基督教宣传册子。一位中年无神论者扔掉了很多册子，开始批评耶稣信徒们，还动手打了一个信徒。这个被打的信徒是一位二十来岁的金发青年，嘴上还有些胡子，脖子上戴着象征和平的信符，金发信徒立场非常坚定，伸出另外一半脸让对方打。埃伦迪尔看到冲突后，把打人者拉到一边，威胁说如果他不从基督教队伍中安静地离开，就把他从节日现场赶走。这个男人意识到这不是闹着玩儿的，就停止了反抗行为。

埃伦迪尔一步步靠近搭建在法律石上的舞台，他不想错过观看伟大诗人托马斯·古德蒙松登台表演的机会。埃伦迪尔从少年时代开始就喜欢读他的作品，所以，他给自己留了一点儿空档，来聆听这位诗人吟诵纪念颂歌。太阳的光辉笼罩在吟诵者四周，埃伦迪尔从辛格韦德利公园仰望斯科雅德布雷德山。天气如此之好，这个古老的聚集地萦绕着节日的欢乐气氛。人们聆听着男子唱诗班演唱民俗歌曲，跟着欢乐的号角摇头晃脑地跳舞，不停地穿梭于舞蹈表演和销售茶点的帐篷之间，帐篷四周悬挂着冰岛国旗和五彩气球。

举国上下一片欢庆。公园里聚集着各行各业的冰岛人民：有留着一头长发、穿着套头衫、崇尚自由的嬉皮士；有穿着轻快夏裙、肩背手提包的时尚女士们；还有戴着帽子穿着盛装的男士们，他们的衣服领子和鳕鱼片一样宽；还有农民、商业巨头、工人、渔民、批发商以及小商贩，这些人都来自不同的地方，有的来自城市，有的来自村庄和郊野。大家在这个开心的日子欢聚一堂，向他们的祖国致敬。

听完托马斯吟诵纪念诗歌后，埃伦迪尔继续前行，向沃尔霍旅馆所在的方向走去，今天早晨，他在这个旅馆担任仪仗队队员。有很多外宾入驻，如大使、政府部长以及皇室成员，他们乘坐豪华轿车来此下榻，整个过程就像电影明星驾临一个寒碜的酒店一样。他戴上白手套，把手举到帽檐上方，眼睛直视前方，好像和现场发生的事情没有什么关系。他一直在注意可能闹事的人。但是，人们蜂拥而至只是为了观看这个壮观的场面，谁都没打算惹事。

现在，埃伦迪尔在旅馆门前停下了，他看到了值班的加达尔和马泰恩。他俩一直在处理阿尔曼纳加那些抗议北约的群众集会。埃伦迪尔悠闲地走到露营区，前些日子，成千上万的人趁着好天气在此扎营。露营者们自备火炉、罐装食品、汉堡包、炖锅，还有咖啡壶和面包箱。他们大多数都带来了一些东西，用自己特殊的方式庆祝这个日子。除了几起愚蠢的挑衅以外，周围的一切都井然有序。

他穿过帐篷，妇女们正在煮咖啡，并用酱羊肉或熏羊肉做三明治，而她们的男人则穿着背心懒洋洋地躺在帆布折叠椅上，抽着烟或看着从家里带来的报纸。人们看着节目的时候，传来一阵收音机的嗡嗡声。唱诗班正在唱《我爱祖国》。一个男人手里拿着一瓶禁酒，不过，当埃伦迪尔走向他的时候，他赶紧把酒藏了起来，埃伦迪尔也就睁一只眼闭一只眼了。

“你好。”他身后传来一声问好。

他转过身，看到了马里昂·布里姆探长，他为出席这个场合专门穿上了盛装，就像埃伦迪尔在酷暑下穿着警服一样，显得有些别扭。

他们互相握手致意。

“当你感觉情况有变时，就应该到刑事调查局向我们汇报。”马里昂说道，“我看完了你对汉尼巴尔和奥德妮死亡案件的报告，你打破了我们警察手册上的每一条规则。”

“抱歉，我不是故意……”埃伦迪尔说道。

因为发现耳环后没有及时把调查转交给刑事调查局，埃伦迪尔受到了上级领导的严厉惩罚，为此还差点儿丢了工作。

“没事，我倒是有些感动。”马里昂说道，“没必要向我道歉。我和你朋友汉尼巴尔的妹妹聊过。”

“丽贝卡吗？”

“她对你评价不错。如果你对此类侦探工作很感兴趣，可以联系我。”

然后，马里昂消失在了人群中。埃伦迪尔扯了扯另一边的衣领，想着一下班就脱掉警服的感觉肯定很爽。但是他也不会爽太久，因为下周他还要回到雷克雅未克值一周的夜班。

52

埃伦迪尔在一座房子前停下，站在毛毛细雨里久久地凝视着它。他经常在这条街上徘徊。那个失踪女孩的家人已经不住这里了，他们十年前就搬走了。他不知道哪个房间是女孩的，但是他喜欢猜想她应该是住在有漂亮屋顶通风窗的那个房间，想象着她早上在那个房间醒来，迎接新的一天；想象她因为上学要迟到了，就和父母匆忙地道个别。根据他父母的描述，失踪那天，她同往常一样开心。

从她的家人搬走以后，这座房子换了两次主人。现在，里面住着一对年轻夫妻。埃伦迪尔在想，这对小夫妻是否知道这个房子曾住过一个女孩，她在去学校的路上失踪了。当然，对此他深表怀疑。年年岁岁景相似，岁岁年年人不同。世人来来往往，没有谁会过分关注过去；他们开始新的生活，塑造新的未来。鸟去鸟来山色里，人歌人哭水声中。生命周而复始，时间不等人。

埃伦迪尔最后一次循着这个女孩走过的路，想陪她再走一遍，心中充满忧伤。他们走向诺克斯兵营曾经驻扎过的地方，那里时刻提醒着人们这个国家曾经被占领的历史和贫穷的历史。他停下来，目送她前行，直到她的身影渐渐消失在朦胧的细雨里。